엄마 꽃밭은 내가 가꿀게요

엄마도 아내도 아닌 나와 세상을 읽다

엄마 꽃밭은 내가 가꿀게요

박경이 지음

어른의시간

당신들에게,

울퉁불퉁 흔들리며 자기 생의 숲에

길을 뚫어낸 위대한 당신께 바칩니다.

차례

1. 이젠 내 목소리를 들을 때
    뒤늦게 도전하는 즐거움 13 | 반복의 힘 18
    해도 안 되는 게 있다 21 | 나는 도전한 적이 없다 25
    철들지 못한 삶은 숫자만 얹어갈 뿐 27 | 이젠 내 목소리를 들을 때 30
    우리는 이미 세월호 이전의 자신이 아니다 34

2. 낡은 에너지 덜어내기
    고무장갑이 필요해 41 | 나 혼자 한 것은 없다 44
    낡은 에너지 덜어내기 45 | 내가 없어도 지구는 돈다 47
    커피는 기억을 부른다 50 | 인간 스스로를 해방하기 위하여 52
    존재가 있으니 소리를 만든다 54 | 선행을 연장 구매하다 60
    타자의 자리에는 타자의 얼굴을 놓자 62
    자식, 친밀하고 낯선 타자 64

3. 천사들, 지속적 환대
    어머니, 저예요 71 | 엄니, 세상의 어머니들 74
    나와 내 시간을 준다는 것 79 | 새싹처럼 돋는 어머니 83
    세상 여자들이 다 하는 것 86 | 지속되는 환대의 날을 꿈꾸며 88
    어떤 활동도 환대 없이는 92 | 인정을 구하지 않는 삶 97
    그렇게 자라고 씩씩해지는 중이다 100
    마흔이 넘으면 얼굴에 책임을 져야 한다 103 | 외양이 본질이다 107

4. 이제라도 나를 키워주세요

아버지 만들기 113 | 아버지는 내 이름을 불러주기나 했을까 117
엄마에게 행복으로 정리된 일 년 121 | 엄마를 쓰기로 하다 126
이제라도 나를 키워주세요 129

5. 말이 사라진 자리

말이 사라진 자리 137 | 유한한 인간사의 무한 140
많이 미워하지는 말라 146 | 먼저 공부하는 자가 이긴다 150
참는다는 것은 문제를 풀지 않겠다는 의지 155 | 나와 친해지기 157

6. 등뼈 다시 세우기

못하는 것은 할 수 없는 것 163 | 그 돈이 있었더라면 166
선물, 받는 자의 자리 168 | 서로를 환대하며 171
선택, 아름다운 병 174 | 생의 일시 중단 178 | 등뼈 다시 세우기 181
그녀를 넘어 나를 해석한다 183

7. 의자를 물려줄 때라면 일어나야 한다

말의 씨는 자라기 위해 다시 말을 부른다 189
학교에서 나를 빼다 193 | 의자를 물려줄 때라면 일어나야 한다 196
내 말이 갖고 싶어 199 | 나를 나로부터 떼어낼 공간 202
살생과 폭력성 연습하기 207 | 아프게 써라, 삶을 써라 211
미대륙 횡단, 나 가로지르기 213

8. 딸은 나를 자꾸 지목한다

나는 너를 사랑하고 너는 단단하게 존재한다 221
미안하다, 미안하다 227 | 딸은 나를 자꾸 지목한다 231
막내는 아직도 엄마가 고프거든 234

9. 엄마 꽃밭은 내가 가꿀게요

2012년 8월 12일 일요일 239 | 2012년 8월 13일 월요일 240
2012년 9월 2일 일요일 241 | 2012년 9월 3일 월요일 241
2012년 9월 12일 수요일 242 | 2012년 9월 13일 목요일 243
2012년 9월 18일 화요일 244 | 2012년 9월 19일 수요일 247
2012년 9월 20일 목요일 250 | 2012년 9월 23일 일요일 250
2012년 9월 26일 수요일 254 | 2012년 9월 27일 목요일 256

0. 군더더기, 차를 마시는 시간

깃발 같은 찌꺼기 263 | 하루는 왜 반복되며 태양은 왜 다시 뜨는가 267
그렇게 안 하고 싶어요 270 | 삶의 달인, 실천하고 즐기는 사람들 273
공포, 절망의 등짝 276 | 슬플지라도 의심해야 한다 278 | 천사들 282
여자들은 이미 작가란다 287 | 인간답게 산다는 것 290
당신들께 승복합니다 295 | 태초에 혼돈이 있었으니 298
하나이자 둘의 골짜기에 301 | 사후적 고백과 용서 구하기 303
아침마다 부활이거나 탄생 306 | 책임질 수 있는 촛불 한 자루 310
다시 형상을 가질 수 있을까 311

쓰고 나서 315

일러두기
글맛을 살리기 위해 일부 외래어 표기와 맞춤법은 저자의 스타일을 따릅니다.

1.
이젠 내 목소리를
들을 때

뒤늦게 도전하는
즐거움

일 년 전이다. 한 영어 학습법 강좌에 참여했더랬다. 12주 강좌가 끝
난 후, 참여자 가운데 다섯 명은 그 시간에 숙제를 해오는 식으로 공
부를 이어가기로 했다. 첫모임 숙제는 '3분 20초짜리 영어 파일 외우
기'였는데 A4지 두 쪽 가득 인쇄된 분량이었다. 무서웠다. 아이들에게
무수히 하던 말을 처음으로 내게 해야 했다. "도전!" 정말 하기 싫고
무의미해 보이는 가뭇없는 실행!

　두 번만 더 듣자. 세 번만······. 계속 듣고 따라하며 귀에 편해져야
입으로 나오는 것이니 어쩌겠는가. 손끝으로 밀 수 있는 돌덩이 하나
가 내게는 헤라클레스의 힘을 필요로 하는 거랄까? 참으로 힘들고 견
디기 어려웠다. 사람들이 입에 달고 사는 '노력'이란 것을 나도 좀 해
보자. 작정하고 해보자. 일주일 동안 하면 한 문단 정도는 외울 수 있

겠지. 더 적으면 어때, 괜찮다. 망신당할 것도 없고 창피할 것도 없어. 괜찮아, 괜찮다. 초조함을 들쑤시는 짜증. 심호흡, 평정, 다시 괜찮아. 못하면 못하는 대로, 그게 바로 나야. 그리고 지금 내게 중요한 것은 영어 자체가 아님을 알잖아. 쪽팔릴 수 있는 힘을 기르는 거잖아. 그래서 낯선 장소에 스스로 들어갔고 계속 새로운 사람과 만나고 있잖아. '계급장 떼고 살기' 연습을 하는 중이잖아. 실로 별것 아닌 껍데기에 의존하여 타인의 시선과 관심을 구하며 살았음을 인정하지 않았던가.

그래, 참으로 신기하지. 사흘째는 포기하고 싶더니 닷새가 지나자 들거나 안 들거나 반복 자체를 견디게 되더이다. 일고여덟 번 반복해서 들어도 참아지더라는 것. 두 문단쯤은 꽤 잘 외울 수 있으리라, 하고 공부 모임에 갔는데 더듬거리고 빼먹어가면서 거의 성공했으니 나는 나한테 놀라고 말았다. 이럴 수가 있는 거야? 하면 되는 거야? 정말 하면 되는 거었어? 자랑하고 싶어. 이것을 누구에게 어떻게 전하지? 하면 되는 것 맞구나.

어서 집에 가고 싶었다. 누구한테 이 말을 먼저 하게 될까? 약간은 제정신이 아니었다. 다섯 명의 참여자들이 서로 소감을 말하는 시간. "시험 공부 하나도 안 했다고 해놓고 100점 빚는 거 같아요." 한 청년의 말은 나를 향한 것이었다. 은밀한 분노마저 담긴 그의 말투에 어리둥절하는 동시에 번쩍. 그래 바로 그 분노를 나도 안다, 내가 경험한 분노와 같은 거다!

특히 초중등학교 때 언제나 100점 맞고 1등 하던 몇 아이들의 단골

14

표현은 "어제 ○○ 때문에 공부를 하나도 못했어"가 아니던가. 지금 어디서 무엇을 하고 있을지 모를 그들을 불현듯 생각하며 존경심이 들었단 말이야. 과연 그들은 얼마나 열심히 했던 걸까? 왜 그런 거짓 말을 한 걸까? 더욱 충분히 만족스레 공부하고 싶었던 그 아이 자신에겐 그게 진실이었던 거다. 하나도 못한 거나 마찬가지라는 표현. 그들의 '하나'가 나의 '하나'와 같지 않았을 뿐!

그들은 늘 노력하여 자신의 최선을 만들어갔던 아이들이었음을, 교직에 있을 때도 추상적으로만 알던 바를 호되게 알게 된 경험이었다. 그리고 나 역시 그 한 주일 동안, 나도 몰랐던 나를 만났다고 해야겠지. 내 안에 항상 있었을 것임에도 내가 상상할 수 없었던 나, 내가 한 번도 만날 수 없었던 나, 내가 만나고 싶었던 나를 잠시 만난 거였다. 내가 한 짓에 내가 놀랐단 말이야.

그러니 그 청년에게 어찌 그 모든 말을 전할 수 있겠는가. 각자 다른 장소에 있기 때문임을 스스로 알게 되는 날이 오리니. 비슷한 처지의 또래들만 모였다면 소위 비교라는 위험에도 불구하고 말할 수 있겠으나 우리 다섯은 지금 잠시 같은 장소에 머물 뿐 무척이나 다른 자리와 공간에 있는 사람들이니. 드러난 결과는 다를지라도 각자 '나름대로' 열심히 했음만 분명할 뿐 나이, 성별, 직장, 갖은 경험은 말할 것도 없고 영어를 만난 과정과 경험한 방법이 너무 다르지 않겠는가! 그 청년 역시 내가 깨달은 것을 깨달을 수 있을까? 꼭 깨달을 필요가 있을까? 누구나 그런 기회를 갖거나 가질 필요는 없을 게다. 그것이 필요한 자리에 그가 있게 된다면, 진정 원하며 그것을 선택한다면 아마도 깨달을 수 있을 게다. 그러나 나는 모든 것을 경험하고 깨닫고 싶다. 엄청난 생의 허기.

'하면 된다'를 비로소, 그러나 죽기 전에 깨달았으니 다행이라 할까? 이걸 이전에 알았더라면 내 수업 시간에 만난 아이들에게 도움이 되었을까? 내 딸들에게, 누구보다 나 자신에게? 좀 더 즐겨 반복하도록 열심히 아이들을 꼬드겼더라면 몇 녀석은 자신을 더 발휘했을까? 그런가 하면 일부 아이는 오히려 재미를 잃었을까? 생각하지 말라. 인간에게서 균형과 온전함을 찾으려 하지 말라. 잃는 것이 있어야 얻는 것이 있으며 못 얻어도 할 수 없다. 제 몸을 통과한 것만이 깨달음은 아닐 거다. 아이들도 나도 이미 충분히 잘 놀았으니 그걸로 되었다. 내가 해주지 못한 것은 다른 사람들이 충분히 했을 것이다.

어쨌거나 인식 가능 범주에서 나를 대단히 흥분하게 만든 그 경험은 '나는 외우기를 못한다'는 평생 믿음의 환상과 마주하게 했다. 과연 그것을 뚫고 나갈 수 있을까? 두렵긴 하지만 환상이 만들어낸 실패에 대한 두려움이야말로 내가 나아가지 못하게, 도전하지 못하게 발목을 잡고 있었던 또 하나의 환상임을 뚜렷이 인식하게 된 일대 사건이었다.

무수한 반복만이 보이지 않는 자은 치이를 만든나는 것을 생물은 몸으로 알고 있다. 일일이 의지를 사용할 필요조차 없기에 기계적이라고 부르는 게 '반복' 아닌가. 모국어 자체가 생애 초기 1년의 무한 반복, 완전한 듣기에서 비롯된다는 간단한 깨달음조차 그때는 가질 수 없었으니! 우리 몸은 이미 모든 것을 알거나 갖고 있으며 또 하고 있지만 의식은 모른다는 것. 모르는 앎이 있음을 알 뿐이다. 다만 때

묻은 진리의 동전을 닦아서 그 빛을 몸으로 알아 깨달음의 지평에 설 때 기계는 비로소 사람이 되고 생명을 얻는가 싶다.

내 이야기이고 내 생각이다. 진리 따위 닦을 필요 없이 잘 살고 있는 몸과 마음이 비교적 균형적이라 할 사람들이 본다면 정말 웃을 일 아닌가. 그렇지? 그런가? 그러나 어찌 보면 나는 이미 그 환상에 작은 구멍 하나 내고 나와 내 생을 가로지르는 중인 거다. 그렇기를!

아이들을 가르치는 일에서 떠나, 나를 가르치고 나를 찾는 공부를 하면서 알게 된 가장 놀라운 사실은 사람 하나가 가진 힘이 실로 어마어마하다는 것. 그렇기 때문에 그 에너지를 사용할 기회가 누구에게나 주어져야 하며 재도전하도록 권유해야 한다는 거였다. 어른들과 사회는 그에 필요한 판을 지속적으로 고안하고 깔아야 한다는 생각이 더욱 확실해졌다. 자못 비장했다 함이 옳다. 하하, 우습네.

어쨌거나! 강요해서는 안 되지만 강요인 줄 모르게 스스로 깨달아 자신을 펼치고 사용하기를 권하며 속삭여줘야 하는 거야. 그런 일을 하는 사람이라고 인식된 직업인 교사로서 나는 어땠는가. 자신을 평가하며 심장이 쿵쿵 하던 자기검열의 시간 속에서 많이 안타까웠다. 부끄러움이거나 안도인 숨을 쉬었다.

교사는 아이들에게 감당할 만한 스트레스를 줄 수 있어야 한다고 주장하면서 눈치도 보고 살살 꼬드기며 다시 못 올 시간을 아이들과 잘 놀았던 적이 많긴 하다. 그러나 나이 들수록 자신으로 들어가 지난 자신을 돌아보되 도래할 자신을 만나야 할 것이니, 그것은 한때 젊어보았으므로 이제는 늙어도 보려는 자의 아름다운 의무라 해도 되리라. 안다고 생각했지만 아직도 모르는 자신을 찾는 한편, 충분히 더 알며 스스로 수용하고 인정하며 보잘것없는 상태로도 머물 수 있는 힘을 가져야 하리라. 이미 많은 것이 내 안에 있었음을 발견함과 동시에 나를 새롭게 알고 만드는 일이 필요할 것이다. 사용하고 싶었으나 쓰지 못한 나, 현실화되지 못한 나의 일부를 미래에 만난다고 생각하니 가슴이 벌렁거리지. 나는 그러고 싶다.

반복의 힘

잘 몰랐다고 했지만 인식하지 못했음이지 반복의 힘을 왜 몰랐겠는가. 인간이 산다는 것 자체가 반복인 것을. 몸과 맘으로, 내 생도 역시 다른 많은 사람들과 마찬가지로 그 삶의 소중한 의미와 반복의 힘을 알고 있었으리. 그럴까? 신사임당만 그림을 그리고 시를 쓰고 효와 부덕을 지닌 게 아니지 않는가. 하인을 부릴 수 없었던 이름 없는 어마어마한 수의 그녀들도 했지. 이름이 없는 게 아니라 알려지지 않았을 뿐이니 어찌 그녀들만이겠는가, '남자들'로 씨:집:히:도:록 누어서는 안 되는 남자들도 적지 않았겠지. 이미 사회가 발행한 기표 딱지를 무수히 획득하고 누리는 많은 여자들, 남성적 질서의 세상에서 이미 남자보다 남자인 그녀들도 함께 말이다.

어쨌든 신사임당도 놓았을 수를 나도 놨겠지. 잘 놓는다는 칭찬이 기쁘면서도 가치를 두지 않았기에 자주 받고 싶은 칭찬은 아니었어. 이 짜증 나는 일을 하라니까 했고 하다 보니 재미도 있다만 무용하다 싶었으니. 서양 자수는 실이 굵어서 금방 메워지지만 한국 자수 실은 너무 가늘잖아. 그런데 색색이 얼마나 곱고 부드럽고 빛나는지 수다 떠는 재미 가운데 애증을 거듭하며 한 땀 한 땀 인내를 부르다 보면, 수틀 안의 사군자는 기품을 꽤 드러내지. 갖은 화초가 피어나는 울안이며 마을에, 나도 들어가 잠시 앉아보지 않았던가.

수틀 안의 꽃밭은 엉망진창이되 제 입으로 쉬지 않고 꽃을 피우는 지지배 덕분에 50분은 짧기도 했더랬어. 조용히 하라, 주의를 주던 가정 선생님도 결국은 웃고 말았으니. 그렇게 제가끔 따로 함께 만드는 시간은 각자의 애씀에 이르게 하고 그만큼 드러난 결과물을 보게 되고 기쁨을 얻기도 했지. 그렇구나, 그랬던 거야, 그런가…….

그렇다면 옛날 여인네들의 한 땀 한 땀 끝없는 바느질이나 베 짜기 역시 메울 수 없는 인간의 심연과 가뭇없는 공백의 자리를 마주한 그녀들이 선택한 창조적 행위였을까? 어떤 형태든 자신의 선택에 끝까지 책임을 지고자 하는 고집, 흔들리지 않는 삶의 태도이며 고귀한 결단이자 행위였단 말이야? 그렇다면 실로 무의미해 보이는 노동으로서 존재의 자리에 얼마나 많은 사람들이 앉았던 것인가! 그렇게 수많은 그녀들을 생각하던 어느 때 벼락같이 갈라지는 하늘의 궁륭으로부터 삶의 창들이 일거에 열리면서 이제 막 지구에 도착한 빛을 들이붓는 듯했다. 세상과 비로소 마주한 듯한 느낌에 겹으로 싸였더랬다. 그런 빛에 이끌려 내 고치를 열고 조금씩 나오기 시작했는지 몰라.

잘난 여자—사람들이 참 많았구나. 못나도 모든 여자들은 이미 잘나 있는 게 아닌가 싶던, 오히려 나만 잘못 산 듯, 내가 진실로 생의 깊고 큰 부분 하나를 조금도 모르고 있었나 싶어 거듭 놀랍던! 나는 풀었다 다시 짜는 척 시늉만 하느라고 내 손으로 완성한 옷을 입어보지 못했으나 나도 완성하고 싶었을 거야. 그래서 나 모르는 수도 놓고 나를 쓰며 견디기도 했겠지.

그러나, 그렇다면 내가 해보지 못한 세상의 모든 것들은 어찌되는 걸까? 내가 경험하지 못한 세상의 모든 아름다움은 어떻게 되는 거지? 나는 모든 것을 경험하고 싶다. 헤매는 관심인가 존재에 대한 근심인가, 실을 찾아 나를 꿰매거나 우주를 누비거나. 나도 할 수 있어, 나도 낱알을 셀 수 있단 말이야. 내가 선택함으로써 나는 내가 되고 있지. 자신의 변화를 허락하며 고치를 찢고 나온 스스로에게 놀라는 중이니까 말이다. 9월이 가깝도록 끝나지 않을 듯하다가 일거에 스스로를 중단시킨 작년 여름처럼 말이다.

그리하여 갈수록 그런 모습을 담아낸 그림을 더 보고 싶고 볼수록 더 오래 보며 지극한 그 고요의 자리를, 지속되는 순간의 자리를 차지할 수도 있게 되었으니. 요하네스 베르메르의 그림 '레이스 뜨는 여인'에서는 그 정밀함 가운데 숨이 멎던걸! 나는 그녀의 실이 되어버린걸! 나는 껌껌하고 허름한 내 골목길을 이제 막 벗어난 거야. 수많은 그녀들은 자신의 생을 풀며 짜며 타인의 생에도 필요한 박음질을 기꺼이 했던 거야. 티 나지 않는 즐거움이자 누군가는 도무지 알 수 없는 기쁨, 자신만의 의미를 자아내고 누렸던 거야. 밀레 그림 속의 일하는 여인들을 다시 보고 또 보았지. 노동의 힘겨움이 먼저 다가와 나를 죽이던 그림들, 화를 내며 마주보던 그림들, 가혹함으로 다가와 정수리로부터 짓누르던 화면에서 사르륵 흐르는 기쁨을 얼른 들이마시며 음미할 때조차도 고통에 둔감한 여인과 나쁜 화가의 음모를 의심했는지도 몰라. 알맞은 대가나 인정이나 감사와 사랑이 주어졌더라면 저 노동이 덜 힘들었을 거라고만 생각했던 거겠지. 사회구조까지 탓하면서.

세상의 아름다움을 다 즐기는 듯 폼 잡았어도 불쌍한 건 정작 나였겠지. 내 안에 없는 것이 밖으로 나올 수는 없는 거야. 체력이 달리는 빌빌이가 힘쓰는 것이 두렵고 제 팔다리 움직이기는 일이 무섭기조차 하니 더욱 노동의 가치나 자체의 즐거움을 찾기 어려웠겠지. 아득하고 막막하기만 했겠지. 그림을 보면서도 말이다. 그러나 나도 이미 기쁨을 누렸을 거야. 그들이 방울방울 맛보았을 기쁨, 궁금하고 부럽던 그 기쁨의 진수가 내게도 충분히 담겨 찰랑거리고 있음을 깨달으면서 나는 수십 년 동안 내 몸통에 둘렀던 깁스를 풀겠다고 마침내 결심한 것 같다.

해도 안 되는 게 있다

그래, 몹시도 놀라웠던 작년 여름! 단칼에 자신을 끊어내었으니 릴케가 이미 찬양한바, 위대한 여름이었다. 이 더위가 끝나지 않으리라. 이제부터 계절은 이렇게 점령한 여름 하나로 영원하리라 싶던 8월. 그하루 26일 금요일 아침, 약간의 비를 동반함으로써 일순간 자신을 중지함과 동시에 완전히 물러나던 여름. 장엄의 현전이며 위대함의 재현이었다. 이미 제 안에 가을을 품고 있었던 진짜배기 여름이었어. 그렇게 여름이 자신을 비운 자리에 나는 감탄을 들이밀면서 가만히, 소리 없이 여름으로 머물러보았더랬다.

위대한 여름의 시작이었지만, 봄이라 불리고 싶었을 그 5월에 다녔던 독일어 문법 강좌. 심호흡과 함께 회상해볼까? 세 번의 토요일과 일요일, 총 6일의 강의. 오후 1시부터 10시까지 저녁 먹는 시간 빼고 여덟 시간. 프랑스를 비롯한 유럽의 대학에는 드물지 않은 단기 집중강의 방식이라고 들었다. 어쨌거나 천안에서 서울까지 자주 오르내리기 어려운 내게 좋은 기회라며 환영했다.

공부의 이유를 묻는 사람에게는 "정신분석학 관련 책을 읽다 보니 프로이트가 사용했던 독일어의 문법을 알 필요가 있어서"라고 대답했지만, 사실은 『리스본행 야간열차』(파스칼 메르시어)를 두세 쪽만이라도 독일어로 읽고 싶어서였어. 나만 알고 싶은 생의 비밀이 빠져나갈세라 얼마나 심장에 힘을 주었던지, 읽다 보면 숨을 멈추고 몸은 경직되어 있음을 느끼게 하던 책이었으니. 가끔 숨 한 번 길게 뽑은 다음에는 다시 겹겹이, 결결이 주름잡은 내가 되어 있곤 했어. 머릿속에 한 조각 생각으로도 머물기 힘든 대상이나 개념을 꺼내 보이며 따라잡으라 명령하던 책이었디. 이렇게 표현할 수 없는 것을 재현하는 것이야말로 진정한 표현이로구나. 언어의 불완전성에도 불구하고 완전하구나. 책 속으로 몸을 굽히다가 급기야 들어가버리고 말았지. 표현할 수 없는 것일수록 끝없이 표현하고 드러내려 하지 않으면 그것이 도대체 무엇인지 어떻게 알 수 있겠느냐고, 말할 수 없는 것일수록 침묵하지 말고 말하고 또 말하라는 집요한 주장이었던 책. 지금 다시 읽으면 배반감 느끼지 않을까 싶지만 그때는 그리 사로잡혔더랬다. 온전히 낚이는 자의 완전한 행복. '무아지경'이라고 할래. 그 책에 줄 쳐놓은 몇 부분만이라도 독일어로 읽어볼래. 늦었지만 늦지 않았어. 읽고 싶다!

그래서 독일어를 배우고자 첫 토요일에 의기양양, 허겁지겁 천안에서 서울로 갔다. 일곱 명이 모였고 공부는 시작되었고 가슴이 콩닥콩닥 재밌었어. 다음 날인 일요일에도 씩씩하게 갔지. 힘들지만 뿌듯하고 즐거웠다. 두 번째 토요일은 고2 남학생이 빠졌다. 그리고 일요일 밤 9시가 되어 등줄기가 쩌르르, 머리가 하얗게 바래면서 가물가물하는 순간, "머리가 나쁘다"고 할 때의 '머리'가 이런 거라는 걸 생애 처음으로 인식했다. 천만다행으로 곧 선생님이 말씀하셨다.

"오늘은 여기서 끝내죠. 멀리까지 가셔야 하는 분도 계시고."

세 번째 토요일, 여대생이 안 왔다. 도저히 못하겠다고 했대. 겁나데. 9시 가까이 되었을 때 역시 아른아른 셔터가 내려오기 시작했거든. 몇 인칭 남성, 여성 명사, 형용사를 붙였다가 뗐다가 다시 바꾸고, 동사 불규칙에, 복수에, 단수에, 시제가……. 모든 전류가 딱 끊기며 검게 굳어버리는 뇌! 돌아가면서 연습하는데 나는 빼고들 하시라고 말한 뒤 돌덩이처럼 앉아 있었다.

아, 머리 나쁜 아이들, 내 사랑스런 똘팍들이 주로 이런 상태에서 앉아 있었던 거야? 그래서 슬슬 엎드리거나 다른 것을 할 수밖에 없었던 거야? 엉긴 뇌 속에 웃으며 떠오르는 얼굴들, 학과 공부는 지지리도 못하던 녀석들. 인간의 뇌가 어떤 면에서 그렇게나 움직이지 않을 수 있구나, 하고 고개를 주억거리게 하던 놈들이었잖아. 생겨먹은 게 그런 걸 어쩌겠나. 안 되는 걸 했지만 그게 이런 것인지는 알 수 없었어. 모둠 대항 골든벨이랑 스피드게임을 할 때는 얘네들이 펄펄 사니까. 쏘는 눈빛으로 집중하고 있다가 답을 쓴 작은 칠판을 얼마나 빨리 들어 올리던가! 답을 생각하는 것은 다른 녀석의 몫이지만 빠른 속도로 들어 올려진 작은 칠판의 반듯함과 당당함이란! 그놈들은 지금 뭐하고 살랑가? 가끔 흔들리면서 정직하게 살 것임을 믿어 의심치 않는다.

하여간 어찌어찌 강의가 끝나고 겨우 고속철을 탔겠지. 아, 나는 부서진 두부 같아……, 졸다가 껌뻑, 다행히 천안 도착이란 안내방송이 들리기는 하여 꾸무럭 일어나려는데 누가 인사를 하는 듯? 글쎄, 또 꾸벅하는 듯. 뭐라 말도 하는가? 몰라, 몰라……. 더듬더듬 주차장에서 차를 찾아 겨우겨우 운전했지. 내가 참 별 거 아니구나. 할 수 있을 줄 알았는데, 할 수 없음을 생각해보지 않았는데……. 이런 건가. 놀랍고 또 놀라웠다. 집에 가니 큰 딸내미가 와 있다가 박수를 친다.

다음 날, 마지막 일요일. 가기 싫지, 갈까 말까. 딸내미에게 마무리하는 엄마의 모습을 보여야 하는네.

"엄마, 오늘 갈 거야? 어제 죽는 줄 알았다메?"

"안 갈래. 도저히 못 가겠어."

"가. 마무리를 해야지."

"가! 갈 거야. 표도 끊어놨잖아. 개근상 타러 간다."

"정말 가?"

"가야지."

갔다. 선생님이랑 공부 동무들 저녁밥 사주고 끝맺음을 해야지. 빵 사들고 갔다. 개근상 받으러 갔다. 한 여인네가 생일이라며 빠졌다. 넷이 앉았는데 셋은 아주 잘한다. 나는 네 시쯤부터 강의실 밖에 나와서 쉬었고 가벼운 저녁을 함께한 다음 선생님께 감사 인사를 하고 내려왔다. 좋다. 잘 마무리했다. 해도 안 되는 게 있다! 내 몸을 통과하여 알았다. 정수리부터 종단하여 사정없이 내리 닫히던 셔터가 지금도 보이는 것 같아.

"그때 나 정말 미쳤던가 봐."

지인들이 말했다.

"몰랐어?"

나는 도전한 적이 없다

독일어 문법 강좌를 끝까지 마친 세 사람 중 누구는 라틴어도 공부했느니 누구는 유학 갈 준비하는 대학원생이라느니 하는 것은 내게 아무런 의미가 없다. 그들은 그들이고 나는 나. 중요한 것은 '진정 원하여 열심히 해도 안 되는 것이 있다'는 깨달음이 내 몸을 흔들며 관통했다는 거다. 한편, 많은 사람들이 이미 도전을 거듭하여 처절하게 깨우치고도 여전히 다시 도전하며 힘차게 살고 있다는 것. 무엇을 할 수 있음과 없음은 개인적인 의미이거나 가치일 뿐 다른 사람에게 그것들은 전혀 다를 수 있음을, 삶의 다름이라 하는 것을 진정 느껴보았지.

　내가 모르는 무엇인가를 제게 담고도 티내지 않으며 반짝반짝 살고 있겠구나 싶은 사람들의 얼굴이 한동안 눈앞에 떠다녔다. 그 얼굴들은 모두 아름다웠다. 어떤 면에서 삶의 스승인 누군가에게 '존경의 염'이라는 것을 의도적으로 가져보았다는 거다. 그토록 더디게 인간을 맛보는 일이 놀라운 기쁨을 부르면서 밑도 끝도 없는 감사함을 대장에서부터 밀어 올리더란 말씀! 실패하고 좌절한 그들, 어느 때 열등감에 자괴감덩이였을 그들은 어떻게 그것을 뚫고 나갔던 것일까? 장한 사람들, 천지를 휘둘러 장하지 않은 사람이 없는 것 같았더랬어.

　나? 나는 실패한 적이 결코 없다. 실패라는 말이 부끄럽지 않은 실패를 해본 적이 없다. 도전하지 않았으니까. 실패가 두려워서 도전하지 못하고 도망치며 살았기 때문이다. 그러니 제대로 실패해본 사람이 맞닥뜨린 진리의 지평, 우리가 일상적으로 '심정'이라 말하는 경지를 무슨 수로 알겠는가. 이렇게 나는 견고한 자아의 성이 소리도 없이 스스로를 무너뜨리면서 새로운 배경 속에 천천히 형체를 갖추어가는 광경을 지켜보는 중이다. 폐허에서 아름다움의 극치를 불러일으키던 하이델베르크 성, 파란 하늘, 흰 구름.

그리하여, 그래도, 나는 더듬더듬 독일어본 『리스본행 야간열차』의 표지와 속표지의 모든 글자, 그리고 처음 한 쪽을 겨우겨우 읽을 수 있었다. 내 입술로 내 목청으로. 내 목소리에 독일어 선생님의 리듬을 입히며 재미있었고 참 좋았다. 그렇구나, 해도 안 되는 게 있는 거구나. 해봐야 아는구나. 그러니까 해봐야 돼. 해! 네가 실패라는 이름으로 뚫어낸 자리에 다른 사람이 성공할 거야. 그건 바로 '해도 안 되는 게 있음'으로 네게 온 누군가의 '하면 된다'인 거지. 그러니 뭐든 해봐! 두려워하지 마. 앞으로 최소 60년이야. 한두 해 늦은들 뭐가 문제여? 딸들에게, 제자들에게 큰소리 뻥뻥.

철들지 못한 삶은 숫자만 얹어갈 뿐

하고 싶은 공부를 꼼지락꼼지락 하면서 나이 들 수 있음은 지복至福이다. 한글이나 컴퓨터를 배우고 외국어를 깨우치는 70, 80대 노인들을 보며 감탄했더랬지. 저렇게 사는 거로구나, 나도 그러리라. 누구든 살던 대로 살면 또 늙어도 갈 테니 잘 늙는 방법이란 게 있으랴만, 잘 늙기에 더할 방법이 있다면 공부가 아니겠는가. 젊음의 의무이거나 권리라는 이름의 갖은 책임이거나 폼 잡기에서 벗어난 해방감과 자유로움은 이루 말할 수 없으니 이래서 노인들이 죽지 않고 사는구나. 나도 그러리라.

노년 초입부터 아무런 두려움도 거부감도 없다. 사회의 모든 강제 명령과 잡다한 의미 또는 너줄한 물질로부터의 자유, 모든 소유로부터의 자유, 복종할 곳은 진짜배기 자신 뿐. 들여다볼 것은 내 존재 뿐. 좋아 죽겠지. 지시어와 광고와 구호를 좇아 죽도록 허우적거리며 살았는데, 앞으로도 그렇게 살고 싶은 사람이 있을까? 있을지 몰라. 그게 삶이라고 믿기를 그만둘 수 없을지도 몰라. 이렇게 하면 좋다, 저렇게 해야 잘 늙는 거다, 어쩌고어쩌고.

철들지 못한 삶은 숫자만 얹어갈 뿐, 길어도 짧으며 살았어도 산 게 아니지. 너무 늦게 철들기 시작한 나는 지금이라도 한 살부터 다시 시작하여 열 살이든 서른 살이든 어른으로서의 생을 사는 중이다. 그러니 오직 내 얘기를 하는 거다. 제 말을 지니지 못하면 제 이름도 없는 거지. 나와 더불어 나로 가는 분명한 길이며 더뎌서 오히려 빠른 통로가 공부다 싶으니.

죽음은 나랑 함께 있으므로 언제 죽음이 내가 되더라도 결국 나 잖아? 삶은 죽음이 연기된 자리에 놓인 것. 죽음과 삶은 한 몸이고 양면이고 이면인데 이상하지. 실로 이상하고도 신기한 것은 죽음에 대한 두려움은 별로 없는 것 같다 싶으니. 겁 많고 엄살이 심해 상당한 공포감을 가졌을 거라고 생각했는데 말이다. 환상 가운데 있거나 엄청나게 억압해뒀을 뿐 다른 사람들에 비해 매우 심하지 않을까 했는데. 아직 죽음이 멀었다고 믿으며 죽음 자체를 건드리지도 못하는 아프도록 유아스러움인가. 아마도 삶을 충분히 연장해두었으니 잘 삶으로써 죽을 준비를 하라는 생의 말씀으로 알아먹는 듯하다, 나는.

그러나 항상 달고 다니는 죽음을 기나리는 것도 생각하는 것도 오히려 이상하지 않은가. 죽음이 문득 한 번씩 자신의 존재를 알리기는 하니까. 나 여기 있어. 응, 알아. 너무 좋구나 싶은 어떤 순간, 아름다움이거나 감사함이 넘쳐 가슴이 터질 때, 내 삶에 까닭 모를 근원적 충만함을 느끼는 순간, 아, 죽어도 좋아! 그렇게 죽음이 달콤하고 매우 찰나적인 한 점의 응축일 거라는 순한 생각이 드는 때가 있었다.

그건 바람이겠지. 내 죽음의 그림.

　도도한 봄빛에 젖어 정원 가운데 앉아 가물거리는 하늘에 더욱 취할 때, 장엄한 자연으로 걸어 들어가 안겼음을 느낄 때. 아아, 생각하다 보니 별로 즐거운 일은 아닐세. 슬픔과 같다. 메마른 슬픔. 정원을 가진 자는 지구의 일부를 가진 자라고, 그래서 정원을 가진 자가 책이 있는 공부방도 가졌다면 세상을 가진 거라고 말한 사람이 누구던가. 그에 따르면 나 역시 세상을 가진 것이니 그렇게 다 가졌으므로 슬픈 걸까? 한 조각 땅으로 지구를 가지긴 했으나 정원이라 불리기에는 거시기한 풀밭이어서 그런 걸까? 아직도 가꾸지 못한 내 몫이 너무나 명료해서 그게 슬픔을 부르는 건가? 역시 죽음에 대해서 본격적으로 생각하는 건 생기 나는 일이 아님에 틀림없다.

그렇지만 딛고 선 바닥이 단단하면서도 말랑거리며 나쁘지 않은 것도 사실이다. 삶이 완성되는 자리에 맞아들이는 죽음이라면 둘은 이미 나도 모르게 달라붙어 함께 놀고 있을지도 몰라. 아무 걱정 없이 말이야. 그러니 죽음을 더 잘 알고 친밀해지는 방법이 있다면 그것은 바로 지금을 잘 사는 일 아니겠는가. 엄청난 생활의 고통이나 질병 가운데 놓인 사람들을 보고 생각한 죽음도 무수히 많으련만 내 무의식은 여전히 그런 죽음은 모르쇠 하네. 멋진 죽음만 골라내고 있는 것 아니야?

　처참한 사고와 자연재해, 남의 죽음을 보고서야 내 죽음을 마지못해 문득 생각하게 만드는 식의 죽음에 대한 사유는, 아마도 내 죽음은 그런 식이 아닐 거라고 믿고 있기 때문인 걸까? 이것 참, 가볍게 시작하여 심각해지는군. 의식할 수 없는 부인과 회피, 체념 속에 어마어마한 공포를 숨기고 있는 것은 아닐까? 『티베트 사자의 서』(파드마삼바바)에 따르면 숨 거두기 직전 몇 톤짜리 트럭으로 내리누르는 무게감 속에 든다던데. 그것은 끊어냄이거나 짜냄, 온전히 소리 낼 수 없음으로 폭발하는 완전한 열림일까? 알 수 없다. 겪어 알면서 소멸되는 앎으로서의 최종 앎이라 하자.

나는 정말 잘 죽고 싶은가 보다. 그래서 탄생과 함께 죽는 연습을 시작한 게 아닐런지. 하늘이 무너질까 땅이 꺼질까, 벌벌 떨며 겁쟁이로 살았어도 죽음은 아직 그러하다. 그래, 죽음은 나와 함께 크는 것 같아. 그러니 언제나 '잘 늙는 방법'이라는 말이 이상하게만 여겨졌던가. 사는 과정이 있을 뿐인데 늙는 방법이라니. 잘 살아오지 못했음을 느끼는 순간 자신이 노년기에 들어서고 있음을 깨달았다는 의미에서 사람들이 그런 말을 하게 되는 것일까? 거꾸로일 수도 있겠고. 그러니 그런 깨달음이라면 바람직한 거지?

이젠 내 목소리를
들을 때

그래, 이왕이면 모두 잘 살아보려는 거야. 괜찮은 인간의 모습을 생각하며 살고 있다는 증거지. 좀 늦거나 이르거나 무슨 대수랴! 잘 늙고 싶다면, 그동안 살았던 반대로 살면 되지 않을까? 푹 빠진 줄도 모르고 계속 살았던 자기 삶의 방법이나 장소로부터 뚜벅뚜벅 걸어 나오는 거다. 수많은 고정관념들과 사회적 지시어를 의심하고 똑바로 보며 조금씩 빠져나오는 거야. 무엇보다 사람들이 끝내 털어내거나 놓여나지 못하는 것이 타자의 시선과 목소리 아닐까 싶다. 안팎으로 득시글거리는 수많은 시선과 목소리. 자기 안에 있는 것임을 모르지만 오직 자신 안에 있을 뿐인 시선들, 목소리들. 끊어! 남의 시선 안에만 보존되어 있는 나를 만나는 일은 그만둬야지. 한 번이라도 제대로 내가 나를 봐야지, 죽기 전에.

또 공부해야 한다는 말이 나오려 한다. 자신을 보려는 몸짓이 이미 공부의 시작이지. 잘 늙어가기의 시작은 자신 안으로 들어가는 일일 거야, 아마도. 자신이 어떻게 살았나 궁금하지 않을까? 어떤 식으로 나를 굴렸거나 굴러갔으며, 어떤 짓거리들을 했는지. 잘한 것과 못한 것을 돌아봐야 자신의 미래를 불러올 수 있지 않을까? 그리하여 나는 생각해보지 않았던 것에 대해 생각하는 중이다. 그래, 어렵다. 많은 생각을 하고 살았지만 삶의 도중으로 생각했을 뿐 이렇게 나누어 한 부분씩 끊어내며 매섭게 쪼듯 생각한 적이 없거든.

사람들이 강력하게 붙들리고 있을 거라고 가정하는 시선은 누구의 시선인 걸까? 환상 아니면 귀신인 거지. 그렇게 누군가를 의식하며 안절부절못하는 자신의 모습을 눈앞에 그려보면 어떨까? 스스로 만들어내고 제 발로 사로잡히는 남의 시선. 그것은 평가와 비교라는 이름의 필요성으로 충분히 제 역할을 했으니 이제는 그만! 죽을 때까지 그것과 함께 있고 싶지는 않으리라.

남의 목소리도 그러하리라. 생의 초반부터 어쩔 수 없이 들러붙은 아버지의 목소리, 엄마의 목소리, 누군가의 목소리들. 이미 흩어진 그것을 붙들고 계속 흔들리는 나. 그것들은 과하도록 내게 붙어 살았으며 나를 부렸지만 나를 살리기도 한 내 생의 동력으로 이미 충분히 활용했다. 그러니 잘했고, 잘했으므로 이젠 내 목소리를 들을 때지.

잃어버린 내 목소리를 찾고 내 말을 할 때야. 들릴 때마다 왜 이것들이 나를 자극하며 나는 왜 그것에 휘둘리는가, 생각하고 자신과 눈을 맞추며 말할 때다. 자기를 부르고 만나 화해하고 진정 용서할 때가 시작된 거라고 생각하자. 한 번도 그 의미를 새김질해보지 못한 사랑이란 말을 내 안에서 발견할 때도 된 것 같다. 언뜻 보이기도 해. 먼저 자신에게 사랑을 고백해야 할 거야. 무한한 반복으로 스스로를 단련하며 생을 가로질러온 자신의 애씀을 인정하고 온몸으로 받아들이고 싶지 않은가. 자신의 삶을 해석하며 재구성하고 싶지 않은가.

나도 오랫동안 남의 시선과 목소리에 휘둘렸더랬다. 아니라고 믿었으나 확실히 그러했다. 그러했어도 그때 내게 필요해서 그랬음이 또 아픈 진실이란 것을 알았지. 남의 눈과 목소리로 박제된 나는 싫어. 늙어가는 나로 살아가는 거야. 모르는 가운데 실패하고 또 실패하며 자신을 만나러 가는 중이다. 무수한 실패 끝에 성공이 보이는 중인걸.

이제 어떤 나도 만날 수 있거든. 괴물로, 유령으로 나타나도 나는 놀라지 않을 수 있단 말이야. 그 유령과 괴물 사이사이 몰랐던 빛과 색으로 반짝이는 나도 있던걸. 그렇게 나는 무수한 나를 다 만나고 싶어. 또 가능하면 가능한 만큼 나를 다 살아보고 싶다. 나를 치유하는 것은 나지. 나만이 나를 치유하고 회복시킬 수 있는 거야. 늙는 것도 나고 나를 잘 늙게 하는 것도 나 아니겠나. 그러니까 누구든 원하면 할 수 있는 거야. 잘 늙기를 원한다면 당연하지 않은가. 수많은 나와 두런두런 함께 가는 거야. 해보는 거다.

"하면 된다"거나 "넌 할 수 있어"라는 말을 들을 때 듣기 싫거나 걱정부터 앞섰던 사람은 나만일까? 인정이며 격려로 힘을 주는 것 같은데도 이상하게 아닌 것 같은 느낌. 너는 할 수 있다. 하면 돼, 해봐, 못하면 바보야, 못하는구나, 실패했네, 찌질하군, 모두 네 탓이야. 이렇게들 연결시키는 것 아닐까? 스스로를 강제하도록 강요하는 무형의 폭력이지만 선한 탈을 쓰고 있으므로 의심할 수 없게 만드는 말 아닐까? 그래서 싫었다. 하지 않는 편에 속했어. 실패한 자신을 마주하기가 두려웠으니까 당연하지.

그래서겠지. 내가 교사로서 아이들에게 한 말은 "해보자"였다. 활동거리를 주면 아이들은 당연히 하게 되어 있으며 자신이 무엇을 할지 알고 있으므로 굳이 그런 말을 할 필요도 없지만, 망설이고 힘겨워하는 아이들에게는 가끔 하는 말이었다. 한 번 해보자. 뭘 못하고 뭘 할 수 있는지 궁금하지 않아? 가만히 있으면 뭐하니? ("그냥 가만히 있죠" 하던 애도 있었다!) 지금 꼭 하고 싶은 것 있어? 학교 그만두고 하고 싶은 일이 있니? 그러니 좀 더 다녀보면 어때? 어딘가에 잘 의존하거나 남 탓을 잘 할 수 있게 되기까지 아이들이 무책임해도 괜찮은 알맞은 공간과 시간이 필요하기 때문이다. 스물 언저리에 이르면서부터는 무엇을 하든 자신의 탓으로 돌릴 수 있어야 하니 그것이 바로 자신의 생 아니겠는가. 그게 가능한 구조적 기반을 만들어주는 것이 사회 공동체가 할 일인 거다. 사회를 탓하고 남 탓을 적절히 하면서도 책임을 지고 자신의 이상을 향해가는 게 일반 신경증자로 사는 대부분의 사람들이므로. 무엇보다도 지금 이 땅의 우리는 아직 세월호에서 내리지 못했으므로!

우리는 이미 세월호 이전의 자신이 아니다

세월호는 생각하지 않으려 했다. 그냥 넘어가고 싶었어. 절대 있을 수 없는 일이므로 말도 할 수 없는 일, 도저히 표현할 수 없는 사건이었으니 말이다. 아이들은 곧 구조될 줄 알았지, 나라가 있으니까. 그런데 왜 구조 작업이 활발하게 조직적으로 펼쳐지지 않는 거지? 복도와 교실에서 웃고 장난치는 아이들의 환영이 아른아른, 내가 오래 몸담았던 그 생명의 공간에 있던 내 아이들! 그 열 학급 아이들과 어른들이 한꺼번에 스러지는 거야. 밝고 선명하게 움직이던 색채들이 졸지에 회색으로 몰려오며 정지되더란 말이야. 느닷없이 휘익 그물처럼 덮쳐오는 그 죽음의 입김에 거듭 포획당하는 동안 책임을 지고 용서를 구하며 위로하고 소통하는 언어는 끝내 자라나지 못했으니 나는 공포와 경악 자체로 얼어붙어버리고 말았더랬다.

마음을 닫고 마당의 풀만 뽑았다. 아무데서나 굳세게 잘도 피어 누렇게 웃는 민들레도 마구 뽑았다. 흐물거리는 회색 세상을 방글거리며 경고하는 노랑이 얄미워 밟아버렸다. 탓하고 증오하고 고문하는 언어들, 희생자들을 거듭 죽이는 유사 말들이 난무하는 꼴을 아주 모를 수는 없었으니 그것을 해석하고 싶어 나는 안달했다. 나라가 아니야, 삶이 아니야, 저게 대통령인가. 저 괴물을 둘러싼 수많은 입, 손, 눈, 돈, 공포 들……. 분노와 무력감에 몇 번을 거꾸러졌더랬다.

그렇게 해독할 길 없는 상황을 견디며 '말'을 기다리다가 나와 나들이 시나브로 지쳐서 이제 그만 덮고 잊으려 할 때도, 유가족들은 어마어마한 고독과 상처를 용기와 열정으로 바꾸어나갔으며 끝내 단절과 혼돈의 굴을 뚫어냈으니. 사람들을 광장으로 불러내고 마음을 일으켜 손잡게 했으니! 그리하여 현재 속의 미래는 그들의 지극한 부름에 대한 응답이며 그들의 것이라고 해도 될까? 유가족들과 내내 함께였던 시민들은 마침내 새로운 진리를 만들고 그 빛을 온 나라에 던진 셈이라고 감히 말해도 될까? 그들의 회오리는 세상을 흔들었고 우리는 모두 기꺼이 흔들렸다. 그런 것 같아.

그래서 나는 자주 미안하고, 부끄러움 속에서 기쁨과 고마움과 자랑스러움으로 나아갔다. 아무리 외면해도 이미 우리는 그 사건 바깥에 있을 수 없으며 그 상황에 충분히 영향받은 것이다. 누구도 이미 세월호 이전의 자신이 아니며 이전으로 돌아갈 수 없음을 모르는 듯 알고 있으리라. 단지 교통사고의 하나라고 우기던 사람들, 제 자식을 돈과 바꾸고 싶은 듯이 말 아닌 말을 뱉던 그들조차도 이미 자신이 바뀌었음을 무의식으로는 알 것이다. 아무리 동물에 가까운 인간이라 할지라도 무의식이라는 보편성만은 가지고 있기 때문이다.

그 지극한 아픔을 뚫고 나갈 때 유가족들은 그 자리를 비껴난 다른 사람들을 부러워했을까? 짐승의 말로 그들을 매도하고 증오까지 하던 자들을 그들 역시 증오했을까? 아닐 것이다. 그래서 나는 더 부끄럽다. 그들이 칼끝에 선 듯한 고통으로 외로움의 시공간을 아찔아찔 흔들리며 나아갈 때, 도래할 미래와 진리에 대한 확신으로 세월호라는 대사건을 뚫어낼 때, 나는 그들이 아니며 그 아이들 가운데 내 아이가 없어서 천만다행이라고 생각하지는 않았을까? 아마 그랬을 것이다. 무참함과 끔찍함 가운데도 한 줄기 안도감이 살금살금 형상을 보일 때마다 놀라고 죄스러워서 꾹꾹 눌러 덮었을 것이다. 그 때문에 유가족들을 벼랑으로 몰아붙이는 사람들을 더 강하게 비난하며 아파했을지도 모른다. 부끄럽다.

그래서 그때 말하지 않은 것을 지금이라도 말하고 눈 마주치며 대면하고자, 명료하게 이름 붙이고 불러내려 하는 건지 모른다. 남의 죽음을 통해 내 죽음에 대해 생각하지만 그것은 동시에 내가 살아 있음을 증거한다는 것. 다른 사람의 불행은 내 눈앞의 일시적 안락을 깨닫게 함과 동시에 내 불행을 엿보거나 예감하게 함으로써 갖는 의미의 자리에 존재로서의 인간을 불러낸다고, 그리하여 공감과 유대를 형성하게 한다고 말하려 한다. 비루하고 슬프시만 그게 바로 삶이라고, 산다는 일이 얄팍하고 너덜거리는 짓이기도 하다는 것도 말해야 한다.
　　그런 게 인간임을 술자리의 끔찍한 진실이자 농담의 방식으로는 이미 너무나 잘 안다 해도, 또한 그렇기 때문에 남의 죽음이자 우리의 죽음이며 우리 모두의 아픔에 대해 멀쩡한 정신으로 또박또박 하는 말이 필요하다는 것도 안다. 줄기차게 말할 때, 고집처럼 주장할 때에만 변화를 부를 수 있는 것임을. 혼자가 아니라 여럿이며 함께일 때 혁명이 가능함을! 나을 수 없는 상처, 회복 불가능한 아픔일수록 잘 못한 자의 입으로 고백될 때 가능성이 열리는 것임을 안다. 상징적 권위의 이름으로 모두 앞에서 인정받고 위로받을 때 최대한으로 열리는 가능성은 구성원 전체를 회복시키고 움직일 수 있게 함으로써 최대한의 결과를 얻게 한다. 가장 작은 것으로 가장 큰 것이 시작된다. 그리하여 우리는 비로소 다음으로 나아가거나 옮겨갈 수 있다.

인간의 수명이 길어진 까닭은 아마도 인간이 되지 못하고 철들지 않는 느림쟁이, 겁쟁이, 지진아 들을 키워 잡아먹기 위한 생태계의 기획일 것이다. 시간을 줄 테니 너도 좀 제대로 한 번 살아봐라, 빌빌거리다가 꼴까닥 사라지는 것은 너무나 아까우니 철들기를 부탁해! 이런 것 아닐까? 부디 이전의 자신과 다르게 한 번 살아보라고 권하는 미래의 강력한 전언.

2.
낡은 에너지
덜어내기

고무장갑이
필요해

설거지 하고 책을 읽어야지. 커피도 마시고. 내사랑 고무장갑. 젖을 손이 애처로워 미리 덮어주고 감싸주는 고무장갑. 손질하기 전까지는 맛있는 것을 이룰 재료였으나 쓰레기가 된 것들, 배를 불린 후에는 오물에 가깝도록 낯설어진 그것과의 접촉을 막아주는 고무장갑. 뜨겁지도 차갑지도 않게 물과의 만남을 적극적으로 돕는 그것. 주부습진을 막아주면서 덜 괴롭게 일하도록 격려하는 고마운 것. 이렇게 모든 것을 배려하는 그 속 깊음과 무던함. 그러고도 항상 발그레함과 복숭앗빛 통통함을 잃지 않는 그것의 사랑 덕택으로 주부들이 사는 게 아니랴. 그래서 진분홍이나 빨강으로 만드는 거다. 김치나 고춧가루 양념이 배서 그런 게 아니야. 요즘 나오는 연두나 노랑 고무장갑도 발가족족한 걸 봐. 고무장갑의 사랑조차 슬슬 차단하려는 음모가 낯간

지러워 그렇지, 결코 김치 양념이 배서 빨간 게 아니라니까.

그것이 내 손가락 대신 기꺼이 썰림을 당하고도 발랑 벌어진 구멍으로 웃고 있는 것을 보면 미쳐! 무던함을 넘은 바보스러움과 천치 같음에 할 말을 잃고 내 얼굴이 더 붉어지더란 말이지. 한없는 복종과 희생에 빨갛게 절은 그것을 '대디손'이라 이름 짓지 않는 것은 자신의 손을 가진 남자가 별로 없기 때문일 것이다. 이름 짓는 자들이 주로 남자이거나 남자가 되고 싶은 여자여서일 거다. 어쩌면 그런 스스로가 너무나 가증스러워서일 거다. 아주 가끔, 아주 조금 얼룩덜룩 발그레하지만 몰래 가만히 있는 것, 쓸데없이 둔한 것이 고무장갑 말고 또 있을까? '마미손'을 사용할 필요가 없을 거라고 가정되는 사람들 대부분은 남자일 것이다. 대디손을 가진 남자들이야 사람 냄새 풍기는 일에 이미 참여하고 있을 것이므로. 과연 그럴까? 그럴 것이다.

고무장갑, 대답 없는 그 열 손가락의 사랑이 지긋지긋했어.
부드러운 듯 변하지 않는 그 둔한 것.
변할 듯 변할 듯, 끝내 제 생긴 대로 버티는 그것.
피부를 넘지 못하는 사랑을 안다고 우기는 그것이
감추지도 못하면서 사랑이라고 보이는 거만함은
가슴으로 쏟아지는 삶의 찌꺼기를 손이라도 들고 받으라 막으라 주선해주었지.
시뻘건 눈알 열 개로 더듬거리는 그 우둔한 것은
제 몸에 구멍이 나도록 저를 말하지 못하네.
그건 지긋지긋한 슬픔이야.

그래도 통통 살아 따글따글 우기는

　　열 손가락의 얼얼한 사랑.

　　감추지도 못하는 그것을 먹고 사네, 나는.

시 한 편 썼네. 시 비스무리한 게 되었잖아. 재밌어라. 호호홋, 절로 흐른 거야. 그리고 그 짧은 만화가 생각난다. 대략 이런 내용이었어. 첫 컷은 진정한 사랑을 고대하는 외로운 여자의 모습. 다음 컷으로 포장마차 손수레를 끌고 미는 부부를 흐뭇하고 부럽게 바라보는 여자의 모습. 세 번째 컷으로 미소 띤 남편과 아내의 얼굴. 그런데. 다음 컷에서 빨간 고무장갑을 낀 아내의 손은 손수레에 닿아 있지 않다! 미는 시늉만 하고 있었어. 마지막 컷에서 경악하는 여자! 제목이 '부부'(『추리닝』, 이상신 글, 국중록 그림) 맞을걸. 그 아내도 접촉의 공포였을까? 접촉조차 무서운 그것에 자신의 힘을 가하면서까지 깊이 닿고 싶었겠냔 말이지. 무엇에 대한 접촉을 두려워한 걸까? 수레? 남편? 노동? 삶? 접촉을 향해 나가고자 하던 그 젊은 여자는 그 순간 접촉으로부터 잠깐 달아났을까? 자신의 미래에 대한 참고 자료를 보았을까? 자신의 현재를 의심할까? 자신은 잘 접촉할 수 있다고 결심했을까? 남이사 어쨌거나, 나는 왜 고무장갑의 매개 없는 접촉을 향해가지 못하는가, 왜 두려워하는가.

　　생각이 많으니 먹고 싶은 것도 많지. 그러니 늘 과식이다. 과식하고 걱정하다 느느니 주름살이지. 그래서 나는 날 때부터 이마에 굵은 주름을 가지고 나왔더군. 평생 걱정하며 살 준비를 갖추었던 거야.

나 혼자 한 것은
없다

어떻게 보태고 더하면 좀 더 완전하게 될까, 걱정 그리고 걱정. 어린 것이 너무 아팠으니 덜어내야 했겠지. 살기 위해 멈출 줄 모르고 소진되어갔던 뼈와 피와 살을 생각해보고자 하나, 아직 미치지 못한다. 엄마가 그랬다.

"어린 게 살라꼬 한 주먹 되는 알약을 잘도 먹는기라."

가늠할 수 없다. 한참 가야 할 것 같다. 아프고 아팠으리라만 아직 알 수도 없고 느낄 수는 더 없다. 나는 이제 더 이상 덜어낼 것이 없어요. 나는 이제 이대로 있고 싶어요. 완전해요, 완벽해요. 착한 사람이 될게요. 훌륭한 사람이 될게요. 내가 나쁜 짓을 해서 벌 받는 거죠? 용서해주세요. 아파요. 엄마, 아버지……. 등뼈가 부러져 아픈 어린 것은 대단해야 살 수 있었으므로 정말 대단하고 싶어서 화가 났겠지. 감히 나를! 그러니 사람들의 칭찬 같은 것을 들어도 어색하기만 했던가 봐. 고맙지만 겉도는 느낌, 나랑 어울리지 않는 일그러짐 같은 걸 느꼈던 것 같아. 편하지 않은 거야. 네가 뭔데 나를 감히 칭찬하느냐. 나는 나로 충분하다. 나는 나야. 이런 것이었을지도 몰라, 쯧!

고난을 뚫고 나오면 남을 이해하기보다 오만해지느니 그래서 다시 한 번 힘든 과정을 뚫어 생을 반복해야 사람이 된다는 걸까? 그때 비로소 나를 통과하면서 나를 걷어낸 자리에 나와 함께 남이 있게 되는 것일지도 모른다. 그러므로 삶의 순간마다 길목마다 수많은 스승이 있었음을! 나 혼자 한 것은 없었던 것이다. 혼자 하려는 순간 이미 누군가의 덕분이거나 때문으로 매개되거나 겹쳐 있는 어떤 것을 느끼며 또렷이 인식하게 되지 않던가. 보이지 않는 수많은 손과 발과 마음으로 연결되어 있는 자리에 내가 들어서더란 말이야. 항상 무수한 흔적들이 흔적을 부르고 그것 위에 자신의 자리를 만들게 돕더라고. 그렇다면 서로를 통해 우리는 모르는 사이에 연결당하는 게 아닌가. 어떤 순간에 모두 연루되어 있지 않은가. 생각할수록 혼자가 아니야. 혼자 하는 게 없고 관련되지 않은 게 없는 것 같아. 너무나 많은 것이 들러붙어서 나를 만들고 있던걸. 정말 나를 직조하고 있던 것을!

영향 받을 수 있는 힘이라 하자. 받아들여 내 것으로 만들고 사용하고 고마워하기, 받은 것을 받았다고 하면서 그것에 덧붙이고 다시 돌려보내고 잊기. 이런 과정에서 기쁨이 탄생되는 게 아닐까, 자주 생각한다.

낡은 에너지
덜어내기

그러나 그렇게 타자들로 이루어진 나를 거부하는 태도는 블로그를 즐기는 사람들을 기이하게 보고 비웃는 것으로 불거졌다. 그게 무척 우스꽝스러웠거든. 거의 똑같은 사진을 무수히 올려놓은 블로그를 어쩌다 스치게 되면 인터넷 공간이 정말 무한한지 걱정되고 아깝더란 말이야. 저렇게 자신을 내보이고 싶은 것인가. 저 멍청해 보이는 짓이 재미있고 자랑스러운가. 언제 옷을 샀으며 음식을 만들었네, 어디를 갔네, 몇 줄 써서 줄줄이 올리는 일을 이해하기 어려웠던 거지. 그런데 그저 나름 즐기고 있을 뿐이더란 거였어. 누군가에는 도움도 되려니와.

그러니 돌돌 말고 들어앉은 고치에서 나와 작은 깨달음 하나에 이르기가 참으로 먼 길이었던 거야. 멀 것임을 알면서도 하나하나 밟아보기로 했으니 사는 게 재밌다 함이다. 그들은 그들대로 나는 내 방식으로 하면 되는 블로그를 시작하기까지가 만만치 않았으니. 덜 따지고 덜 눈치 볼 수 있는 건강한 보통의 힘을 가진 그들을 질투했던 거지. 그들이 잔재미를 느끼며 기쁨을 얻는 동안 나는 똥그란 눈으로 바라만 보았던 거다. 그러니 그들을 매개로 내 블로그가 만들어진 거라고 말해도 되는 거지? 댓글의 내용을 미리 상상하면서까지 자기 감시와 자기 검열이 무서웠던 것일 터. 뭐 이러냐, 웃기네. 별것도 아니네, 아는 체하네. 강력 투사! 내 안에 있는 모든 나쁜 것들을 밖으로 던져내고는 내 것이 아니라고 잡아떼고 부인하기. 나 아닌 다른 사람들이 문제라고 소리치고 징징대는 원시적인 방어기제.

그래, 앞으로는 이전에 안 하던 짓을 해보기로 했으니 그 중에 한 가지로 나도 블로그를 해보는 거야. 내 꼴을 멀찍이서 보자고. 좋아, 남이사!! 댓글 사절하고 블로그를 시작했다. 자백과 조마조마를 오가면서 꽤, 많이 즐거웠다. 내 안에 저장해놓고 신선도가 의심되던 것들 꺼내기, 나를 열기 시작했다는 것, 누군가 볼 가능성이 넘치는 장소에 내 글, 내 이야기를 두었다는 것만으로도 무수한 껍데기들 가운데 몇 개를 벗은 셈이었다. 하루 한 편, 완성이 아니어도 쏟아내고 기록한다는 자체가 내 안에 남아도는 낡은 에너지를 덜어내게 했다. 드디어 본격적인 빼기가 시작된 것이다.

당연히 맨하탄 일기부터 올렸지. 명퇴 직후 세 달 동안 머물렀던 뉴욕 맨하탄을 걸으며 먹고 놀고 울며 쓴 일기를 더 늦기 전에 정리하고 싶었거든. 카페에서 공원에서 틈 날 때마다 공책에 빡빡하게 기록한 것들을 시간 순으로 정리하는 게 목적이었으니, 블로그는 얼마나 훌륭한 저장고인지. 아무 때나 열고 꺼내볼 수 있다는 게 너무나 신기한 거야. 시골집에서 사는 얘기도 가끔 써 올리면서 글이 쌓이고 읽는 사람들이 들락거린 흔적이 보일 때 느껴지는 기대감과 흥분은 종일 앉아서 쓰게 만드는 데 더할 나위 없는 칭찬처럼 여겨졌다. 남들도 이렇게 좋았던 거구나.

　　댓글을 허용해서 남의 말을 좀 들었더라면, 어쭙잖은 충고나 비난도 들었더라면 그만큼 나는 더 단단해지고 살맛났을까? 그러나 딱 그만큼이 내가 그때 할 수 있는 작은 혁명이었을 것이니 어쩌랴, 열쇠가 여럿이 아닌걸. 몇 개의 쪽문을 열면 닫아야 하는 문도 있는 것을.

내가 없어도
지구는 돈다

그러니 처음 병가 낼 때 참 힘들었더랬지. 그동안 계속 열고만 나가던 문을 잠시 닫고 나와야 함을 깨달았을 때 말이다. 더 이상 열고 나아갈 힘이 없다는 무력감이 엄습했을 때, 왜 나와 함께 세상이 중지되지 않는 것인가, 분하다고 해야 하나. 자기 감시이자 자기 처벌로서의 질병을 강제로 명령받지 않으면 쉬지도 못하는 사람이라고, 쉴 능력이 없다며 비난했던 사람, 죽을 줄 모르고 일하던 사람이 바로 나였음을 알아채면서 많이 놀랐다. 내가 없으면 학교가 어찌 될까 봐 병가를 못 낸다고 말하지 못하고 "사람들에게 미안해서"라고 말하던 교사들, 그러면서 병을 키우고 보는 사람의 애를 태우던 교사들 말이다.

미안이야 하겠지만 왜 그리도 미안할까 싶었는데 그것은 굴러가던 자신을 멈추게 만든 자신을 향한 깊은 미안함이었다. 그러나 동시에 미안함을 가장한 고마움이기도 했다. 물론 자신이 없음으로써 어쩌다 발생할지도 모르는 다른 사람들의 불편함이나 무게를 무의식이 기대한 것인지도 모른다.

내가 병가를 낼 때도 정말 그냥 미안하지 않았던가. 미처 살펴주지 못해 토라진 내 몸에 대한 미안함. 그리하여 강제 휴식 상황을 만든 나 자신에 대한 염치없음이었다. 그러나 내가 쉬어도 아무런 일이 없음을 안 다음에는 병가 내기가 쉬워졌지. 그들도 그랬을 것이다. 거의 아무렇지 않게, 나라가 있어 유일하게 좋은 것, 권리를 누릴 수 있었을 뿐 아무데도 누구에게도 미안하고 싶지 않았다. 쉬겠다는 내 결단밖에는. 출구가 없는 고민을 거듭하다가 병에게 쥐 먹이가 어느 정도인지 병을 키운 날들이 며칠 몇 달이었는지 어찌 알겠는가.

'폼생폼사'가 기본자세인 내가 선택한 우아한 꾀병은 조용히 쓰러지는 악성빈혈이었다. 2002년 가을에 두 달 쉬고 나서 쉴 수 있었던 내가 꽤 괜찮아 보였으니, 그런 내가 그러지 못하고 절절 매는 다른 사람들을 거들면서 미깔맞은 도움이 되지 않았겠는가. 자신이 대면하지 못하는 진실을 가볍게 찔러주었다고 하자. 그렇게 아픈 너를 보는 게 더 끔찍하니 떠나다오. 학교에서 잠시 사라지면 어떻겠니? (너보다 낫다고 가정되는 내가 없을 때도 학교는 잘 굴렀거늘 하물며) 너 없어도 아무런 문제가 없다는 걸 진정 모르겠어? 특히나 사람을 가르치고 성장을 돕는다는 일, 교육 노동의 결과나 성과가 쉽게 측정되며 금방 드러나던가. 그러니 네가 아무것도 하지 않아도 누군가 할 것이고 이미 네가 무수히 많은 것을 했거나 대단한 일을 했을지라도 네가 한 것만이 아니거나 따질 필요조차 없는 일부이므로, 떠나야 할 때 떠나고 아주 떠나기 전에 쉬어라.

지금 사후적으로 결론 내려보면, 무의식으로는 자신이 꽤 대단한 줄로 알았던 내가 두 달을 쉬어도 아무 일 없을 것임을 의식도 이미 알고 있었더라는 말이다. 그게 사실임을 확인하고 싶지 않았을 뿐이야. 양보해서, 마흔 살 언저리만 되면 누굴 교장자리에 앉혀도 학교는 굴러간다고 굳게 믿었으니 말이다. 자리가 스스로를 닦달하거나 분발하게 만드는 것일 뿐, 누가 특별한 자질을 타고 난 것은 아니란 말이다. 어지간만 하면 자리에 맞는 자신을 만들어간다는 거다. 그렇다면 평교사 한 사람의 병가 두 달. 간지럽지 않은가.

무슨 일이 있어도 지구는 돈다! 타인에게 고통을 전가시키거나 배가시키는 네 얼굴을 치워주는 것이 의무이니, 호사를 떨지 말고 쉴지어다. 병가조차 없거나 내기 어려운 환경, 쉬고 나오면 자기 자리가 없어지거나 급여가 깎여버리는 경우를 우리는 잘 알지 않는가. 자신이 열고 들어갔던 문을 뒤로 하고 나올 때마다 생에 한 켜 껍데기가 더 생기는 게 아닌가 한다. 그 껍질을 뚫고 새 살을 만들어내는 사람들은 언제나 내게 놀라움이었다.

커피는
기억을 부른다

커피 내리자. 조심조심 제의처럼 커피를 모시던 때는 한참 지났다. 십여 년 전에는 마실 때마다 미세하고 오묘한 차이를 발견하면서 자발적으로 매혹되었고, 꽤 오래 그리 즐겼다. 이제 아무 콩이나 그냥 갈고 물을 내린다. 후각적으로 전혀 이물감을 느끼지 않는 유일한 외부의 물질 커피, 오랜 친구. 냄새로서의 나인가 싶은. 갈면서 코로 오르는 내음. 갈아놓은 것을 조심스레 꺼내어 살짝 코를 가까이 할 때, 더 가까이 할 때의 향기. 갈아놓고 잠시 이동했다 돌아올 때 서서히 감지되는 두께가 다른 향기로움. 흐르듯 돌아다니며 선율을 그리는 그것. 검은 노래들, 음표들. 또한 물을 만나 변화되면서 뿜는 향 또는 냄새. 그 과정들 내내 흐르거나 떠도는 어떤 것. 여전히 향기는 평화롭지만 어떤 커피든 대충 그냥 내려도 좋아, 커피라서 좋아. 신선하게 어지간히 잘 볶은 콩이면 누가 내려도 어슷비슷 마실 만하지, 뭘.

　그래도 커피는 도드라지는 신의 선물이다. 뜨거움에 가깝지만 입 안이 흡족할 만큼 따뜻할 때 호로로 한 모금 꿀꺽 마시면 밥이 끝난 자리를 다독이는 요것. 쪼르르 훑어 부드럽게 지나는 접촉이 일깨우는 시간. 오늘은 이제 시작이야, 하루를 잘 반복하겠다는 약속이며 악수였다. 아, 꿈 꿨지 참. 이제 생각난다, 잊을 뻔했네.

역시 커피는 기억을 부르누나. 그러나 무엇보다 커피에는 담배지. 〈커피와 담배〉(짐 자무쉬). 이 꾸질한 영화를 심각한 체하고 봤더랬어. 육신과 영혼을 상상하게 하거나 존재라는 있음에 대해 증언하는 사물이 담배, 연기와 재가 아닐까? 그래서 많은 사람들이 담배를 사랑하거나 저주하는 게 아닐까? 그러나 무엇보다 『프로이트와 담배』(필립 그랭베르)지. 프로이트에게 담배는 아버지와 신의 다른 이름이며 절대 사랑이라고 말하려니 가슴이 알알하다.

　프로이트. 나의 스승이여, 당신을 읽었기에 제가 이렇게 어떤 시선에도 거리낌 없이 떠오르는 대로 생각하고 멋대로 지껄이고 있나이다. 석가는 평생 수양하여 도를 깨우치고 성인의 반열에 올랐으되 자신의 밥과 가족을 위해 뼈 빠지게 일하지 않았거늘, 당신은 이성과 합리성에 대한 인간의 고정관념을 깸으로써 인식의 혁명을 이루고 현대철학의 문을 열어젖혔음에도 평생 홀로 먹이를 구하고 식구들을 걱정했습니다. 또한 자신이 이루고 세웠으되 한없이 열려 있는 사유 체계를 스스로 '정신분석'이라 명명했습니다. 예수도 식구들의 끼니를 위해 노동하지 않았으며, 스스로 이름 붙이지도 않았지요. 그는 왜 노동하지 않았을까요? 노동으로부터 물러서서 생각하라는 것이었을까요?

인간 스스로를
해방하기 위하여

그러고 보니 마르타와 마리아의 일화가 생각납니다. 중학생 때 이해할 수 없어서 화가 났던 일화입니다. 언니 마르타는 집으로 모신 예수의 일행을 대접할 음식을 준비하고 동생 마리아는 일행과 함께 앉아 예수의 말씀을 듣습니다. 마르타가 착하다고 생각했죠. 나는 거드는 시늉만 하다가 마리아처럼 예수 옆에 앉아서 이야기를 들을 테니까요. 그런데 예수는 마르타를 칭찬하지 않아서 매우 놀랐죠. 마리아 옆에 앉은 내가 야단을 맞을 줄 알았거든요. 그러니 어린 마음에 기억된 것은 오히려 배신이었어요.

여자들이 하는 일이 그럼 도대체 무엇인가! 예수도 의심스러웠습니다. 일하던 마르타가 자신을 왜 도와주지 않느냐고 말했을 때 드디어 마리아가 혼나는구나 싶어 나는 뜨끔했단 말입니다. 뭘까요? 선택입니까? 그때 그 자리에서는 마리아의 선택이 낫거나 옳다는 뜻일까요? 그렇다면, 나는 예수 쪽에 앉길 잘한 거니까요. 당시의 해석은 그랬습니다. 당연히 그때의 자신에게 유리하게 떠오른 해석일 테지요.

지금 다시 생각해봅니다. 말로 대접하는 예수가 주인의 자리에 있어야 하는데 마르타가 주인이 되어 음식을 대접하려 했다는 것. 그러니까 자리의 문제인가 싶습니다. 그렇다면 예수의 생애 전체가 인류를 먹이는 노동이었군요. 인간의 등뼈를 세우고 영혼을 매다는 일, 실천을 뿌리는 일이었으니 참으로 호된 노동입니다.

신적 노동과 신적 분노에 대한 사유조차 가능하도록 무의식과 충동을, 재현할 수 없는 것을 재현 가능하게 하는 체계와 사유 방식의 기초를 프로이트가 구성해냄으로써 정신분석은 신에 대한 사유를 다시 하게 만들지 않았는가 싶습니다, 오히려 말이지요. 그가 무신론자라고요? 부정하는 방법으로 신을 떠나지 않고 인간과 삶에 새로운 사유가 가능했을까요? 부정으로 시작할 수밖에 없었던 게 아닐까요? 신으로부터 연역하는 오랜 인간 역사와 삶의 장을 닫고 잠시 잊음으로써 인간 스스로 자신을 해방할 수 있도록, 작은 신으로서의 인간이 가능하도록 하는 열린 체계를 구성해낼 수 있었던 게 아닐까요? 그가 무의식을 연구할 때 인간의 어디에선들 신을 만나지 않았을까요? 신이 최종 해답이 되면 막다른 골목마다 길을 뚫을 수 있었을까요? 신의 이름으로 막아버리지 않았기에 정신분석적 사유는 지금도 길을 내고 있습니다.

그러나 다시 인간과 삶을 귀납해가던 길에서 그는 신을 맞아들였음을 확신합니다. 프로이트야말로 유일한 '믿는 자'일지도 모릅니다. 따라서 왜 많은 현대철학자와 정신분석학자 들이 신을 말하거나 신없이 말하지 않는지 조금은 알겠더라는 말입니다. 정신분석을 통하여 인간을 해석하되 신에 닿더라는 겁니다. 인간을 따라갔는데 신이 나오더라는 거지요. 그렇게 신을 따라갔더니 인간이란 구멍이 시커멓게 보이되 무섭지는 않더라는 겁니다. 그 자리에 신이 있음을 가만히 보고 알았으니까요.

신을 피해 도망 다니다가 정신분석이라는 도구로 결결이 나를 저미고 인간을 저미다가 피 냄새에 절어 철학으로 봉합하는 중에 신에 닿고야 말았다는 말입니다. 내게 그 신의 이름이 예수일 때 자꾸만 눈물이 나던 것을요. 십자가의 무게를 가늠할 수 없어서, 창 박히고 못 박힌 곳이 얼마나 아팠을까, 측량할 길 없어서 참 많이 울었지요. 많은 이들이 부르던 예수를 생각하며 불덩이가 눈으로 꾸역꾸역 나왔다면 맞을까요?

그렇게 프로이트, 그의 책들을 읽다가 마침내 피터 게이가 쓴 전기 『프로이트』를 읽고는 한 인간의 용기에 전율했지요. 정신분석학을 구성하는 과정에서 해석도 재현도 불가능하여 신을 불러야 할 자리마다 지우며 홀로 나아갈 때 얼마나 외로웠을까요? 신의 이름을 놓고 빠져나와야 할 수많은 굴의 시간성을 견디며 끝없이 파나갔던 절대고독의 무지막지한 힘에 붙들려 요동치며 울었던 기억이 새롭습니다.

그러니 나도 나를 조금 더 많이 살아보아야겠습니다.

존재가 있으니
소리를 만든다

오늘은 엠마뉴엘 레비나스의 『존재에서 존재자로』를 읽어야겠다. 꽤나 오래 끌고 있는 책이니 읽어 치워야겠다. 그런데 존재와 존재자는 어떻게 다르다고 했더라? 존재란 인간이라는 근원성으로서의 공백, 존재라는 상태이고 존재자는 가치와 의미를 추구하며 사는 낱낱 세상 사람이겠지, 뭘. 존재랑 존재자가 거창하게 다른 것이거나 구분될 수는 있는 걸까? 엎치락뒤치락, 앞서거니 뒤서거니 하겠지.

항상 앞질러 생각하고 까불다가 풍덩 빠지고 킥킥대는 나는 까부는 게 좋다. 영원한 네 살. 낯선 책을 펼 때마다 이거 뭐 대단한 게 있을까, 하다가 심하게 얻어맞거나 추락하기도 하지. 추락이 깊을수록 올라오는 재미뿐 아니라 상처가 아물면서 알고 느끼는 재미가 새콤달콤하다.

하여간 이미 존재를 내던지고 존재자로 모두들 나름의 의미를 부여하고 남들이 의미 있다는 것에 왁자글 모여 의미를 챙기며 사는데, 뭘. 나도 그러하나 그 의미가 내가 찾는 의미인지, 꼭 의미를 찾아야 하는 건지 의심이 많은 편이다. 그러니 사람으로 소란한 곳은 안 가거나 덜 가고 나중에 간다. 때문에 진작 건드려졌어야 할 기회를 얻지 못했거나 놓쳤을 것이다. 그러나 그때는 그것이 내 삶에 유리했기 때문이려니 생각한다. 기회를 잃은 동시에 보존된 기회가 분명 있었을 터. 손해와 불편을 감수해야 할 때가 많지만 장기적으로 보면 '쁘라마이나 제로' 이상인 것 같다.

그런가 하면 또 이름 붙일 수 없는 것들에 이름 붙이고자 기를 쓴다. 이해할 수 없는 것들과 표현할 수 없는 것들을 붙들고자 한다. 그림으로 생각한다. 사유는 이미지로 떠서 그림을 그린다. 그림을 위해 몰려오는 이미지 조각들, 그것을 명명하기 위해 다시 소환되는 조각 말들의 느낌으로 개념어의 주변을 상상한다. 더듬더듬 개념어를 이어보고 그것들 사이에 필요할 것 같은 단어를 부른다.

그러므로 내가 연결고리를 찾는 일은 눈먼 자와 문고리와의 관계이다. 더듬적거리며 헤매며 나간다. 의미가 놓일 상황을 상상하면서 뜻을 잡아야 하니 달아나는 공기를 잡는 놀이와 같지 않느냔 말이야. 나타남과 동시에 사라지는 의미를 마침내 고정시킬 때 정말이지 힘들어 죽겠고, 정말이지 좋아 죽는다. 조각 맞추기를 꽤 했다 싶으면 어느새 스스로 형상을 허물고 빠져 달아나지만 때로는 엉뚱한 곳에서 쑤욱 올라와서 자리 차지도 하니까. 그때 그걸 얼른 말로 바꾸거나 글로 써야 하는 거야. 손안에서 꼬물거리다가 미끄러져나가거나 헉헉거리는 그것들, 낱말과 이미지들, 어구와 그림들, 그것들이 놓인 배경 영상들과 움직이는 문장들은 멈출 수 없고 붙잡기도 힘들어 더욱 즐거운 유희인지 몰라.

그러니 내게 생각하기란 머릿속에 말로 그리는 벽화인 셈인데, 만손도 도구도 없이 그려야 하는 거지. 적확한 개념어일수록 가느다랗게 땡기는 느낌을 따라 아주 천천히 오거나 확 나타났다가 사라지니 대부분 놓칠 때가 많다. 외운다거나 기억한다는 말에 적합한 방식으로 뇌에 고정시키지 못하는 나는 필요할 때 그대로 척 꺼내 쓰기란 주로 불가능하니, 사실 많이 아프고 슬픈 일이야. 성장 과정의 어느 때, 알맞은 때라 말할 시기에 의미 구조나 언어의 그물망을 잘 짜지 못해서가 아닐까? 부실한 의미망 사이, 찢기고 부서진 의미망 사이로 아슬아슬 낚시질로 말들을 건져 올려봐야 걸어놓을 데가 없으니 건지자마자 빠지고 사라질 때는 분해 죽겠지 않던가. 겨우 몇 개 모으긴 해도 붙들어둘 의미의 기둥이 없으니 그것을 딛고 덧붙이며 다음으로 이어갈 수가 없는 거야. 놓자마자 사라지는 디딤돌, 징검다리이자 짬과 동시에 풀리는 뜨개질. 환장할 일이지.

나는 잘 외우고 싶었다. 특히나 시를 멋스럽게 줄줄 졸졸 외우고 싶었고 지금도 그러하다. 잘 외운다는 것이 내겐 불가하지만 그게 바로 나임을 알고 안달하기를 그만두었다. 외우기만 잘 해서는 소용이 없다고, 종종 비난하는 투로 흔히들 말하지만, 사람이 외우지 않고 기억으로 저장해두지 않고 무엇을 할 수 있겠는가. 외움으로써 기억된 것들을 바로바로 불러내어 활용할 수 있다면, 잘 외운다는 것은 그의 언어 구조와 관계에서 획득한 의미망이 촘촘하다는 것, 의미 구조가 매우 튼튼하다는 것이며 뇌가 활발하게 움직인다는 것이며 초기 양육 과정이 대체적으로 성공했음을 암시하기도 한다. 학문은 물론이려니와 인간이 무엇을 추구함에 있어 기본이자 으뜸이 아닌가. 슬프네, 슬퍼하자.

가능하면 아무것도 부유하지 못하고 모호하지 않게 끌어낸 다음 고정시키고 싶다. 핀과 테이프가 많이 필요하다. 해석할 도구 역시 많이 갖고 싶다. 그러니 사는 게 훨씬 힘들고 피곤할 텐데도 피곤하지 않은 척까지 하면서 에너지를 과소비하며 살았다, 알고 본즉! 그러니 오호, 슬프도다. 나 하나를 고정시키면 될 것을! 그러나 이미 발생한 그 불가능성의 결과로 내가 존재하고 있으니 도리가 없다. 그렇게 나라는 존재 자체가 세계 속에 받아들여지지 않았기 때문이라고. 아버지의 이름으로 등록이 되긴 한 건지, 인간으로서의 내 문서가 있긴 있는 것인지 의심하면서 슬프고 불안한 나는 언제나 밝게 작은 눈을 깜빡이며 즐겁게 잠자리채를 들고 논다. 의미를 잡아야 해, 그러나 무엇 하나 하기가 너무 힘든걸, 힘이 없는걸. 그래, 무기력에 관한 레비나스의 말이 나오네.

"무기력은 시작할 수 없음이다. (…) 행위로부터 물러섬으로서 무기력은 존재 앞에서의 머뭇거림, 존재함에 대한 무기력이다. 무기력은 짐(부담)으로서의 존재 자체에 대한 기쁨 없는 무력한 반발이다. (…) 그것은 산다는 것에 대한 두려움이다."

–『존재에서 존재자로』중에서

'시작이 반'이라는 말처럼 시작이 동사로 움직이려면 폭발적 에너지가 필요한 걸까? 영원히 시작하지 못하는 머뭇거림이라 할지라도 무기력 자체로 반발한다 싶은 꿈틀거림이 느껴지는 까닭이 뭐지? 산다는 것은 두려움을 뚫고 나아가는 지독한 기쁨이며 용기일 것이니 나는 시작할 거야. 극과 극은 겹치며 통하며 서로 북돋우는 것이니 한번 해볼래. 아직 시작하지 못했어도 이제라도 시작할 거야. 나를 다시 살 거야.

"있음이 만들어 내는 가벼운 소리 그것이 공포다. (…) 공포는 말하자면 주체성 그 자체로부터 의식을 박탈해 갈 운동이다. 비인격적인 깨어 있는 상태 속에, 참여 속에 빠뜨리는 것이다. (…) 참여란 익명성 속에 들어섬으로써(참여함으로써) 개별적 특정성을 상실하는 것이다."

–『존재에서 존재자로』중에서

맞아, 나 알아. 시골집으로 이사 와서 5년여 몸으로 겪은바, 사물에서 절로 나는 소리가 너무나 많던 거야. 얼마나 자주 놀랐느냔 말이야. 어떻게 사물이, 정물이 소리를 낼 수 있는지 어이없었던 날들. 그런데 사물이 아니라 '있음'이란다. 순간 아이들이 돌아가고 없는 빈 교실이 떠올랐어! 존재가 있으니 소리를 만들고 소리가 나지, 없는데 무슨 소리가 날 것인가. 밤에 혼자 집에서 깜짝 놀라 나도 같이 소리를 내면서 내가 있음을 그들에게 알렸지. 그리고 남편에게 빨리 오라고 전화하기를 몇 번! 그런데 나는 혼자가 아니었던 거였구나. 수많은 것들이 나와 있었으며 그것들이 제 존재를 알리는 소리를 냈던 거다. 공포는 나를 그런 식으로 깨어 있음에 강제로 참여하게 한 셈이다.

신기한 드러남이지. 어떤 것의 존재를 알수록, 그것을 명명하게 될수록 그들이 건드리는 내 존재 역시 발견되나 봐. 보일락 말락, 느껴질 듯 말 듯 존재는 그들과 겹쳐 수많은 동그라미를 그리고 물결을 일으키면서 나를 간질이는 것이다. 너 혼자가 아니라고, 독특한 존재 하나이긴 하나 수많은 너들이 있으니 나와보라, 참여하렴. 세상의 존재들이 겹치고 부딪치며 만들어낸 물결무늬 흔적을 보라는 끝없는 권유. 자신을 주장하는 참여가 아니라 개별성을 포기하고 익명성으로 들어서는 참여라는 말이 새롭고 맛스럽다.

명퇴 직후 곧장 망설임 없이 익명성 가운데로 들어간 것은 세상으로 다시 나가기 위한 준비였던 거지. 내가 가진 알량한 기표들을 뒤로 하고 전혀 알지 못하는 사람들 가운데로 들어갔고 새로운 장소가 만들어내는 놀과 파랑을 겪으며 내 생겨먹음에 대해 공부를 할 수 있었으니 명퇴에 이어 거듭 잘한 일이다. 아아, 좋구나.

선행을
연장 구매하다

아이고, 갑자기 창피한 게 뜬다. 아무도 모르지만 내가 아니까 누구에게도 숨길 수 없다. 몇 달 전 아뎀이 결혼했다고 '월드비전'에서 연락이 왔을 때다. 결혼으로 성인이 되었으므로 후원이 중단되는데 다른 아이를 후원하겠느냐고 묻는 순간 그냥 딱, 귀찮지 않던가. "홈페이지에서 아이를 선택하시겠나요, 이쪽에서 지정해드릴까요?" 하고 묻는데 그냥 "그만하고 싶어요"가 나왔지. 더 이상 불쌍한 얼굴을 보도 듣도 생각도 하고 싶지 않다 싶은 거야. 오래 하던 짓 가운데 하나로 이것도 이젠 그만두고 싶더란 말이지. 그러니 갑자기 3만 원도 아깝고. '그래, 그렇다고 애 밥을 안 주냐?' 밥그릇이 죄책감에 걸려 도저히 거부할 수 없음!

그래서 나는 열여덟 살 딸을 놓아주고 일곱 살 아들을 얻기로 했다. 선행을 연장 구매하고 기부를 강제당하기로 결정했다. 그리고 2층에 올라가 책꽂이 앞에 세워둔 아뎀의 사진을 보았지. 여전히 살짝 찡 그리고 망연히 바라보는 아뎀. 만 18세가 안 되었지만 에티오피아에는 조혼도 흔한 일이래. 서운하다, 서운하다. 네 살 때부터 후원했는데 이렇게 한 번 보지도 못하고 끝인 거야? 사람이 어째 이렇게 만나고 헤어지는가. 양육 보고서라든가 선물로, 가물가물 편지로 이어졌지만 이렇게 벼랑처럼 뚝! 다행히도 선물금을 보낼 수는 있다기에 송금을 부탁했다. 그동안 소포를 부칠 때마다 후원금보다 훨씬 많은 송료가 아까웠더랬는데 이제야 돈을 보낼 수 있게 되었구나. 그러나 지금이야말로 선물이 필요한 때인데. 마지막 선물도 없이 이제 돈으로 끝이로구나. 운동화가 낡으면 또 보낼 테니 맘껏 신으라고 했는데 그 운동화가 지금 낡은 것은 아닐랑가. 책 한 권을 꺼내어 아뎀 사진을 끼워넣는데 눈물이 한 방울, 넘쳐흐르는 안약처럼 또르르 똑!

며칠 후에 내가 받은 아들내미의 사진을 냉장고 옆에 붙이면서 시선을 마주치지 않으려고 애썼다. 그 아이 역시 아뎀처럼, 그 나이 무렵 사진 한 장 속의 나처럼 무언가를 구하는 눈빛이었다. 존재하고자 하나 자신의 빛을 드러낼 수 없는 흐리멍덩한 눈동자. 면은 있으나 깊이가 없는, 지워진 소용돌이만 희미하게 몇 개 아른대는, 감당할 수 없는 생의 무게에 눌려 숨 쉬지 않는 눈동자. 나는 그것을 보기 싫었겠지.

돈을 지불하면서 아프게 직면해야 '성숙'이라 불리는 형식으로 인간에 가까워질 수 있다면. 내가 사는 자본주의에서 너무나 익숙한바, 돈이 매개되지 않고 무엇을 살 수 있으며 사지 않고 가질 수 있는 건 또 뭐겠는가. 매우 호되게 당했던 것이다. 시공을 넘어 방향을 알 수 없음에도 심장을 관통하는 기이한 고통의 눈빛. 도무지 알 수 없는 뭔가를 막무가내로 요구하는 얼굴. "주세요." 내 안의 타자가 나를 부른다. "내가 왜 이런 자리에 놓였는지 알고 싶어요. 설명해주세요." 나는 답해야 하는 거야? 나는 부인해야 하는 거야? 나는 모르는걸, 내가 왜 이 자리에 놓인 것인지도 모르는걸. 모른다고? 이 사실을 부정하면서 존재하고 싶단 말이야? 그럼 돈을 내! 네! 타자는 원수다.

타자의 자리에는
타자의 얼굴을 놓자

무슨 생각을 하다가 아템이 나왔던가. 음, 타자. 타자에 대한 윤리적 책임성과 초월. 그래, 이건 무슨 의도이며 또 어떤 치장으로 생각을 꼬드기는 걸까? 별 내용 아닌 게 분명하다. 타자에게 찍소리 없이 책임을 지려고 노력하다 보면 나 이상으로 살 수 있다? 기꺼이 타인을 배려하고 공감하고 나누고 연대하라. 하되 적극적으로 하라! 이기적·개인적·유아적 자기중심주의에서 벗어나 주체로 살게 될 것이다? 미처 몰랐던 나의 어떤 면을 발견하며 나 이상으로 살 수 있게 될 거다? 중학교 3학년 수준 이상인 것 같다. 그리하여 점점 나의 잠재성이 피어나고 창조성이 생긴다. 오, 정말 상대방에 대해 책임감을 가지는 실천적 인간이 되는 기분이 들지 않는가. 생각만으로도 기분이 좋긴 하군.

그러니 생각하는 자들이 실천하지 않는 거 아니야? 생각만으로 이미 자신이 충분히 하고 있다고 믿는 거지. 그러고는 집에서 나오지도 않지. 틀어박혀 생각하느라고. 그러나 좋은 생각으로 세상을 오염시키니 더 큰 일을 하는 건가, 음! 하여간 얽혀 있어, 모든 것이 말이야. 그러니 결국 내가 한 일에 놀라고 흡족해하며 보람과 기쁨을 느끼는 중에 내 한계를 맞닥뜨리되 넘으며 변화하고 발전한다, 실패를 해도 그만큼 이미 나는 성숙해 있다! 이 정도면 정답에 가깝지 않을까 싶다.

그러니 손해 보는 장사란 없다. 실패도 이미 성공이다. 그러니 도처에 나의 친구요, 스승이요, 천사가 있는 셈이군. 구원자가 있다고 해도 과언이 아니겠지.

그러나 죽음만큼 우리를 성찰하며 더불어 잘 살기를 강요하는 무시무시한 타자가 있을까? 그래서 유한한 우리는 어쨌거나 인간다운 가치를 무한히 추구하며 바동거릴 필요가 있겠지요, 레비나스 선생님? 그러나 당신은 너무 독하게 강요하고 있군요. 존재자가 향할 방향을 정해주면서 명령하는군요. 그러나 자기애적 이기주의로 물질을 향해 돌진하는 이 시대 사람들의 방향 전환에 필요하다고 생각하여 한 발 물러나겠습니다. 정답이 없기 때문에 정답을 생각하고 또 생각해야 할 것이니까요. 실천은 물론 주체적이어야 하니까요. 그리고 가끔 멈추고 다시 생각하며 둘러보아야겠지요. 많은 사람들이 이미 그렇게 살고 있다고 나는 믿습니다. 지구는 아직 잘 돌고 있으며 계속 잘 돌 것이므로!

그렇다면 '타자'라는 말에 지레 죽지 말고 그 자리에 우리 엄니, '시어머니'를 놓아보면 깔끔하게 해석이 될지도 모르겠다. 아니네, 아니야. 시어머니니까 봐준다는 것이야말로 사회에서 집어넣은 강요가 거듭되어 원초적 의무처럼 주입된 이데올로기로서의 대상이니까. 그러니 아예 불특정 누군가를 놓고 아름다운 해석으로 흐뭇함을 얻을 수는 있겠으나 엄니를 놓고는 안 되겠다. 곧장 무시무시한 의무, 실천의 정언명령으로 작동할 것이고 실천하지 못하는 죄책감 때문에 먹자마자 체할 것이다.

한편 분노만이 발동할 수도 있으리. 변화와 변형을 가능하게 하는 동력으로 활용할 수 있다면 분노의 힘은 엄청나지만, 분노가 순수 동력으로 작용하여 이뤄낸 결과는 주로 허허롭지. 복수를 위한 삶의 결과가 강력한 본보기가 되리라. 잊어, 잊고 아름다운 해석으로 끝내자. 타자를 인정하면서 인간의 도리를 다하라. 노력하라. 힘들어도 해보지 않을래? 해야지, 내키도록 해보는 거야. 아님 말고.

타자와 나는 서로 자리를 바꾸어 그 자신이 되는 셈이니까 말이다. 그렇다. 보편성이라는 게 이런 것인가 보다. 그 자리에 시어머니다, 가족이다, 굶는 아이다, 하며 아무개를 집어넣어서는 안 돼. 도움이 필요한 자리에 있는 누구에게라도 기꺼이 가능할 수 있어야 하는 거다. 그냥 '타자의 얼굴'을 놓을 수는 있어도 특정한 누군가의 얼굴을 놓아서는 안 돼. 그러니까 보편성이란 '빈자리'라는 말이 맞는 거. 그래서 자신의 경계를 조금씩 넓혀보는 거겠지, 초월까지는 아니라 할지라도.

그런데 나 같은 사람, 아직도 고무장갑이 필요한 사람, 자신의 피부조차 넘지 못한 지진아들을 어쩌리. 시간이 걸린다. 오래오래 갈 수밖에 없다. 명은 길겠다. 어라? 이것 참. 재미있는 게 또 나오잖아. 초월에 대한 것 좀 봐. 이런 게 철학인 거 맞나? 인간의 삶에 대해서 생각하고 변화를 유도하는 모든 지껄임은 철학이지.

자식,
친밀하고 낯선 타자

"나의 가능성에 대한 힘으로 환원될 수 없는 미래와의 관계를 일컬어
우리는 출산이라 부른다. (…) 초월이 가능하려면 여전히 나이되 또

다른 이로 변화함을 조건으로 하는데 이 무리한 초월의 요구를 충족
시키는 게 바로 나의 아이이다. (…) 아이는 나이며 동시에 타인이다.
'자식은 나의 분신'이란 일상적 표현대로 내가 죽은 후의 세상을 살아
갈 또 다른 나이다. (…) 아이는 결코 내가 지배할 수 없는, 나의 힘이
행사되지 못하는, 나의 힘에 대해 낯선 자, 곧 타자이다. 미래는 나의
가능성에서 전적으로 빠져 달아나는 아이의 시간이되 그 아이는 여
전히 나의 아이이므로 나는 나의 가능성과 나의 지배 바깥에 있는 시
간, 내 아이가 앞으로 살아나갈 시간을 걱정하고 그 시간을 위해 무엇
인가 해주고 싶어 하는 것이다. 다시 말해 자아는 자기와의 관계를 끊
고 아이와의 관계를 통해 비로소 미래 시간에 몰두할 수 있게 된다."

―『존재에서 존재자로』 중에서

내 아이들에게 많이 주지 못했음에 새삼 또 미안함이 일고 심장이 아
프다. 그러나 '내 아이'가 생물학적 내 아이가 아님을, 존재인 모든 아
이를 가리키고 있다고 믿어 의심치 않는다. 아이는 우리 모두의 미래
이자 절대적 타자이므로 지배하거나 내 힘을 행사하지 말아야 하는
동시에 세상의 모든 아이들이 자신의 언어로 자신을 드러낼 기회를
가질 수 있는 세상 만들기에 어른들은 몰두하라는 품위 있는 권고다.

"우리 리비도 이론의 전제 가운데 하나인 어린아이들의 근원적 나르
시시즘은 직접적인 관찰보다는 다른 관점에서의 추론을 통해 이해하
는 것이 더 쉽다. 자식들에 대한 부모들의 나르시시즘적 태도가 그들
이 이미 오래전에 포기했던 그들 자신의 나르시시즘을 다시 부활시키

고 재현시키는 행위라는 사실을 인정하지 않을 수 없다. 이것은 우리가 대상선택의 문제와 관련해서 이미 나르시시즘의 징후라고 인정했던 부분, 즉 과대평가에 의한 대상에 대한 신뢰가 그들 부모들의 정서적인 태도를 지배하고 있음을 잘 보여주는 것이다. 따라서 그 부모들은 자기 자식들을 아주 완벽한 존재로 여기는 충동(자식을 냉정하게 관찰하지 못하는)에 사로잡히게 되며 자연히 자식의 모든 결점을 감추고 기억에서 지워버리게 된다. (자식이 성적 존재임을 부인하는 것도 이것과 관련이 있다.) 더욱이 그런 부모들은 자식들의 편에 서서 자신들의 경우는 스스로가 지닌 나르시시즘적 태도를 억제하면서까지 어쩔 수 없이 존중해왔던 전통문화의 습득도 자식들에게는 유보하며 그들 스스로가 오래전에 포기했던 모든 특권을 자식에게 다시 부여하려는 역행을 보인다. 말하자면 자식은 부모보다 더 좋은 시대를 누려야 하고 부모들 입장에선 인생에서 아주 중요한 것으로 생각되는 일들이 많이 있겠지만 그것들에 자식이 구속을 받아서는 안 된다는 것이다. 질병이나 죽음이 자식들에게 닥쳐서는 안 되며 재미있게 못 놀게 하거나 기를 꺾는 일도 있어서는 안 된다. 그리고 자식을 위해서라면 자연의 법칙이나 사회적인 법칙의 적용도 과감히 포기해야 한다. 진정으로 다시 한 번 우리 스스로도 한때 즐겁게 누렸던 지위였던 '아기폐하'의 지위를 자식이 누려야 하며 자식이 모든 존재의 중심이며 핵심이 되어야 하는 것이다. 그리고 아이는 부모가 이루지 못한 꿈을 이뤄야 한다. 사내아이는 자기 아버지를 대신하여 위대한 사람이 되고 영웅이 되어야 하며 계집아이는 어머니가 이루지 못한 꿈에 대한 뒤늦은 보상이지만 잘 생긴 왕자와 결혼하여야 한다. 이 모든 것은 현실의 압

박을 심하게 받아 자아의 불멸성이 위협을 받는 부모의 나르시시즘이 자식에게서 피난처를 찾아 안정된 위치를 유지하려는 것에 불과하다. 너무도 감동적이지만 근본적으로는 유치한 속성을 지닌 부모의 사랑이란 결국 부모의 나르시시즘이 대상애로 변모되어 그 과거의 속성을 그대로 내보이는 것에 불과한 것이다. 다시 살아난 부모의 나르시시즘. 이것이 바로 부모의 사랑이기 때문이다."

– 『정신분석학의 근본 개념』(지그문트 프로이트) 중에서

현실적이고 구체적이며 따끔하고 칼칼하다. 의식이 온전하지 못하도록 하는 무의식, 의식의 이면이자 틈으로서의 무의식이란 것을 발견하고 그 이론을 체계화함으로써 인간에 대한 사유 방식의 획기적인 전환을 불러온 정신분석학의 창시자 프로이트의 말이다. 덕분에 이해할 수 없는 부모의 과도한 아이 사랑이나 과대평가, 또는 지나치게 염려하고 관여하는 부모의 태도를 해석하고, 그 보편성에 놀라고 말았다.

한편 많은 사람들이 이리 과하게 사랑하는 자식을 나는 과하게 '못 사랑'했음을 새삼 서러워했다. 그러나 동시에 몽글거리는 자기애로 아이에게 들러붙지 않았으니 다행이라 하자. 대신에 나 자신을 누덕누덕 기우며 비틀비틀 나아갔으니 잘한 걸까?

리비도libido란 과해야 움직이고 과하여 문제이긴 하지만 '적절'이란 인간에게 어울리는 말이 아니니. 온전하지 않은 세상에서 조각난 인간이 온전할 수 있겠는가. 과도하여 찐득거리거나 부족하여 버석거리거나! 그러나 내 몸같이 친밀한 동시에 기묘하게 낯선 타자인 자식

이 한 인간으로 분리되어 자신만의 창조로 나아기 위해서는 알맞은 때 부모의 자기애적 사랑이 철수되어야 함을 잊지 말라는 적극적 요구다.

3.
천사들,
지속적 환대

어머니,
저예요

전화다. 귀신같이 들어맞지. 허헛, 레비나스는 읽을 때마다 끊도록 강요하는 뭔가가 곧 나타난다니까. 에고, 전화 어딨나? 진동소리가 나자마자 이렇게 딱 듣고 받기는 흔치 않은 일이다. 여깄네, 피아노 위에 올려놓길 잘했네. 막내 시누 왈,

"언니, 어제 엄마한테 갔었어? 엄마가 계속 전화를 안 받으셔."

"응? 어머니가……?"

번쩍! 그럼 꿈에 나온 사람이 엄니였던가? 뭐야 이거, 예지몽 비스무리한 겨? 뚝 끊어져버린 것 같은 절벽 기둥에서 두 사람, 엄니랑 함께였던 건가? 멀고 먼 엄니와의 거리는 모두 어찌되고 그리 가까이? 내 생에서 잠시 경험한 순수 타자 환대의 순간? 고작 꿈이었지만, 바로 그 꿈에서 나는 스스로 결정하고 위험을 무릅쓰고 행위했다. 뭐

냐, 얼떨떨하네. 환대, 데리다의 환대, 또 레비나스의 환대…….

"언니, 엊저녁에 서울서 둘째 언니가 전화를 몇 번이나 했는데……."

둘째 시누는 엄니가 전화를 안 받으시기에 일찍 주무시는가 했다네. 아침에도 여러 차례 했으나 안 받으시니 걱정되어 막내 시누에게 지금 전화를 했더라는 말이다.

"어제 오후에는 받으셨는데? 우리가 가려다 못 가게 돼서 오빠가 전화 드렸거든."

"응. 오빠네들 올 거라고 엄마가 그러시더라고. 가봐야겠네, 무슨 일인가."

"노인정에 계실 시간도 아니잖아."

"그렇지, 노인정에도 전화했거든."

농협? 병원? 누군가의 생신 초대? 어디도 이른 시간이다.

"알았어, 언니. 얼른 가봐야겠네."

전화와 함께 무엇인가 동시에 뚝 끊어진다. 눈도 손도 책을 더듬며 끊어진 틈을 이으려 하지만 틈은 점점 벌어진다. 타자……. "가야지, 네가 가봐야지!" 거듭 웅얼거리는 목소리가 불쑥 내 입에서 나온다. "내가 가야지, 누가 가? 시누가 애 데리고 가란 말이야? 돌잡이 손녀 데리고?" 나는 벌떡 일어났다. 일어남을 당했다는 게 맞다. 내가 가겠다고, 내가 그 문장의 주어가 되겠다고 확실하게 말했어야지. 덜떨어진 올케. "가봐야겠네"는 시누가 한 말이었지만, 자신보다는 내가 주어가 되기를 바랐을 거야. 내가 주어를 지정했어야지. 속 깊은 시누는 자신을 주어 자리에 놓았지만 그럼에도 불구하고 그건 나더러 일어나란 요청인 거지. 비에 젖었다가 겨우 접은 날개를 다시 펴야 하는 힘겨움. 얼른 시누에게 전화를 했다.

"애기 데리고 어딜 가? 내가 얼른 가볼게. 가서 연락할게."

"언니 지금 갈 수 있어?"

"그럼, 갈 수 있지."

"그래, 언니 고마워."

그럼 갈 수 있지, 내가 가야지. 마음이 급하다. 분명 아무 일도 아닐 것이다. 엄니는 늦잠을 주무실 거다. 천천히 걸어 농협을 가시는 중일 거다. 병원에 가시는 중일지도 몰라. 소소한 불편이 있을 때마다 가까운 병원을 다니시니까. 뇌세포가 모두 시어머니와 관련된 단어와 동사, 형용사로 수선스럽다.

늦잠? 전화벨 소리가 얼마나 큰데. 게다가 엊저녁부터 지금까지 주무신다고? 아니 그럼 편찮으셔서? 출발하기 전 전화를 한 번 했지. 노인정에도 했지. 텔레비전 소리가 전화벨 소리를 순간 압도했거나……. 그렇게 여러 번이나? 수화기가 잘못 놓였거나 전화 플러그가 빠져 있거나? 저번에도 그런 적 있었잖아. 엄니 집까지 20여 분. 몇 개의 문장들로 무한 반복되는 생각 가운데 달렸다. 도대체 경우의 수가 이렇게 적어도 되는 걸까?

다행히도 다른 문장이 나타나기 시작한다. 내가 가길 잘했지. 내가 가야지. 시누가 가는 게 당연하다고 생각하고 있었구나. 이미 나는 며느리의 의무를 충분하다 할 만큼 대충 하고 있었으니!

두근두근 문을 두드린다. "어머니, 어머니, 저예요. 어머니, 어머니!" 내가 만드는 소리가 그대로 내게 돌아온다. 아파트 현관 철문에 귀를 댄다. 무슨 소리가 나는가? 없다. 더 세게 두드린다. 이 정도면 센 건가? 더 큰 소리가 나도록 두드려야 하나? 캉캉 짖어대는 쇠문 소리가 무섭다.

엄니,
세상의 어머니들

노인정에 가니 할머니들 방은 비어 있다. 관리실에 들른 다음 남편에게 전화를 한다. 엄니 집 현관 열쇠를 가지고 오겠단다. 또 문을 두드리고 아래층 친구분께 가보고 다시 또 어머니를 불러댄다. 이렇게 내가 어머니를 간절히 부른 적이 있던가? 애타게 원한 적이 있었나? "에미냐?" 듣고 싶은 목소리. "에미 왔구나." 문 앞에서 어머니 전화번호를 누른다. 방을 울리고 작은 거실을 통해 현관 밖까지 충분히 나와야 하는 소리인데 전혀 없다. 텔레비전 소리도 안 들린다. 귀 기울이면 들릴 만큼 소리가 크기도 하지만 현관까지 멀지도 않으니 말이다. 문 두 개 안에 갇힌 텔레비전 소리를 듣고 싶다. 시누에게 연락을 하고 거듭 어머니를 부른다. 금방 나오실 것 같다. "누가 이렇게 시끄러운 겨?" 하고 나오실 것 같다. 더 요란하게 소리를 내보자. 있는 힘껏 다시 두드려보자.

　"누구요?"

"어, 어, 어, 어머니 저예요."

"누가 이렇게 문을 두들겨?"

"어머니!"

"에미냐? 에미가 이리 일찍 웬일이여?"

어머니 손을 잡았지. 얼른 손을 놓고 와락 껴안았지.

"허허허, 어서 들어와. 에미가 왔어?"

텔레비전을 보고 계셨대. 물론 전화도 안 왔다고 하시지. 깜빡 짧은 잠에 떨어지다 깨다 하셨나? 둘러보니 말할 것도 없이 전화선은 코드가 빠져 있지. 남편과 시누에게 상황을 알린다. 전화기를 따라 전해오는 두 사람의 안도감은 절대 느낌이 아니다. 보이지 않는 전파선들이야말로 신경다발들의 확장이며 육감의 집적체이며 전달체이다. 괴이한 그 줄, 괴물의 신경줄.

"그게 왜 빠졌다니?"

그러게 말이야. 어머니가 획책한 바가 분명한데 시치미를 떼신다. 앙큼하신 어머니! 전화선을 빼놓고도 나를 부를 수 있었던 어머니. 텔레비전을 빙자하여 며느리의 애타는 목소리를 한참이나 듣고 싶었던 어머니. 어머니의 복수가 시작된 게 아닐까? 정말 정신없이 집을 나서던 중에 챙겨온 봉지를 연다.

"어머니 여기 죽이요. 다섯 가지예요. 그리고 홍시. 한 숟갈 떠드릴게요. 무지 달아요."

홍시를 잘라서 한 숟가락 떠드리고 생초콜릿을 하나 꺼낸다. 그것이 꽤나 쌉싸름해서 나나 좋아하는 줄 알았거든. 어른들은 달달 들큰한 것을 좋아하신다는 생각에 젖어 있었다가 얼마 전에 한 번 사다 드렸을 때 맛도 보기 전에 엄니 얼굴에서 돋는 윤기를 보았지.

"이거는요. 초콜렛인데 쓴맛이예요. 쌉싸름해요. 맛보셔요."

"쬬꼬렛인데 쓰다구? 무슨 그런 게 있니?"

"네. 근데 부드럽고 나름 깊은 맛이 있어요. 엄니도 좋아하실 거예요."

"맛있네. 쌉쌀한데 맛있어. 쬬꼬렛이 단 거 아니냐. 근데 왜 써?"

"그러게요. 나무에서 딴 쬬꼬렛 열매 가루는 원래 쓴맛이래요. 거기다 설탕이나 우유 같은 걸 거의 안 넣고 만든 거래요. 쬬꼬렛이 여자들한테 좋다니 많이 드세요."

아무도 주지 말고 어머니만 드시라고 했는데 아마 그러셨지 싶다. 있는 대로 노인정에 가지고 가시는 엄니가 말이다.

"에미야, 커피 마시자. 에미 커피 마시지?"

"그럼요. 어머니한테 오면 꼭 마셔야죠. 어머니랑 마셔야 진짜 맛있어요."

커피를 마시고 사과를 먹으며 어머니 모르게 벌어졌던 사건에 대한 일련의 조각들을 모아 보고를 했지. 감정 빼고 호들갑도 빼고 사실만 순서대로. 심장이 벌렁벌렁하니 목소리가 붕붕 날아 흩어지고 끊이락 이으락이다.

"에미가 놀랬구나, 놀랬어. 그랬단 말이여? 아이고, 나는 그런 것도 몰랐네."

"아무 일 없이 잘 계시니까 좋아요, 어머니."

"나야 무슨 일이 있겠니? 자다가 조용히 죽으면 복이지. 하여간 늙은이가 속 썩인다니까. 다들 그 난리들을 쳤어? 에비도 직장에서 올 뻔하고? 미안하다, 얘."

웃겨. 미안하대. 그 말이 와도 될 자린가? 어색하지만 어울리는 것도 같다.

"미안하긴요, 어머니."

웃다가 갑자기 머리가 띵.

"어머니, 저 막내한테 전화했어요?"

"응? 나는 모르지."

"엄니 잘 계시다고 걱정 말라고……. 아까 애비한테 한 다음에 곧장 한 것 같은데 기억이 안 나네요."

얼른 시누한테 전화했다.

"내가 전화해줬어?"

"응. 좀 전에 했잖아. 고마워, 언니. 많이 놀랬구나."

먼 곳에 오래 갔다 온 듯, 우리말을 잊은 듯한 순간이다. 커피를 한 모금 들이켜고 이야기를 다시 잇는다. 엄니의 커피. 엄니는 믹스커피 하나 반을 좋아하신다. 남은 반 봉지는 언제나 내 차지다. 지금도 세 봉지를 나누어 두 잔을 만들어 마시는 중이다. 봉지를 제법 흔들어서 내용물이 섞이도록 했지만 반을 딱 나눌 수는 없으니 커피알갱이 있는 쪽을 내 잔에 더한다. 그러니 엄니 쪽은 설탕이 좀 더 들어가서 달달하겠지.

"나는 누가 그리 문을 고약하게 두드리나 했지."

'고약하다'는 엄니 표현은 들을 때마다 재미있다. 달달한 쪽을 마시는 엄니는 이야기가 이어질수록 표정이 부드러워진다. 쌉쌀하게 마셔도 나는 달다. 웃음이 간질간질 배 나온다. 입술을 다물어도 샌다.

오늘, 지금, 엄니가 나를 부른 거다. 깍쟁이 며느리 보고 싶어서 수를 쓰신 거다. 혼자는 당신 보러 안 오는 고얀 것. 어쩌다 혼자 오면 줄 것만 주고 달아나는 그것. 자주 오지도 않으면서 오면 갈 핑계부터 챙기는 괘씸한 것. 그리고 또 내가 엄니를 찾은 거다. '고얀' 것이 죄송하고 '괘씸한' 것이 송구해서. 속이 편치 않다는 엄니 등을 쓸어드리는데 좀 더 따뜻하게 바싹 닿아도 어색함이 덜하다. 대장기맥을 따라 팔이랑 어깨도 쓸어드렸지. 그러고는 어디 갈 참이었다고 허연 거짓말을 새하얗게 하고 일어섰지.

어머니 얼굴이 어른어른. 다녀갈 때마다 엷은 근심이 기쁨을 덮은 그 얼굴이 아픈 거다. 아버지는 더하셨더랬어. 아버지 계실 때 엄니는 밝으셨지. 아버지 몫까지 서너 배로 환하게 손짓하셨어. 잘 가거라. 잘 지내렴. 이제 혼자 계신 어머니는 다시 아버지 몫을 얹어 그늘을 만드실 때가 됐나 보다. 여든여덟, 미수*壽 생신이 곧이다. 쌀알 하나로 하얗게 생을 응축한 때라는 의미일까? 아름답다는 건 덤으로 겹친 말이려니와. 우리 엄마 미수 때도 그 생각을 했더랬다. 하얀 쌀알갱이 하나에 당신을 접어 넣으신 엄마, 세상에 폈던 모든 것들을 꼼꼼하게 낱낱이 주름잡아 말고 또 천천히 말린 엄마. 하얀 알로 작아진 엄마. 엄니, 세상의 어머니들.

나와 내 시간을
준다는 것

눈앞으로 불려오는 찻길을 따라 생각이 방울방울 덮쳐온다. 운전대를 잡은 게 아니라 축지법으로 바람을 맞고 달리는 듯, 달리며 뇌를 흩뿌린 듯, 아득한 시간을 빠져나오는 듯, 휑 어지럽다. 오늘은 불편함 없이 선뜻 다녀왔구나. 정말 함께 있었구나. 어색하지만 나대로 엄니 옆에서 시간을 보낸 것. 신기하지. 장족의 발전이자 변화다. 이러구러 두 시간이 갔다. 온전하게 책을 읽을 수 있는 알짜배기 시간인데 이렇게 썼구나. 누군가에게 내 시간을 준다는 것, 가족을 돌본다는 것. 말할 수 없네. 말만으로도 힘드네. 다른 사람을 위해서 (내키지 않는) 뭔가를 해야 한다는 것, 순수한 나눔, 돈 받고 파는 노동으로서의 돌봄 말고 결국 나를 주는 거다. 사람다운 삶의 일부임에 틀림없는 거겠지.

받은 걸 돌려주는 것일 뿐일 텐데, 나는 멀었다. 자라고 변화하는 중이지만 아직 멀었다. 그러나 '내켜서 할 수 있는 만큼 하겠지만' 지금으로서는 반갑지 않다. 그러나 내 몫이 있을 거야. 생겨먹은 것을 바꾸는 중이지만 쉽게 바뀌지는 않아. 완전 바뀌려면 죽은 이후에도 한참 공부를 해야 할 것이려니와, 이제 6년. 갈 길은 멀어도 기쁘다. 내가 좀 더 시어머니를 보살필 수 있을 거야. 우리집에 모실 때가 올 거야. 돌아가시기 전에는 내 집에서 함께하면 진정 좋으리. 해야 하리. 대대손손 약한 자를 돌봐 키우는 것은 마땅히 인간이 해야 하는 일, 도리이자 의무. 이제는 정말 연로하시니.

어젯밤 자려고 눕는데 힘에 부쳐 헉헉대는 내 신체를 또렷이 느끼게 되면서 은근히 놀라지 않았던가. 오직 먹이를 위한 노동에서 비롯된 것이라면 외롭고 서러웠으리. 사람들은 어찌 살아냈던가. 조용히 무게를 부려놓은 가운데 무거움 속에 들어 몸의 말을 들어보았어. 나이듦이나 죽음에 대해 진지하게 느껴본 적이 아직은 없었지. 늙음과 관련된 나를 그려내는 느낌과 말과 생각 들이 없었어. 그저 사는 중이며 나로 존재하고 있다는 인식뿐, 그것에 대해 생각을 이끄는 어떤 고리와도 만나지 못했다.

정말 쉬고 싶은 몸이구나, 생각하며 침대에 무게를 부려놓은 몸의 말을 더듬어보았더랬어. 노년으로 들어가는 나의 세월을 조금 느껴보았더랬다. 그리고 20여 분 거리에 혼자 누워 계실 어머니로 그 생각은 옮겨갔지. 어머니는 아무것도 하지 않고 쉬어 마땅한 때다. 아무것도 하고 싶지 않을 거야. 하는 수 없이 하는, 해야 하는, 아직도……. 나처럼 도망갈 수 없어서, 도망간다는 게 무엇인지 몰라서 생의 한가운데 고스란히 가만히 있을 수밖에 없었던 여인. 다만 혼자 견딜 수밖에 없으므로, 기댈 데가 없으므로 아플 수도 없어서 건강이라는 외양을 드러낼 수밖에 없는 게 아닐까? 크게 편찮으신 데 없이 혼자 계실 수 있음이 진정 복인가 의심되더라 말이다. 가슴이 저리던 것이다.

아플 수도 없는 사람, 노인. 그 여인네가 우리 엄니 아니신가. 전적으로 돌봐드릴 아들, 며느리 하나 갖지 못한 분이어서 말이다. 있어도 없는 며느리. 그래서 더욱 서러우리. 편히 누울 데가 없으므로, 아플 수가 없어서, 전적으로 일신을 의존할 데가 없으므로 아프지 않으려고 온전히 자신을 바짝 세우고 살았던 게 아닌가. 그래, 그래서 마음 놓고 아플 수조차 없었다면, 그 건강은 건강인가 지옥인가? 88세 생신이 내일모레인 지금까지도 당신 손을 움직여야 하는 일상이라면. 자식이라, 가족이라 부르는 체온 가진 것들 속에서 아무것도 하지 않을 수 있음이거나 하지 않아도 좋음을 누릴 수 없는 분이구나. 당신은 강요라 할지라도 평생 어른들을 줄줄이 모셔 생의 의무와 책임을 하고 또 했건만. 참으로 곤고한 당신.

나 역시 이제 노쇠와 연로로 가는 중이야. 나도 며느리가 필요해. 어머니는 더 필요해. 알아, 어쨌든 나도 오래 아내가 필요했고 지금도 필요해. 그리고 착하게 잡아먹힐 며느리가 있으면 좋겠어. 타자의 일시적 환대는 가능하나 시공을 오래 나누는 일은 불가. 감정의 출렁임과 따끔함이 자주 일어 가슴이 쌉쌀하여 눈물방울 떨구기도 하지만, 아직 미지근하고 아직 너무 작다.

　어쩌나. 엄니를 내 집에 모시는 일, 어떤 식으로 얼마만큼이든 실제로 필요할 때가 가깝지 않겠는가. 내게 가능할 것인가? 어떻게 나는 엄니와의 숙제, 내 몫의 과제를 풀게 될 것인가? 어떻게 최종적으로 받아들이고 또 잘 이별할 것인가? 쓸데없는 고민인지도 몰라. 때가 되면 요양원으로 보내면 되지. 당연히 변하는 삶의 과정. 현대판 고려장인 거야? 아직은 싫다, 그게 싫어. 그러나 함께하는 삶을 내 몫으로 내가 덥석 받아들일 수 있을 것인가? 그러고 싶어. 그렇게 나의 삶의 일부로 경험해야 하는 것으로 진정 맞이할 수 있을까? 존재이자 인간으로? 있을 것 같아, 그렇게 하고 싶어. 하아, 그러나 잠그지 않은 현관문을 달칵 열자마자 문 뒤에 갇혔던 한 문장이 시커먼 철판처럼 정면에서 나를 떠밀어 부친다.

"이렇게 힘든 건가? 남에게 나와 내 시간을 준다는 게 이토록 어려운가?"

착지의 편안함을 느끼자마자 이어서 터진 말.

"우리 막내 올케는 어떻게 그럴 수 있었을까?"

뒤통수를 내려치는 아뜩함! 허공을 질주하는 강렬한 인상. 두 시간이다. 꼴랑 두 시간. 두 시간 동안 아무 준비 없이 나를 중지시킨 자리에 타인을 담는 일이 이다지도 힘든 일인가, 지지리 못난! 그저 사람이 규모가 크니 작으니 하는 것은 표현할 바 없으니 어쩔 수 없을 때 하는 말치레지. 올케는 어찌 그런 돌봄과 동시에 삶이 함께 거하는 공간을 만들어낸 걸까? 혼란통이다. 들쑤석거리며 여기저기 풀리고 엉기며 구르는 생각타래들을 끊어낼 도리가 없다. 올케가 과하게 뛰어난 사람이어서? 내가 너무도 덜떨어져서? 과도하게 이기적이고 성숙하지 못한 얼뜨기여서?

남이자 남도 아니면서 기이한 남인 시어머니이기에 이토록 힘든 일인 거야? 터진 것이 홍수이니 어찌 막겠는가. 수십 년 동안 내내 머리에 마음에 가득, 올케에게 수백 번 감사와 인정과 칭찬과 존경심을 꺼내 보이며 살아왔지. 그러나 그 말토막 하나하나가 아직 감정을 입을 만큼 입고 드러나지는 못했던 것이다. 불가능하지만 가능해야 하는 것. 충분히 애도해야 하는 거야. 내 몸으로 죽도록 느끼지 않으면 있어도 없는 거야. 부유하는 외교적 언사. 기름기 번들거리는 거짓 아

닌 거짓들. 옆구리가 아프다. 횡격막이 몸통을 가로막았는가? 빵빵하
게 확장되는, 부푸는 풍선. 언니, 막내 올케 정순 언니.

새싹처럼 돋는
어머니

막내 올케가 30년 넘도록 엄마와 함께 썼던 공간, 엄마와 함께 엄마
를 위해 자신을 위해 보낸 시간. 언니는 엄마와 시공을 함께하되 그저
내주고 서러운 희생이 아니었으므로. 아무리 의심해봐도 아니었기에
내겐 연속적인 경악이었던 것이다. 본격적 고통 호소와 중단을 예감
하고 싶은데도 그 날은 끝내 오지 않았던바! 막무가내 희생이나 자기
죽임이 아니고자 얼마나 더 자신을 단련시키고 애를 쓴 건지. 얼마나
기도했을지 생각할수록 나는 더 아픈 거였다. 그 삶의 값어치와 의미
를 환산할 방법도 측량할 길도 없어서. 진정 존경스럽고 부러워서. 영
원한 타자와 끝까지 함께한 그녀의 삶이 장대해서. (나는 그때 이미 언니
때문에 신의 존재를 알아차리고 말았으나 말하지는 않았다. 아직도 말하기를 미
루거나 더듬는다.)

　　나도 그렇게 나 하나를 온통 쓰고 싶어서. 자신을 잃지 않고 서럽
지도 않으면서 스스로 선택한 저런 삶이 어찌 가능한가. 생각할 수 없
는 것을 생각할 수밖에 없도록 하던 그녀. 이런 결론에 부연과 첨부가
얼마나 달릴지 모르지만 아직도 사후적 해석은 결론만을 보강할 뿐
이며 그것은 계속되는 언니의 몫이다. 몹시도 가벼운데 너무나 묵직

해서 일단 나로부터 떨어버렸다고 생각하지만 앞으로 나는 몇 번을 소스라치며 깨닫고 통곡하게 될 것인가?

기막히게도 언니는 자유로워 보이더란 말이야. 자주 외롭고 힘들고 슬프기를 바랐지. 자학이자 피학이라는 증거를 찾으려고 눈을 가늘게 뜨기도 한두 번이었을까? 얽매인 자, 강박당하는 자의 찌듦이나 육신의 병 따위라도 발견하고 싶은 거랄까, 허허! 어떤 식으로 엄마와 언니를 해석하게 될 것인가?

오빠는……. 오빠의 세상으로는 아직 들어갈 엄두조차 내지 못한다. 어쩌면 그것은 극적으로, 아주 천천히 무릎을 꺾으면서 무너져내려야 하는 장면일지도 모른다. 나는 그렇게 올케가 하는 것을 낱낱이 보면서도 모든 것에 대해 언제나 감사하고 감사하면서도 그것조차 내 복이라 자만한바 많았다. 해석 불가. 표현 불가. 긍정적인 말로 말끔말끔 넘겨야지 어쩌겠는가. 나는 나, 언니는 언니. 언니는 대인배, 나는 소인배, 자기 비하로 의무면제. 간단하고 말끔하다.

그런 식으로 나는 내 시어머니를 자주 지우거나 거의 지웠더랬다. 지울 수 있구나 하면 새싹처럼 돋던 어머니, 움직이지 않는 싹, 그 싹은 왜 자라지 않는가! 10년 동안 나로서는 '할 만큼' 하다 지쳐서 마침내 대충대충 엄벙덤벙하(고도 죄책감을 가지지 않으려 노력하)겠다고 선언한 셈이긴 하다. 올케가 기꺼이 헌신하는 자리를 나름 시늉하던 나는 그 자리를 막내 시누에게 넘긴 셈이랄까. 나는 나대로 의무보다는 약한 도리를 행한달까. 돌봄의 의무는 시누에게 넘기고 인간적 도리는 나도 적당히 살살하면서?

그러나 그럴수록 나는 자꾸 우리 엄마와 '잘 지내면서 자신의 일에도 몰두하고 밝기조차 하며 군소리나 징징거림 없는' 올케에게 감사해서 두 곳에 동시에 죄책감을 드리웠지. 갈수록 오히려 더했지. 올케는 우리 엄마한테 했으니 나는 또 다른 누구의 엄마한테 해야 한다고 자주 생각했어. 하고 싶었고 그럴 수 있는 인간이 되고 싶었다. 그러니 병적인 죄책감에서 비롯된 것만은 아니지 않은가. 당연하지 않은가. 누구라도 내 손이 필요한 위치에 있는 사람에게 관심을 갖고 관여하고 돕는 것은 인간의 탈을 쓴 피조물로서 '마땅하고 옳은' 일이며 사회적 계약의 기본 아닌가 말이다.

나도 가능하리라. 조금씩 철들고 착한 인간이 될 거라고 다짐했지. 폴폴 일어나는 미안함과 의무감의 정체와 본질을 좀 안다고 믿기로 했지. 기꺼운 헌신이 아니라면 아예 자발적 복종이 나를 덜 갉아먹지 않을까, 생각하기도 하면서 말이다. 지금 여기 이 땅에서는 여자들끼리 자리를 바꾸고 있으니 말이다. 나는 내 결단으로 시어머니 섬기는 일을 열심히 안 하기로 했으니 언니도 싫으면 그렇게 하슈, 그럴 능력 있으면 말이요. 이런 뻔뻔한 경지에 이르지는 못했으니 말이다. 남자들은 부모 돌보기라는 자리를 여자들에게 대신하게 했고, 그런 남성적 질서 가운데 여자들은 수천 년 동안 '거의' 대신하고 있으니. 이것이 한국의 풍습인지 관습인지, 미덕인지 악습인지. 그 모두이기도 하고 아니기도 할 것이다. 으, 분노여! 시작되어라.

세상 여자들이
다 하는 것

그런가 하면 이런 말을 하는 여자들이 있지 않은가. "그까짓 걸 가지고 뭘 그래. 세상 여자들이 다 하는걸. 네가 뭐 그리 대단하다고." 너나 잘 하고 조용히 있으면 안 되겠냐고 말하고 싶도록 염장을 지르고 폭발시킴과 동시에 시원하게도 하는 말이다. 맞아, 하면 할 수 있겠지. 누군가 해야 해. 그 누군가가 나일 수도 있는 거고.

아침드라마에서 앞 다투어 터뜨리는 말폭탄 속에만 살아 있는 듯한 담대한 여자들이 있는가 하면, 정말이지 오직 시간이 부족할 뿐이라는 듯이 모든 것을 완벽에 가깝게 해치우고 훤하게 웃기까지 하는 여인네도 있지. 그녀들 덕분에 엄청난 실리를 취하고 폼까지 잡는 남자들과 그런 그녀들이 부럽거나 딱해 보이는 여자들이 '여장부'라 부르는 여인들 말이다.

그게 칭찬인지 주로 의심스럽고 나도 상당 부분 그렇게 하지 않았다 할 수 없음에도 더 할 수 있기를 바라면서 죄책감을 놓을 수 없었던 것이다. 우리 큰시누는 어땠는가 말이야. 둘째 시누 역시 치매 걸린 시어머니를 오해받아가면서까지 모시고도 10대 때의 맑고 깊은 눈동자를 웃음 가득 간직하고 있지 않은가! 그리고 스은? ㅇ은?

그러나 그 세상이 어떤 세상인지 몰라도 세상 여자들이 다 하는 것이란 없더라고. 남자들도 그렇지. 세상 남자들이 다 하는 것 따위는 없어. 오래전부터 다른 나라를 엿보니 시부모 섬기는 의무라는 것조차 없더군. 그렇게 살지 않더라는 것. 한국이 희한하게 그런 기묘한 강제가 있다는 것을 알고 경악했더랬지. 우리도 지금은 시댁이나 시부모와의 관계 양상이 많이 달라졌지만 말이다.

하여간 지금 나는 모든 그러함에도 불구하고, 특정 이데올로기적 내용을 채우는 것의 부당성을 말하고자 하는 게 아니다. 남자와 여자의 영원한 교착에 대해 대책 없는 툴툴거림 하나 던지고자 하는 것이 아니다. 1차적이고 근원적인 문제, 보편적 인간으로서의 의무와 도리를 생각하고 있는 거다. 나로 하여금 인간적 실천에 나서지 못하게 방해하는 내 안에 있는 것이자 밖에 있는 그 '어떤 것들'에 대하여 생각함과 동시에 인간과 삶에 대하여 좀 더 알고 이해하면서 살아감으로써 죽고 싶은 거다. 삶의 완성인 죽음으로 갈수록 인간에 가까워지고 싶은 거다.

스물도 안 된 새파란 것들이 주유소에서 가스를 들이마시는 게 싫고, 컴컴 아득한 지하주차장에서 자동차를 향해 인사하며 소리지르는 것도 싫기 때문이다. 일시적 경험이거나 제 삶을 누릴 만한 대가가 주어지는 선택이라면 다르겠지. 그리고 늙은이들이나 아픈 이들이 병원에서 갖은 줄과 도구에 사로잡혀 죽음이라는 최종 선택에서조차 자신을 밀어내게 만드는 방식은 바뀌어야 한다고 생각하기 때문이다.

인지상정을 찾아라! 일렬종대로 횡대로 언제 어디서나 누구나 돈, 돈, 돈. 부석부석 물질에 찌든 삶으로 야금야금 확장되는 삶의 기묘한 변형을 볼수록 그러한 것이다. 스스로 생각하지 않고도 삶의 목표가 분명한 사람들, 요즘 세상의 지도자가 되고 있는 스타들과 예능

인들의 말만 좇아도 얼마든지 '잘 사는' 것처럼 보이는 사람은 분명 유령일 것이다.

　나는 생각하지 않는 사람이 무섭다. 늘 남의 말을 옮기는 입과 자신의 생각이라 믿는 것처럼 보이는 얼굴이 두렵다. 스스로 사유해야 사유의 전환도 가능할 것이며 어떻게 살 것인가를 결정할 수 있는 게 아니겠나. 생각한다는 흔적을 발견할 수 없는 얼굴에서 물신적 도구성만이 읽힐 때 '생각하며 살 수 없음'에 처해진 얼굴에 대해 염려하지 않을 수 없다.

　삶의 방식은 변하는 것이고 나는 이미 뒷사람들에게 의자를 물려주었으되 아직 이 세상에 참여하지 않을 수 없으므로. 당장 내 앞에 벌어진 사건이며 계속 전개될 사건들로서 무수한 인간 대 인간의 만남의 방식을 생각해보는 것이다. 더욱이나 그렇게 찡그린 얼굴로 지금 내 앞에 와 있는 타자 중에서도 가족이라는 이름으로 만난 타자 아닌 너무나 지독한 타자!

지속되는
환대의 날을 꿈꾸며

지금 나는 어딨지? 온몸이 뻑뻑하다. 오호, 레비나스. 당신의 문장들을 다문다문 읽고 걸음걸음 디딜 줄 몰랐어요. 그러나 도처에 단락이 심하고 책임을 강제하니 사유와 책장 넘기기를 방해하는군요. 암암리에 강요하는 책임이 기존 질서와 체계에서 이미 너무 익숙하려니와

청자도 수신인도 여성으로 지정하는 것만 같아요. 이 책『존재에서 존재자로』를 읽기 전부터 그 무게가 전해졌나봅니다. 그러니 오래 폈다 덮었다, 들여놨다 꺼냈다 했겠지요? 이제 위장이 거북하도록 당신을 충분히 먹은 것 같습니다. 앗, 잠깐! 덮으려는데 지금 바로 답안지 작성을 위한 참고 사항이 딱 나옵니다. 답을 찾는 자, 뭐 눈에는 뭐만 보인다는 말.

> "지속 안에서 순간을 스스로를 소유하지 못하고 정지하지 못하면 현재가 아니다. 이러한 지속이 음악을 놀이에 가깝게 한다. 수고는 놀이를 배제한다. 물론 순수하게 운동경기에서 행해지는 수고도 있을 수 있다. 그러나 말하자면 그때에 놀이는 수고 너머에서 행해지는 것이다. 그 놀이 속에서 우리는 수고와 그것의 목적 사이의 분리를 겪는다. 거기서 놀이의 무관심한 특성과 무상성을 즐길 수 있다."
>
> ―『존재에서 존재자로』중에서

아! 그러니까 엄니는 아까 놀이를 하고 계셨던가. 귀 좋은 엄니가 그토록 문 두드리는 소리를 못 듣고 텔레비전을 보셨다 함은 결국 아주 잘 놀고 계셨다는 거였구나. 주변에 무관심할 수 있는 능력. 순수한 아이의 능력. '피할 수 없는 현재로서의 순간과 맞붙어 싸우고 있는 수고'를 거의 멈춘 어머니는 그 너머에서 자알 쉬고 계셨던 거다. 주변에 무관심할 수 있음은 휴식의 특성이기도 할 것이니. 내게는 이제야 겨우 조금씩 가능해지고 있는, 주변에 무관심함이자 쉼이란 것 말이다.

심장이 말랑말랑하다. 모처럼 착한 생각을 해서 그런가 보다. 아까 내가 막내 시누를 생각하고 있지 않았던가? 생각은 나를 흐르고 나는 다시 그것을 불러내어 서로를 건드려주지. 그래, 어찌하여 시누가 나한테 홀랑 넘어가서 엄니를 '떠맡게' 된 거지? 기억을 떠올려볼까? 정직하게 나오기를 바라. 기억은 거짓말을 잘하니까 말이야. 거짓말인 줄 알고 하겠냐 싶지만 사실은 거짓말인 줄 알고 한다는 것. 게다가 수시로 자신에게 유리하게 조금씩 스스로를 속이며 바꾼단 말이야.

그래, 시누가 천안으로 이사를 왔지. 그래서 지금은 30분 거리에 살고 있는 막내 시누. 멀리 살던 시누가 가까이 와서 너무 좋다고 말했을 뿐인데 시누는 덜컥 제 엄마를 받아 안은 거야. 아직도 좀 묘해. 엄니에 대한 내 부담과 힘겨움이 시누에게 고스란히 읽혔던 걸까?

"나는 네가 가까이 와서 좋아."

엄니 생신 모임 끝난 자리, 손님들 보내던 문간에서 했던 말이었거든.

"그래, 언니. 그동안 애썼어. 이젠 내가 할게. 언니만큼 섬세하게 잘은 못하겠지만 내가 할게."

"섬세하게"라는 말이 너무나 뜨악한 가운데도 그저 가까이 왔으니 사주 엄마 보러 가겠다는 정도의 뜻으로 들었지. 그런데 그게 아니더란! 그때 우리가 한 말 앞에 어떤 문장 하나, 또는 전혀 기억하지 못하는 어떤 말이 놓인 상황이 있었던 걸까? 무의식이 너무나 잘 알아서 길을 텄다고 생각한다. 모르지만 스스로 솟구쳐 제 몸의 주인으로서 결정을 요구하는 충동이나 완고함 말이다.

그래, 나는 결혼이라는 생의 일대 사건에 충실했다. 나로서는 너무나 충실했으니 이제 덜 충실하고 싶은 것이다. 이제 충실의 자리와 내용을 바꾸기로 한 거다. 만일 그렇다 해도 나는 가벼운 깃털처럼 날린 것을 시누가 덥석 받았다면, 시누 역시 자신의 결혼은 물론 시댁에까지 나보다 충실했으니 충실의 대상을 바꾸기로 한 것인가? 그래서 이사라는 또 다른 큰 사건을 만든 걸까?

그리하여 시누가 어머께 마음을 쏟는 만큼 나는 점점 가벼워졌고 가벼운 만큼 엄니가 더 편안히 느껴졌던 것이다. 막내 시누가 반찬을 만들어 엄니께 자주 갈수록 나는 덜 자주 갔지만 발걸음에는 더 많은 마음이 담기고 얼굴은 더 밝지 않았던가 싶던 것이다. "잘했다"는 말로 꼭꼭 매듭짓도록, 잘하지 못했어도 잘한 게 저마다의 삶이라고 생각한다. 잘했다, 못했다를 가치판단으로 휘두를 수 없는 거야. 자신이 할 수 있는 한에서 그만큼밖에 못하는 식으로 이미 잘한 거라고 생각해. 못한 것, 할 수 없었던 것, 미루다가 놓친 것, 밀어내고 후회하는 것 들이야 어쩌랴. 그것이 바탕이 되어 이미 더 잘들 하고 있다고 믿는다. 보이지 않으니 안달하고 탓했으며 더디니 기다리기도 어렵지만, 가만히 보면 더듬더듬 자신이 커가는 게 울퉁불퉁 만져지던 것이다. 그렇지 않을까? 그럴걸. 우리집 문을 열어젖히고 엄니를 환대하여 맞아들일 날이 올 거야. 만들 거야. 하루 이틀 말고 엄니 멀리 홀홀 가실 때까지 말이다. 지속되는 환대!

어떤 활동도
환대 없이는

'환대'라는 말을 강하게 느끼거나 의도적으로 사용한 적이 몇 번 있었다. 맨하탄 어느 붐비는 카페에서 점심을 먹다가 빈자리를 찾는 부인과 눈이 마주쳤을 때 망설임 없이 일어나 여기로 오라고 불렀지. 의자도 찾아서 바로 놓아주며 "웰컴". 기뻐하는 그녀의 눈동자와 고마워하는 몸짓으로 이어진 가느다란 시간. 환대라는 것은 힘이 있으며 다정한 말. 무게 있는 상쾌함. 웃는 얼굴로 은밀한 기쁨을 들이미는 자못 멋스러운 말이었거든.

그리고 또 몇 번은 내 손으로 깔끔한 밥상 한 끼를 차려주리라 마음먹고 후배나 제자를 우리집으로 불렀을 때다. 현관을 쓸어놓고 대문간에서 번쩍 두 팔 벌려 맞이하며 두 손 잡기. 훤한 낯빛으로 화답하던 그녀. 인간의 얼굴에서 그런 빛남을 종종 발견하고 싶게 만들도록 기쁨이 반사되었으니 곧 나를 향한 환대였다 해도 좋았던 거다.

그런데 환대가 그리 인간에게 중대사인 줄 몰랐지.『환대에 대하여』(자크 데리다)라는 책도 있더군. 철학자들은 좀스럽게 별별 것들을 다 생각한다니까. 어쩌면 그렇게 안 보이는 것들을 보이게 재현해내는지, 읽다 보면 이걸 알았으니 죽어도 좋을 것 같을 때가 있단 말이야. 놀랍고 재미있으니 죽을 새도 없어 고마워 죽겠더라는 거지. 자크 데리다, 살짝 옆으로 돌린 그의 얼굴. 최적의 습도로 메마른 직선의 시선과 흰머리가 만드는 홀림. 사유의 문을 열고 환대하는 유령에게 진작 빠지지 않았던가. 그는 사유하는 순간, 대상의 이면으로 들어서서

의미를 재현하되 의미의 너머와 대상의 그림자조차 문자로 뽑아낸다 싶던. 그 책의 앞부분에서 데리다는 환대를 '시학'이라고 했다. 왜 시학일까?

① 어려워서 시학이다. 시가 어려우니 시학은 더 어렵겠지. 환대는 힘든 일이다.

② 아름다운 일이어서 시학이겠지. 뭐? 시학이 아름답다고? 시가 아름답다는 것도 환상 아님? 시와 관련된 것이니 고정관념으로 어쨌든 아름답다. 까불지 마! 시학이 아름다울 리가. 골치 아프겠지? 그렇군!

③ 골치 아파서 시학이다! 환대하려면 얼마나 골이 아픈가. 가족도 그런데 타자를! 결론 났다. 그래도 사지선다는 해야지.

④ 시 없이, 예술 없이는 인간이 살 수 없기 때문 아닐까? 그러니 골치 아파도 시의 바탕이요, 근거거나 규범으로서 시학이 있어야 하겠지. 따라서 골이 아파도 우리는 서로 환대하고 살아야 오히려 골이 덜 아프다는 게 아닐까?

이렇게 시작하여 얼떨떨 '환대는 참 좋은 것이여'로 끝나고 말았던 환대를 나중에 강의로 들을 때 단박에 이해했지. 몹시 놀랐어. 읽어 얻는 기쁨을 몇 배나 능가하는 듣는 기쁨을 얻었단 말이야. 직전에 읽었으나 뿌옇게 넘어간 책이니, 예습과 궁금증의 상승효과라고 치자. 공부하는 즐거움, 말씀을 들어 깨닫는 기쁨을 누리던 중이었음에도 특별한 기쁨을 맛보았더랬다.

듣는 기쁨과 읽는 기쁨을 비교하거나 같이 놓고 생각해보지 않았으므로 참 새삼스러웠던 것이다. 스승이 먹여주는 것을 받아먹는 행복감이 어떠한 것일지, 좋은 스승 아래서 학문하는 자의 기쁨에 대해 처음으로 깊이 느껴보았지. 나도 진작 공부를 더 하고 싶었던 것 같아. 배우고 싶어서 오히려 가르치고 있었던가? 배우고 싶은 자가 가르치고 있었으니 즐거운 한편 힘이 달렸던가? 더 배우고 받아야 할 자가 없는 것을 나누려 하니 진이 빠졌던가? 그래서 10년이나 남겨놓고 황급히 교직을 떠났는가?

아버지는 내게 목소리를 주지 않았고 엄마는 줄 수가 없었기에, 글자를 더듬어 오래 거듭 찾은 목소리는 너무나 멀고 가늘어, 나는 찌들고 지쳤으므로 들어도 듣는 줄 몰랐던가? 오히려 잊어갔던가 싶었다. 날것, 비린 것, 이상한 것, 접촉할 수 없는 것, 고무장갑이 필요한 그것, 그러나 고무장갑이 매개할 수는 없는 그것. 그러니 도무지 뜻이 운반되어오지 않더란 말이다. 이제 목소리를 만나고 있다. 나는 드디어 귀를 가지게 된 것이다.

선생님 말씀을 들을래, 옮겨볼래. 쓰다 보면 목소리가 물질로 변하는 걸 느끼거든. 청각이 감정이 되고 촉각이 되고 핏줄이자 신경줄이며 선을 타고 내려와 간질간질 손끝에서 시각이 되고 점이 되거든. 낱낱이 모양을 만들고 형상을 일으키고 뜻으로 길을 내거든. 그리고 뜻에서 실천이 그려지면 힘도 생기는 걸 자주 겪었지. 비록 뭉기적 꿈틀대다 그 미약함이 부끄럽다 말지라도, 앙앙거리다가 겉돌고 지체될지라도. 나는 그의 목소리를 쓴다.

"(…) 무조건적 환대가 조건적 환대 속에서 항상 발생해야 합니다. 그러려면 조건적 환대는 법을 가져야 하지요. 반대로 조건적 환대는 법으로 작동하자마자 환대로 충분하지 않다는, 그래서 무조건적 환대를 필요로 한다는 것을 알게 됩니다. 두 가지는 동시성으로 사유해야 하며 분리 불가능하다는 것이죠. 두 가지가 겹쳐서 동시에 발생하면서 그때그때 새롭게 환대가 창조돼야 된다는 겁니다. 그래서 결국 환대의 시학이 됩니다. 조건적 환대와 무조건적 환대의 겹침을 데리다는 환대의 시학이라고 합니다. 시학이란 일반적 시학을 말하는 게 아니라 겹침, 이중성을 말합니다. 그런가 하면 레비나스에게는 환대의 윤리학이 됩니다. 환대가 이루어지는 장소는 집인데 집에는 주인이 있죠. '어서 오세요' 하고 맞아들이는 자가 주인이죠. 그런데 주인은 손님에 의해 주인으로 맞아들여지지 않으면 주인이 될 수 없습니다. 맞아들이는 자가 동시에 맞아들여지는 자가 되는 거죠. 주인은 자신이 이 집의 주인이라고 생각한단 말이에요. 주인이라고 생각하는 이유는 이 집이 자기 소유라고 생각하기 때문이죠. '당신 집처럼 편하게 지내세요'라고 말할 수 있는. 집의 주인이 될 수 있는 이유는 집이 주인을 먼저 환대했기 때문이라는 겁니다. 이 주인은 그러니까 집으로 봐서는 손님이죠. 그러니 주인의 특성이 모두 사라집니다. 그리고 이때 이 집을 여성적 타자와 연결시켜요. 주인이 나갔다 돌아오면 집에 누가 있어서 자신을 맞아줍니다. 집에 누가 있습니까? 여자죠. 여성적 타자가 주인의 주권을 온전하지 못하게 합니다. 소유Possession와 탈소유Dispossession가 동시에 작동합니다. 그래서 주인은 환대하는 자이면서 환대받는 자, 주인과 손님은 구분 불가능, 주인이자 손님으로 존재한다는 거죠. 환대가 중요한 이유는 그것이 초월적인 어떤 것이어서가 아닙니다. 우리 인간이 도달할 수 있는 최고의 이상이어서 중요한 게 아니라, 인간의 어떤 활동도 인간의 환대가 없이는 불가능하기 때문입니다. 인간의 모든 활동은 환대에 의해 만들어지기 때문입니다. (…)"

'인간의 모든 활동은 환대에 의해 만들어지기' 때문이다? 인간의 모든 활동이? 그렇구나. 왜 아니겠는가. 그렇다면 올케는 엄마를 환대했던 것이다!

　듣기를 잘하고 쓰기를 잘했구나. 뜻으로 환하게 드러나지 않았던 문장이 오늘 새로 훤하게 뜬다. 처음 들을 때는 집이 주인을 먼저 환대했기 때문에 주인은 집에 대하여 손님이라는 말에 단번에 사로잡혀버렸거든. 외출하고 돌아와 문을 열고 집에 들어갈 때마다 나는 "다녀왔습니다" 하고 소리치니까. 아무도 없지만 집이 있으니까 말이야. 그러고는 "집아, 나 왔다, 엄마 왔어" 하며 까불기도 하지. 그러니 그 말이 너무나 재미있고 놀라워서 다른 모든 문장과 의미를 눌러버렸겠지. 그런데 오늘은 '인간의 어떤 활동도 인간의 환대가 없이는 불가능하다'는 말과 만나지 않았는가. 까불며 공부하기. 반복이다. 반복만이 나를 굴리며 조금이라도 새로운 나를 만든다.

인정을
구하지 않는 삶

막내 올케 정순 언니는 평생 엄마를 환대했다! 무조건적이되 조건적 환대여서 기계적이 아닌 주체적 환대였다. 언니야말로 환대의 시학을 실행한 것이다. 내가 시 어쩌구 폼을 잡을 때 언니는 시학을 이루어갔던 것이로구나. 30여 년의 지속적 환대. 데리다나 레비나스는 환대의 지속성에 대해서 어떤 말을 했을까, 궁금하다. 하루라면 나도 아주 잘 할 수 있어. 이삼 일 정도도 어지간히 할 수 있어. 끝 날을 약속받기만 한다면 한두 달도 용기를 낼 수 있어, 일 년? 모르겠네, 알 수 없어. 32년! 막내 올케와 같은 자리를 선택한 많은 사람들, 여인들과 사내들이여, 장대한 인간들이여!

자신을 거두어 조용히 접어 주름잡았으니, 죽이되 죽이지 않는 방식으로 살리고 살았던 거다. 이해할 수 없는 것이 이해된다. 이게 바로 타자를 대신한 삶이며 그로 획득한 자기 초월인 것이로구나. 카이로스의 시간을 누리는 사람들에게 나는 크로노스의 시간으로 계산하며 깔려 있었던 것 아닌가. 그러니 올케가 누린 자유 아닌 진짜 자유가 내게 보였겠는가. 나는 의무의 감옥, 지하 납골당에서 손가락을 까딱이며 그것이 자유인 줄 알았으니, 주인인 줄 알았던 노예였으니.

언니는 자신의 주인이자 주체Subject가 되기 위해 자신에게만 종속Subjection되기를 선택한 걸까? 이른바 남성적 질서에 포획된 사람들, 대다수 남녀들이 획득하여 몸에 붙이고자 손에 틀어쥐고자 평생 찾아 헤매는 보잘것없는 기표들과 허망한 의미와 대타자의 인정을 그녀는 끊어내고 성큼 물러난 거였다. 인간의 유한성 안에서 한계를 인정함으로써 오히려 무한의 자유를 누릴 수 있었던 거다. 가끔 먼지처럼, 티끌처럼 보였으나 언니는 '무소의 뿔처럼' 나아갔음을 바람만이 알았겠구나. 자신을 죽이는 것처럼 보였지만 언니는 자체적 만족을 누렸던 거다. 그 샘은 어떤 것인가? 샘물가의 언니. 언니야말로 세상의 언어나 고정관념에 길들여지지 않은 여인이 아닌가! 지고함의 상태를 느끼는 순간이다. 그러나 세상의 깨알 같은 의미들에서 물러선 사람에게는 불필요한 말이다. '지고함'이라는 말은 의미 자체의 표상이자 발생 장소, 의미 없이는 표현할 수 없기에 의미를 부여받을 수밖에 없는 예수, 신이자 인간이며 신도 아니고 인간도 아닌 그를 표현하지 않을 수 없기 때문에 그에게 가는 기표일 뿐이다.

만세! 나는 성공했다. 언니를 해석하고 싶었거든. 감사하고 칭찬하고 놀라며 자랑했지만 그것으로는 도저히 상상 불가, 해석 불가임을 자주 느꼈거든. 불만도 말하고 화도 좀 내라고 화를 내기도 했지. 그럼 언니는 싱긋 웃으며 말하지.

"화 낼 일이 뭐가 있어요?"

재미있다는 듯한 밝은 웃음 끝 입술에 머무는 미소가 나는 더 싫었어. 뭐지, 이 언니? 웃음이 나오냐고 짜증도 내봤지. 그럼 언니는 소리를 좀 내어 웃는 거야.

"하하! 알았어요, 애기씨. 화가 나면 낼게요."

나는 도무지 이해할 수 없는 언니를 이해하기 위해 살았던 게 분명하다. 언제나 모든 불가능성과 가능성을 함께 가진 것처럼 보이던 그녀. 내 이해의 한계에 이를 때마다 다가갈 수 없는 괴물성을 느꼈던 거지. 차원이 다르다고 생각했으니 기이할 수밖에.

언니는 내가 이상하고 세상 사람들이 이상했던 게 아닐까? 언니는 이상하다고 생각하지 않겠지. 특히나 개인에 대한 가치판단이나 비판, 평가라는 게 없으니까. 맞아, 그러니까 항상 평온한 거야. 그래, 내가 가장 참기 힘들었던 게 그거다. '생색내기'와 '인정 욕구'를 통해서 내 죄책감을 줄여주지도 않지, 고통에 찌들거나 아프지도 않으니 '그것 보시오' 할 기회도 안 주지, 불쾌하고 얄미운 대상에 대한 비난은커녕 평가하는 말 자체를 안 하니 환장할 일 아닌가. 진짜 화가 나네. 이 언니 속으로는 나를 비난한 것 아니야? 지껄이기만 잘 하고 실천은 못하는 바보라는 둥 어쩌고저쩌고? 어쩌면 저리도 철들지 못하고 의존적이고 앙알대는가 하면서?

흠, 도대체 우리는 그동안 숱하게 만나서 무슨 말을 하고 살았던 거지? 세상 사람들이 영원히 물리지도 질리지도 않고 지속하여 즐기되 자기애 넘치는 사랑의 말들, 비난과 비판과 위장하는 탐욕과 명예 등에 굴린 말들을 다 빼놓고 무슨 말을 하며 깔깔댔던 거지? 그나마 비난은 내가 하고 언니는 주로 웃음을 일으켰지.

심심하네, 다시 또 어이없어지는 중이다. 어떤 생각의 가지가 어디서 걸린 거지? 졸지에 진리의 빛에 노출된 피곤감, 감당 못함. 모두 언니 때문이다. 왜 그렇게 살아가지고설랑. 그래서 언니가 하는 말이 진리임을 거의 의심하지 않았으니 내 맘에 쏙 드는 말.

"사람들이 너무 물질만 보고 살아요. 그게 전부는 아닌데."

"우리는 우리 부부 방식으로 살고 있는 거예요."

"박근혜, 대통령이 될 사람은 아니잖아요?"

아, 가장 중요한 걸 잊을 뻔했네.

"나는 내 시누가 애기씨여서 너무 감사해요."

나는 언니에게 인정받으려고 안달복달했으나, 언니는 시누의 인정을 구하지 않았음을 지금 알겠다.

그렇게 자라고
씩씩해지는 중이다

이런 생각하려고 아침부터 생각하기를 시작한 것도 아님을 너무나 잘 안다. 그러나 생각은 하든 않든 길을 내고 흐름을 타고 갈 곳으로 간다. 담기거나 나오거나 자리를 틀면서 언제나 길 위에 있다. 그것이 진정성이라 불리는 이름으로 내장에서 고물고물 나올 때면 살고 싶어진다. 그것이 부르는 감동. 따끔따끔 은은한 흔들림으로 계속 살고 싶어진다. 유아적 구조에서 아직도 벗어날 수 없는 나는 주로 많이 운다. 그렇지만 혼자 울고 얼른 눈물을 쓱 닦고 다시 생각한다.

그렇게 자라고 씩씩해지는 중이다. 언니 덕택이다. 오빠는? 오빠는 스스로 자신의 덕택이라 할 것에 대하여 자신의 말로 쓸 것이다. 오빠는 언니와 자신이 여성적 우주에 성큼 몸담고 감히 '사랑'이고자 했음을 알고 있을 것이다. 나는 오래도록 그것이 관용이라고 생각했고 나도 어느 정도 하는 거라고 믿었다. 어지간하면 봐줄 테니 내 가까이서 까불지만 마! 이게 관용이었던 거야. 너그럽게 베풀며 수용하지만 우월한 위치에서 대상과 일정 거리를 유지할 때만 작동 가능한 것, 우아한 유사 사랑임을 몰랐을 때 말이다.

그런데 오빠랑 언니는 그것을 넘어서서 함께 낮아지던걸. "암시랑도 않다"였던 거야. 낮아진 곳에서 종종 높아 보이기조차 하니 기이할 뿐 이해할 수는 없었지. 그런 것이 사랑인 줄 이제 겨우 손톱만큼 느끼는 자리에 나는 있다. 사랑의 메마른 자기 실천에 대해서 그 엄청난 존재와 힘에 대해 쓰는 것은 오빠의 몫이다. 또 눈물이 난다.

언니는 엄마의 삶에 어떻게 기꺼이 들어가 두 생을 살았는가, 생각할 때가 되었다. 등잔 밑이 어둡지는 않으나 밝지도 않았던 거야. 그러나 이제 도수 맞는 안경을 찾았다, 만세! 봉사와 헌신을 기꺼워하고 즐겨 행하는 사람들과 나아가 성인이라고까지 불리는 이들이 살았던 수많은 생을 생각해본다.

다시 이해하기 어려웠던 부분 가운데 또 하나는, 그들의 표정이 언제나 생기와 함께 평화롭다는 거였으니. 아니, 평화 따위 아니야. '아무렇지도 않다는 듯하다'가 맞으리라. 사회가 가지라고 명령하는 것들, 자본이 끝없이 유혹하는 것들에 관심이 없으니. 가진 것도 없고 가진 만큼 지키려 안달할 것도 없이 살고 싶은 자신을 사는 동시에 타인을 향해 자신을 열어놓는 것이다. 물질을 추구하며 그것만이 행복과 의미 있음이라는 환상으로 갇힌 사회에서 벗어남 정도가 아니라 성큼 더 넓은 세상으로 나아가 있는 것이다.

그렇게 자신이 좋아서 넓힌 공간에 사람을 환대하는 삶을 선택했으니 당연하다는 낯빛일 수밖에 없겠지. 굳이 그들이 원하지 않는 세상적 의미를 부여하여 말하자면, 그들은 남모르는 기쁨을 방울방울 즐기면서 진정 자신을 살고 있었던 것인데 그걸 몰랐지, 정말 몰랐어. 무슨 재미로 사는가 싶었지. 가지지 않는 방식으로 세상을 다 가진 줄 어찌 알 수 있었을꼬!

그들에게도 잘 사는 방법이나 삶의 최종 의미가 있을 거라고 가정해본다면, 그건 바로 '그런 것은 없다'는 것 아니겠는가. 인간 삶의 어느 상상 불허의 지점이나 삶의 방식, 인간이 차지하는 자리 자체의 의미에 대해 한 번씩 통찰하게 만들 뿐. 통찰하게 만들지만 그것조차 그들이 만들게 하는 것처럼 우리가 생각할 뿐인 거다. 우리가 사는 삶의 방식이 진정 즐거운지 그게 정말 우리가 찾아 헤매는 가치이며 의미인지, 그리도 인정을 구하며 찾아 헤매던 대타자를 찾았는지, 멘토를 만나 힐링되고 웰빙하여 진실로 기쁜지, 입술에 매달린 행복을 삶에서도 발견하고 진짜 누리는지, 각자의 진실을 매섭게 묻고 있는 게 아닐런가.

그래서 언니의 미소, 그 비어 있음이 기분 나빴던 거야. 모든 의미를 비워낸 것 같은데도 값을 헤아릴 수 없는 보물이 가득해 보이던 그 웃음. 더러 빼앗고 싶었어. 삶을 이해하고 인간을 알고자 머리통을 굴리는 자만이 누리는 뿌리 깊은 슬픔 같은 기쁨이다.

그렇지만 언니! 이제 이전과 다른 방식으로 살아보지 않으실라우? 다르게 관계 맺으며 살아보고 싶지 않나 오빠랑 같이 생각해보슈. 아니, 이렇게 말하면 사랑을 버리라는 건가? 그럼 오로지 자신만 사랑하시오! 언니는 이미 자신을 충분히 사랑했다고 할 게 뻔하다. 아니다, 빙긋 웃을 거다.

마흔이 넘으면
얼굴에 책임을 져야 한다

그런데 생각이 흐른 김에 내처 위대한 존재들께 꼭 하고 싶은 말이 있습니다. 천지간 처처에 있는 수많은 인간이며 정령이며 귀신이자 유령이시여. 내 말을 들어주십시오. '마흔 넘으면 얼굴에 책임을 져야 한다'는 말이 참 이상하고 싫었어요. 그것에 대해 말하고 싶습니다.

어릴 때, 대체적으로 어떤 말이 나를 만드느라 흔들어댔던 시기가 중2 때인 것으로 자주 기억됩니다만, 마흔 어쩌고 하는 것도 아마 그 무렵 수상하게 생각하기 시작한 것 같아요. 사실, 서른이면 죽는 나이가 아닌가 하던 때고, 마흔까지 살 수 있을까 멀게만 느껴지던 때였지만, 그건 참으로 수상한 말이었습니다. 생겨먹은 것을, 타고난 것을 어쩌라는 말인고? 예쁜 얼굴도 아니려니와 눈도 작은 나는 어쩌라는 걸까? 뜻을 헤아렸지요. 마흔까지 잘 살아서 인격을 갖추면 달라진다는 말인가 보다. 나는 인격을 갖출 수 있을 것 같았습니다. 왜냐하면 국기 하강식 때 나만큼 똑바로 서서 경건한 몸가짐을 한 아이를 발견하기는 쉽지 않았거든요.

착하게 규칙을 잘 지키면서 만화를 열심히 보고 그리는 중에 하기 싫은 공부도 좀 하고 엄마 말을 잘 들으면서 훌륭한 사람이 되기로 했습니다. 도덕책에 나오는 난사람, 든 사람, 된 사람 가운데 된 사람이 바로 그럴 것이라고 생각하고 된 사람이 되기로 결정했던 겁니다. 공부한다고 모여서 놀다가 친구 일기장을 훔쳐 읽은 적이 있지만 착한 편이었어요. 다 먹은 과자 봉지를 남의 집 담 안으로 몇 번 던졌을 뿐, 앞에 가는 남학생 다리에 자갈 차기를 몇 번 했을 뿐, 책도 열심히 읽고 교통신호도 칼같이 지켰죠.

그런데 마흔 직전 내 얼굴은 거무튀튀, 눈은 여전히 작더란 말입니다. 게다가 얼굴에 난 뾰루지를 쥐어뜯는 버릇으로 자잘한 흉자국까지 밉기만 하더라는 말입니다. 유일한 의지처는 언감생심 소크라테스뿐이었어요. 그가 죽기 직전에 얼굴에 빛이 났다던가, 그건 모르겠습니다만.

그런데 타고난 미모를 지닌 사람조차 마흔이 넘으면 윤기가 빠질 뿐, 기품이 더하는 것을 보기 어렵더라는 거지요. 마흔 살 이후에 남달리 얼굴이 빛나거나 인품이 느껴지는 이들이 더러 주변에서 발견되긴 하지만 참 적더라는 거죠. 그러한 분의 대표로 신영복 선생님이 제일 먼저 떠오릅니다만. 그러니까 한마디로 그게 너무 어렵다는 사실을 저만이 아니라 많은 사람들이 깨달았다는 겁니다.

그러나 한편 그것의 진리 일면을 통감한바, 책임을 지는 우회적 방편으로 성형수술을 선택하지 않았나 싶습니다. 도저히 책임질 수 없지만 책임져야 한다는 의미를 알기에 사람들은 대책을 궁리했겠지요. 노력했으나 결과는 마음에 들지 않는데다가 남은 시간도 얼마 없으니, 언제 또 더 공부하고 갈고 닦아서 내면에서부터 자동 발광하는 윤기와 빛으로 도배할 수 있겠는가. 그래서 달걀 세우기를 죽도록 반복하다가 살짝 깨서 단번에 세워버리기로 한 게 틀림없다는 겁니다. 그래, 나 책임지는 중이야, 노력했잖아. 어쩌라고!

따라서 성형수술은 인간으로서 잘 살아야 한다는 의무를 수행하고자 했으나 실패할 수밖에 없는 사람들이 책임을 지기 위한 최후의 선택이었다는 겁니다. 기꺼이 익숙한 자신의 표상, 자신의 정박점의 일부인 피와 살과 뼈를 희생하는 고귀한 결단이라는 생각을 했습니다.

지식이 넘치는 시대인지라 요즘 젊은이들은 살아보기도 전에 아는 것 같습니다만, 저는 아직도 그 경지에 이르지 못하여 손가락에 피 한 방울만 나도 벌벌 떠는 좀스러운 상태입니다. 그러나 뜻만은 잘 깨달았음을 말씀드리며 인간이자 귀신인 여러분의 용서를 구하고자 하는 겁니다. 언제쯤 성형을 할지 아직도 무서워서 말씀드릴 수는 없지만 안검하수 때문에, 가뜩이나 작은 눈에 눈썹조차 짧아 끝없이 눈알을 찔리고 있으므로, 그것 때문에 쌍꺼풀을 달게 되지 않을까 합니다. 진작 해서 눈알도 안 아프고 큰 눈을 자랑할 수 있는 모든 기회를 가지지 못한 채 살고 있는 어리석음을 용서해주시기 바랍니다.

그런데 이게 끝이 아닙니다. 그러한 와중에 저는 헤겔을 뒤적이다가 그 마흔 어쩌고 따위를 단칼에 물리치는 것을 만났더란 겁니다. '억압된 내용이 왜곡된 형식으로 드러난다'는 식의 문장이던가요? 그러니 내용이 형식이라는 거죠. 완전 결정판 아닌가요? 골상학에서부터 기분 되게 나빴는데 말입니다. 내면의 고통이란 게 나타나야 그것이 있는 줄 알 것이므로 겉모습을 뚫고 힘겹게 나타나다 보니 꼬라지가 울퉁불퉁해진다. 그러니 겉모습이 잘 생기면 일단 고통을 덜 겪었다는 것 아닌가. 그래서 기생 오라비처럼 생긴 남자 어쩌고 하며 경계했던 모양이지요?

어릴 적 우리 엄마 말씀대로요. "텔레비전에 나와 말하는 잘난 사람들 봐라, 잘 생겼더냐? 저 여자 교수 봐라." 그런데 요즘은 어디 그런가요. 예쁘고 잘생긴 사람들만 텔레비전에 나오지 않나요? 진리가 바뀐 걸까요? 진리도 성형수술을 한 걸까요? 이 비슷한 내용이 또 있었는데 뭘까요, 잠깐만요.

'본질이 외양이다.' 이제까지의 모든 것을 물리치고 단박에 우뚝 서는 매우 기분 나쁜 말입니다. 본질과 외양을 어떤 실체로 대립시키거나 우열을 가릴 수 없다는 뜻이겠지만 역시 요즘에 딱 맞는 말이 아닌가 싶기도 하군요. 그들의 외양이 본질이라면 정말 흐뭇한 일이 아니겠습니까? '형식을 따라가다 보면 내용이 나오고 내용을 따라가다 보면 형식이 나온다'는 의미를 담은 말도 있었던 것 같은데요, 뫼비우스의 띠처럼요.

그러니 저는 숨고 싶어요. 정말 기분 나쁩니다. 무슨 철학책에 골상학입니까? 나자빠질 일 아닌가요? 헤겔을 읽은 것은 공부 과정에서 잘한 일이 아닌 것 같습니다. 그의 사진, 그것밖에 없나 싶은 그 사진 좀 보세요. 얼마나 찡그린 듯 꼴통같이 생겼던가요. 하여간 인쇄된 그 부분만이라도 매직으로 칠하고 싶다고 생각했습니다. 그는 자신의 그 외양에 자신을 가졌더라는 걸까요? 자신의 본질이라 할 고뇌와 고통이 드러난 것이 자랑스럽다는 걸까요? 나는 아직 내가 이겨냈는지도 모르는 고통이나 아픔을 헤아리기조차 못하고 있으니 얼룩덜룩한 제 얼굴이 자랑스러울 리가 있겠습니까. 때가 오겠지요. '상처뿐인 영광'이라는 통속도 느껴볼 수 있도록 얼른 자라겠습니다.

아아, 기분 나쁜 헤겔을 재해석함으로써 자본이 신적으로 지배하는 현실의 틈을 사유하고 틈을 내자고 끝없이 유혹하는 지젝도 매우 피곤합니다. 존경하는 귀신 여러분, 제 말씀에 귀 기울여주셔서 감사합니다. 이제 다시 혼잣말로 돌아가겠습니다. 아, 뭐라고 말씀하시는 군요. 당신들의 외양을 보라고요? 네? 넵!

외양이
본질이다

귀신의 형상이 끔찍하다고 가정되고 그런 식으로 그려지는 까닭을 잘 알겠다. 하물며 예수, 그 아름다운 사람조차도 선명한 흉터를 지니고 있는 것을! 생각은 결코 유기적 흐름도 연결도 아니로구나. 그렇다면 책임진다는 것은 나이와 삶에 알맞은 주름살과 흉터를 가지라는 말이었구나. 내가 견뎌내고 통과한 나의 흔적과 얼룩을 들여다보며 미래의 자신으로 나아가라는 말이었구나. 어린아이로 머무르려 해서는 안 된다는 말. 성숙하라는 명령. 고통을 스스로 책임지고 나아가라는 생의 정언명령이었구나. 어쩌면 반대로 그 말을 의심해보며 살라는 것일지도 모르겠구나. 진정 자신이 원하는 게 무엇인지 말이다. 혹시 또, 나만 이런 생각을 하고 있는 걸까? 대부분 사람들이 잘 알고 있는 것을 나만 또 이제야 아는 거야?

그래, 외양이 본질이다. 나타날 수 없는 본질이 나타나기 위해서는, 이미지를 입고 드러나기 위해서는 외양을 비집고 나와 그것이 될 수밖에 없다. 그래, 본질이라 할 내면이 억압과 고통의 연속일수록 그것은 외양을 비틀고 왜곡시킬 수밖에 없음도 알아먹겠다. 그러니 겁 없이 속만 있거나 형식을 통하지 않고 내용이 드러나는 방법을 알지 못한다는 것. 다시 겉과 속은 따라 뒤집힌다. 분리되는 안과 밖이 아니다. 그래서 사람은 '겉 다르고 속 다르다'고 하지. 안 다르고 밖 다르다고 하면 그건 상자와 안에 든 초콜릿의 관계이지 사람은 아닌 것이다.

기왕에 드러남은 아름다울수록 좋으니 아름다움이 사람을 매혹하나니 선한 자보다 단순하다 할지라도 아름다운 자를 오래 보는 것이 덜 피로하다는 말이기도 할 것이다. 진선미眞善美를 배우며 자란 나는 선은 미를 뛰어넘는 건 줄 알았는데. 진은 선을 구하는 도구이므로 선이 최고의 미덕이라고 생각했더랬지. 선으로서의 미가 미라고 생각했단 말이지. 그런데 왜 선행하는 자보다 아름다운 자가 좀 더 오래 가는지, 왜 인간은 미에 사로잡히며 어떤 아름다움은 심지어 영원한 것인지 궁금했던 거야. 진을 도구로 선을 이루되 미에까지 이르러야 한다는 것인가?

그러니 다시 외양이 본질이다. 아름다움을 추구하라. 자신이 추구하는 아름다움이 어떤 아름다움인지 생각하면서 추구하라! 이미 만들어진 자신의 아름다움에 더하여 앞으로도 본질을 외양으로 불러내되 수시로 아름답게 하라. 자본이 명령하는 아름다움에 복종이 아니라 자발적으로 동의하거나 자신만의 방식으로 고운 미소와 친절을 더하라. 밝은 표정에 다정한 말투도 더하라. 타자를 향한 관심과 경청과 배려라는 것들, 수많은 아름다움을 외양에 드러내어 나의 본질을 증명하자. 이거야말로 많은 사람들이 이미 잘 하고 있는 게 아닌가.

그러니 엄마가 〈유충렬전〉과 〈박씨부인전〉을 자주 들려준 음험

한 의도가 이제 드러난 거야. 나만의 시간을 견디면서 돌고 돌아 오늘의 깨달음에 이를 것을 알았던 거지. 나쁜 엄마, 고마운 엄마. 미녀와 야수, 왕자가 된 개구리, 슈렉도 왕자가 되었던가? 운명적 고통이 겉모습을 일그러뜨리다 못해 존재의 형식, 옷 자체를 바꿔버렸으니 환골탈태다. 아무튼 인품과 인격이 비치며 사람 향기마저 그윽하게 아름다운 얼굴일 수 있으면 좋으리라.

그렇다면 고생하지 않은 사람은 일단 때깔이 좋을 수밖에 없겠구나. 게다가 돈까지 많다면 때깔에 폼을 더하고 모두가 부러워하는 수준에 이를 테지. 그 훤하고 윤기 있는 때깔들을 '아름답다'고 하지 않는 까닭이 뭘까? 나는 이렇게 살았다는 아프고도 생생한 자신만의 싸움, 내가 이렇게 살아냈다는 자기 투쟁의 역사가 없기 때문일까? 허허로우리라. 편안했고 참 좋았는데도 나이 들수록 헛살았다는 생각이 들지도 몰라. 100살까지 그렇게 살 수 있을까 싶은 생각이 조용히 밀고 올라와 마음에 담길지도 몰라.

그런 이들을 위해 '봉사'와 '기부'라 부르는 기회가 마련되어 있는 게 아닐까? 봉사와 기부로 나아가는 때깔 좋은 사람들이 꽤 많지 않던가. 잘 풀린 생을 탓할 수는 없으니 다른 삶으로 관심을 넓히는 거겠지. 결국 자신을 위해서 행한 일임에도 칭찬과 감사, 다른 이들의 희망으로 돌아오는 이상하고 색다른 고생이자 기쁨인 봉사와 나눔이라 할까? 당연하여 아름답고 아름다워서 흉내 내기 쉽지 않으나 진심으로 흉내 내고 싶으며 그래야 마땅한 되돌림.

그러므로 고생하지 않은 게 자신의 탓은 아니되 늦게라도 제가 가진 몸이나 돈으로 세상에 참여하는 데도 역시 용기가 필요할 거야. 누군가 물질을 많이 가졌다는 것은 반대로 그것이 있어야 함에도 없는 자리, 그것이 필요한 사람들이 존재한다는 것이므로. 내가 직접 빼앗지는 않았으나 내가 많이 가짐으로써 이미 빼앗는 것과 같은 방식으로 다른 이가 소유할 바를 더 가진 결과가 되었음을 인식하는 용기라고 해도 될까? 세상의 재화는 한정되어 있으니 내 것이 그들 것임을 깨닫고 실천하는 일은 결국 다시 이전 자신의 삶이 어떠했던가를 증명하는 행위가 되리라. 그럴 때 때깔에 아름다움이 더해질지는 모르겠으나 그 노력은 아름다운 것 아니냐. 그러니 본질이 외양이다.

내 안에 든 것이 몸으로 줄줄 샌다. 모든 것이 그러하나 미성숙, 철없음과 탐심과 교만은 더욱 그러하지 않을까 싶다. 그러고 보니 철들려고 바쁜 사람이 나만은 아닌 것 같네. 기뻐해야 할 일인 거야?

4.

이제라도 나를
키워주세요

아버지
만들기

그가 내 안에 자리하고 있었구나. 왜 아니랴. 어느 대학원의 공개 강의를 듣던 때, 그는 이런저런 영어 단어를 번역할 알맞은 우리말이 없다고 수시로 불평했다. 마치 우리말이 미개해서 도무지 학문을 할 수 없다는 듯이 자주 그리했다. 없으면 최대한 찾을 일이고 찾기조차 어려우면 조어를 하는 게 학자가 할 일이니, 결국 자신의 일 아닌가. 심지어 말끝마다 제 나라를 깎는 게 마치 본업 같았더랬어. 우리나라에 이런 시가 있냐, 그런 소설이나 노래가 있냐. 오랜 미국 유학의 결과, 미국의 주류층이 될 수 없는 안타까움을 시간마다 드러냈다 함이 과장이 아닌 그였다.

　그러나 내게 필요한 내용이 가득한 강의였고 '나보다 더 많은 것을 아는 자'로 가정되었기에 시간마다 존경심을 잃지 않으려 애썼다.

강의실에서야 강의하는 자가 왕이니 제 맘대로 지껄일 자유쯤은 주어야지. 그가 강의실 문을 열어놓은 덕분에 정신분석 공부와 관련된 독서로 가는 길 찾기가 수월했고 지속이 가능했으니 감사만 하고 싶었다. 어떤 나라나 인종에 대해 극단적 발언을 할 때마다 참기 어려운 시간을 꽤 보내면서도, 학문의 근친상간으로 먹고사는 쓰레기 교수들이 수두룩하며 어제오늘 일이 아닌데 그 정도야, 제자들의 논문을 제 것으로 삼키는 자들에다가 자신에게 절대복종을 명하는 제왕으로 군림하는 저급한 자들까지 있는걸, 하며 그런 부류는 아니기를 바라면서 마음을 정리했더랬다.

덕분에 오랜만에 약간의 분노를 느껴본다. 상쾌하다. 그래서 대타자를 찾아 헤매던 나는 '대타자는 없다'는 말이 진리임을 알기에 이르고 말았다. 대타자가 너무나 필요해서 그것을 찾던 중에 대타자인 줄 알았던 그를 통과하면서 엄청난 말 하나를 또 내 몸을 경유하여 깨우치게 된 줄 나중에 알았던 것이다. 대타자는 없다. 신은 없다. 당연히 온전한 아버지도 없고 온전한 국가 따위도 없지. 우리가 그 실체를 믿어 의심치 않으면서 그것들로부터 정체성을 얻고 의지하며 의미를 구하고 인정받고자 하는 대타자 따위 없음!

이상한 일이다. 그렇다면 아버지가 '처음부터' 없었는데, 당연히 없는 대타자를 왜 없다고 새삼 말하는 거지? 말의 의미를 헤아리면서 그 말이 거함 직한 상황을 계속 만들어내면서 속으로 속으로 들어갔더랬다. 여기저기 부딪치면서 뜻을 찾고 더듬더듬 표현해보지만 깨닫기 참 어려운 말이었다. 처음부터 내게 없었던 대타자를 일단 만들어야 했다.

아버지 만들기 대작전! 그 말뜻을 이해하고 의미를 느낀 다음에 다시 그것의 틈을 발견하고 온전함을 부정하는 과정을 거쳐야 했던 거야. 없는 것을 상상하려니까 엄청 힘들지 않았겠는가. 나는 아버지를 본 적도 없는 것 같으니 말이다. 병석에서 아버지는 내 이름을 불러주지도 못한 것 같으니 말이야. 없어도 너무 없는 것을 형상화하다니, 심연에 빠질 수밖에. 더욱이 남근을 '가진' 아버지도 주로 '사라져 있는' 자신의 남근에 놀라지 않겠는가. 남자들은 주로 세울 수 없음! 그래서 세울 수 없는 방식으로 세우려 하는 거 아닐까? 세울 수 없음을 예외로 두고 '체하기'와 '척하기'. 모르는 척하기로 세우는 척하는 거 아닐까? 세울 수 있다는 환상으로 사는 거겠지.

그렇다면 그들에게는 예외가 자신들의 세계보다 훨씬 더 넓은 게 아닐까? 자신이 하기 싫은 모든 것이 예외인 건 아니겠지? 더욱이나 엄마의 '남근 없음'까지 보았음에도 그것조차 부인하느라고 모르쇠와 '척'은 강화됨과 동시에 물신적으로 되어가는 게 아닐까? 그런 진실이 드러날까 두려워 말도 잘 하지 않는 게 아닐까? 그렇게 있는 체와 모르는 체로 위장하면서 잃어가는 말의 자리에는 권력과 폭력을 끌어다놓지. 그건 없는 것을 있다고 우기기 위한 거겠지? 그리고 없는 것을 없다고 말하는 다른 입들을 막기 위한 것 아닐까? 그렇거나 말거나 나는 그런 거 같아.

그래서 여성적 우주에 가깝게, 남성적 질서에 사로잡히지 않고 사는 남자들일수록 어깨에 힘을 안 주는 거였던가? 부러움과 존경심을 일으키면서도 말이야. 그것에 가까웠음에도 주저하고 있는 나를 능가하는 여성성을 지니고 여성적 우주에 속하는 남자들! 그런가, 그런 것 같아. 기쁘다, 기뻐. 그래서 성자의 반열에까지 오른 사람 가운데 남자의 숫자가 많은가? 한 겹 경계를 더 넘었으니 말이다. 그런가, 모르겠다.

일단 전체적으로 적은 숫자를 가지고 따지는 건 도토리 키 재기요, 미련 맞은 일이다. 미련 맞고 싶어, 그래도 키 재기 하고 싶어. 궁금해. 나는 도토리거든. 키를 재봐야 큰 줄 알거든. 그래서 다시, 할 수 없는 남자들의 무능! 하는 아버지를 본 바 없다. 보지 않은 것을 지식만으로 상징화·형상화할 수 있겠는가. 어려우리. 남이 하는 것을 봐도 내가 할 수는 없다. 남들은 아무리 많아도 내 아버지가 아니기 때문이다. 그러니 힘들다, 어렵다.

못하는 나를 하려고 반복하여 굴리는 수밖에! '척'을 반복하면 진짜가 되거든. 어설프게 반복하는 체하면 환상이 되고 말지. 남들은 다 아는데 자기만 세우는 척하고 있는 꼴이라니? 하핫! 웃을 일이 아닐수록 웃어야 해. 그러니 자신을 거듭 반복하여 진짜가 되고도 자리가 비었을 때에야 비로소 자신의 말이 들어갈 수 있다. 그럴걸?

여자들은 그럼? 애초에 없어서 가벼운데 뭐하러 힘을 주겠는가. 그러니 억지로 세우려 하지 않지. 처음엔 서운했을지라도 곧 자신의 공백을 받아들임과 동시에 내면을 향해 자신의 언어를 만들고 세상을 해석하며 같이 놀지. 아이를 낳아 기르되 남편-아이마저 반복하는 방식으로 세상을 기르면서 말이다. 그렇게 존재의 말을 남편들에게 가르치는 모든 여자는 이야기꾼이고 이미 작가인 거야.

그래서, 그렇지만 애초에 없는 것을 세우려 애써야 했던 엄마는 어떠했을까? '가지고 있지 않으므로 없다 할' 남근을 위장하여 아버지의 이름을 대신 전해야 했을 때 어땠을까? 그러니 아버지의 그것조차 주로 없는 것을, 없는 상태로 있는 사실을 명백히 알면서도 그것이 있다고 생각하며 사는 인간들이여. 있다고 가정하지 않고는 살 수 없음이려니, 궁여지책! 나 역시 모든 것을 가지고 있으며 모든 문제를 해결할 수 있는 힘을 가진 누군가가, 모든 것을 설명하고 이해 가능하게 하는 절대 진리가 있을 거라며 찾아 헤맸다. 절대 진리는 없다. 찾으려고 해매는 그 과정이 빛이요, 진리다. 그렇게 진리의 길에서 살며 방황 중에 스스로 창조하는 네 진리만이 진리인 것이니 의존하지 말고 홀로 가라!

아버지는 내 이름을
불러주기나 했을까

중학교 성경시간에 '욥'을 처음 알았겠지? 하여간 도무지 이해할 수 없었던 '욥기'라는 그 기록. 욥이 야훼한테 그냥 져준 거라고밖에 생각할 수 없었던 거야, 나는. 그 말이 이 말 같은 어슷비슷한 말로 떼쓰고 억지 부리면서 욥을 나무라는 욥의 친구들과 마찬가지로 이상한 하느님이라고 생각했지만 내가 그때 뭘 알았겠는가. 딱딱 떨어지게 교훈을 준다 싶은 게 없는 야릇한 이야기들로 누덕누덕하던 『성경』이라는 책에서도 특히 〈구약〉. 무섭기만 한 하느님. 그러니 싫지.

아버지라는 게 이상하고 싫었어. 우리 아버지도 살아계셨으면 이상했을까 싶었고. 훨씬 나중에야 대략 깨달았지만 욥은 자신의 죄 없음을 주장하면서 야훼도 문제가 있다는 것을 눈치 챈 게 아니겠나 싶은 거야. '아, 아버지도 모르는 게 있구나, 별 거 아니구나' 하는 절망 가운데 조용히 입을 다물면서 신이 옳다로 끝날 수밖에 없겠구나 싶었어.

그런데 욥이 마침내 자신의 주장을 거두고 회개한다고 말하자마자 신은 욥이 옳음을 인정하지 않던가! 게다가 욥도 야훼도 절묘하게 우회적이었으니 놀라운 반전이자 화해였다. '재와 먼지(티끌) 가운데서 회개한다'는 욥의 말은 자신의 처지를 낮춘 표현으로도 놀라울 뿐만 아니라 동시에 회개의 무용함이거나 회개의 몸짓만을 보인 것이 아닌가 싶어 더 놀랐던 것이다.

야훼 역시 그렇게 욥이 자신을 봐주고 있음을 알되 모른 척하고 화답한다. 욥에게 직접 옳다고 말하지 않고 욥의 친구에게 '너희가 말한 것이 욥의 말처럼 옳지 못하다'고 에둘러 말하는 식으로 욥의 옳음과 자신의 결핍을 인정하니 말이다. 신과 인간이 서로의 결핍과 온전하지 못함을 받아들이고 수용하는 일대 사건이며 태초에 결핍이 있었다 함이 아니겠는가.

그러나 동시에 하늘과 땅이 다르다는 것, 둘이 한없이 겹쳐 보이되 분명한 경계가 있음을 우주와 몸에 새기는 대서사의 핵이 아닌가 하는 생각이 들던 것이다. 내 평생 기독교의 신을 밀어내는 한편 끊임없이 홀리는 지점이 바로 여기였다고 뜬금없이 생각하게 되던 것이었다. 결코 온전할 수 없는 법이나 규칙이나 제도라는 것의 틈을 채우고 나아가 지울 수 없는 인간 존재의 근원적 틈을 채울 수 있는 것은 사랑밖에 없겠구나, 하는 깨달음에 입을 쩍 벌리면서는 나 자신한테 황홀히 놀라고 말았던 것이다.

'욥기'야말로 세상의 불완전함과 대타자 없음을 알듯 모를 듯 그러나 시원하고 명료하고 아프게 드러내 보이고 있지 않은가. 그럼에도 불구하고 믿는 자, 믿을 수 없는 것을 믿는 자가 이른바 믿음을 가진 자라 할 것이니 그런 믿음이라면 정말 태산을 옮길 수도 있겠다는 대양적 감정이 폭발하던 것이다. 벅차고 벅찼더랬다. 놀라운 상징덩어리인 『성경』이 화수분 텍스트로서 내 자신의 사람 되기와 어른 되기에 오래전부터 관여하고 있음을 알면서 다시 또 놀라는 식으로 떨림은 거듭되었다.

그러나 정작 중2에게 더 이상하고 기가 막혔던 것은 신랑을 맞이하는 밤에 등잔 기름을 나눠주지 않던 처녀들의 이야기였다. 등잔 기름이 없는 친구에게 왜 기름 따위 좀 나눠주지 않는 거냐 말이야. 왜 착한 일을 안 하냐 말이야. 〈구약〉은 워낙 낡았고 좀 무시무시한 이야기였으므로 넘길 만했다 쳐도 예수가 등장함으로써 가히 현대적이라 할 〈신약〉에서조차 이해 불가한 게 수두룩했던 거다.

얼마 전에야 우연히 그 기름이 준비나 열정을 뜻한다는 것을 알아채면서 정말 무릎이라는 것을 나도 쳐보았더랬지. 오랜 시간 스스로 제 몸에 누벼 지닌 준비나 열정이란 비가시성을 어찌 떼어주겠는가. 나아가 제 상처와 불안을 촘촘히 짜고 엮은 게 그것이라면? 설사 그 보물을 준들 받겠으며 쓰겠나! 줄 수 없음을 줄 뿐이지. 그래도 좀 줬으면 했다. 내가 너무나 받고 싶어서겠지.

신기하단 말이야. 잊고 묻혔다가 문득 깨닫는 때가 오면 그때 비로소 그런 의문을 가졌음을 알게 되는 것도 신기해. 어찌 나날의 낱낱을 기억하겠는가만 주로 잊고 살더라. 살기 위해 줄이고 잊고 왜곡하고 삭제까지도 하려니. 그러면서도 몸에 든 것은 그것들대로 싹터보려고 존재를 알리려고 몹시도 꼬물거렸겠지. 내가 원하는 것을 주려고 바지런을 떨었겠지.

　재밌지 않은가. 눈이 반짝반짝, 이렇게 열리는 의미를 만나는 기쁨과 즐거움은 참말 그윽하다. 쪽문 하나 톡 열릴 때마다 이슬 한 방울, 빛 한 줄기. 정말 그렇게 대타자에게 다가가는 것만 같았다, 오히려. 없어도 있어야 사니까. 환상이라도 환상인 줄 알면 향기며 꽃이고 잎이며 표상이 될 것이니.

그래서 나는 일찌감치 단호하게 끊고 스스로 진리를 구하겠다고 씩씩하게 길을 나서지 못했던 걸까? 기웃기웃 대타자라고 가정되는 수많은 헛것들 사이를 헤집고 다녔던 걸까? 그래서 과하게 피곤했던 것일까? 용과 한바탕 싸움을 벌인 것도 아니면서? 엄마, 그런가요? 그렇다면, 그럼에도 불구하고 대타자는 있는 거죠? 자신의 세상을 창조하고자 길을 나서는 보편적 삶의 여행에 용감하게 참여하라고 권하는 생[生]. 그 유혹의 이름으로 "대타자는 있다"고 말해도 되는 거죠? 있다고 가정하고 한바탕 판을 벌이되 세상 사람들과 연대하면서 가끔 확인해보라는 빈자리의 이름이 대타자죠? 그 길 가운데 외롭고 힘들 때 불러 대화하되 만질 수는 없는 놀라운 친구의 이름이 대타자 맞죠?

대타자는 없음으로 존재한다고 말할래요. 만지고 싶거든 네 곁의 타자를 만져라. 그것에 닿아라. 하아! 아버지, 도대체 당신은 내 이름을 한 번 불러주기는 했던가요?

엄마에게 행복으로 정리된 일 년

엄마는 계단에 있다. 비탈길을 오르내리는 엄마. 등뼈가 부러져 동체를 깁스한 나를 엿목판처럼 가슴에 매달아 두 손으로 떠받치고 메리놀병원 문 앞 기다란 줄에 서서 하염없이 기다리는 엄마. 그 엄마 가슴에 달렸는지 안겼는지 들렸는지 하여간 엄마 가슴에 붙은 나. 네 살짜리는 일곱 살짜리가 될 때까지 엄마의 심장소리를 많이도 들었을 것이다. 나는 평균적으로 뛰는 따뜻한 소리를 찾고 싶었을 것이다. 자식의 아픔으로 얼어붙은 심장 하나, 병원까지 오르내리는 심장 하나, 곤고한 생을 위한 심장 하나……. 그 심장들은 제 딸내미의 심장소리는 여전히 있는지 어떤 식으로 있는지 문득문득 찾았을 것이다. 그 삼 년 동안 도대체 무슨 일들이 일어났던 거지? 나는 어떤 것이었을까?

그것이 살아 펄떡펄떡 뛰어 학교를 다니고 결혼을 하고 아이를 낳았겠지. 우리 부부의 큰 딸내미, 당신 막내딸 그것이 낳은 외손녀를 거두어주던 일 년여. 엄마는 그때가 가장 행복했다고 말씀했다. 그 뜻이 단박에 알아채어지던 말, 행복. 그렇지만 엄마와는 참 어울리지 않는 말이어서, 뜻을 알아채게 만들어놓고 도망간 이후에 그 행복이란 말은 더 이상 엄마랑 딱 만나지는 못한 단어가 되고 말았다. 아마 엄마도 그 말을 당신 입으로 하게 될 줄은 몰랐을걸? 어느 한때 회상 중에 보들보들 그것이 뜻을 달고 솟아올랐을 거야. 붙들어두었을 거야. 자신과 자주 마주치던 말이 아니므로 낯설지만 반가운 얼굴이다 싶어서 지니고는 있었을 거야. 그리고 의미를 새기며 맛을 우려냈겠지.

그렇게 자신이 불러낸 그 말이 진정 당신에게 왔으니 환대했겠지. 어서 오세요. 머무는 동안 낯익고 친해졌겠지. 친해지자 알고 통하면서 엄마는 그 말을 쓸 수 있었던 거야. 엄마는 정말 행복이란 말 속에 들어갈 수 있었던 거야. 평생을 두고 자신이 잡고 싶었던 말, 잡을 수도 없는 말이었던 그것. 밖에서 온 줄 알고 덥석 맞아들인 말, 행복. 그런데 그것이 이미 당신 안에 있음을 몸이 알고 있었으니 어찌 그 말을 온전히 낡지 않았으랴. 엄마는 행복이 된 거야. 그랬던가요, 엄마? 엄마와 행복!

그럼에도 불구하고 내게 그 둘은 서로 간에 정이 없는 말이다. 메마름도 끈적임도 없이 그저 밀어내는 말이다. 두꺼운 커튼이 사이에 놓였거나 이름도 모른 체하는 숨바꼭질이거나 떨어져 있는 거야. 거리가 있고 공간이 다르다. 자리가 아니야, 자리는 바꾸면 되지, 오라고 부르고 달려가면 된다고. 의자를 끌어당기면 된단 말이야. 멀어도 가깝잖아. 가깝다고 가정되지 않느냔 말이야. 벽이 있다면? 벽이 두껍다면? 투명한데 두께를 알 수 없다면?

그래. 그래도 희망이란 것을 굴릴 수는 있겠지. 같은 공간이니까, 차원이 같으니까. 굴러다니는 희망이 소리라도 전하겠지. 그 희망은 아마 팔다리 여덟 개일 것이고 대가리는 두 개일 것이다. 눈알은 인중에 하나이되 굴러야 하는 몸통 전체가 눈알일 것이다.

그런데, 그런데 말이다. 공간이 다르다면, 아무리 가까워도 먼 거야. 금방 부르고 달려갈 수 없지. 공간을 찾아야지, 그것부터 확인해야지. 겹친 공간임을 알기만 한다면 오히려 자리보다 가깝고 쉽겠으나 겹친 공간임에도 불구하고 등딱지가 서로를 절단한 채 붙어 있으면 어쩌랴, 어쩌랴. 영영 못 찾고 못 보면 이 일을 어쩌란 말인가. 엄마와 딸처럼. 아니, 내 엄마와 나-언니들-엄마의 딸들처럼 또는 엄마-나와 내 딸처럼. 그래, 당진으로 돌아가자.

당진에서 처음에 세든 집의 주인 아주머니는 정말 아름다운 여인이었다. 그래, 천연의 환한 미소가 자연스레 얼굴-몸과 만나 가벼운 왈츠를 추던 여인이었다. 큰 모과나무, 소나무와 함께 정원이라 불러도 될 만큼 꽤 넓은 꽃밭과 마당을 가진 기와집의 한쪽 날개에 우리가 깃들었지. 집을 지키듯 남매를 데리고 살던 아주머니가 정말 또렷하게 기억난다.

인고로 관통하는 생의 한가운데서 발견하는 촉촉한 밝음과 맑음과 묵직한 가벼움과 아름다움의 모든 무게를 그때 벌써 아무렇지도 않게 내게 예고했던가 싶은 여인. 그녀에 대해 아는 대로 말하고 싶어지네. 이상하다. 생각이 뜨는 대로 한없이 말하고 싶어지네. 여인들이여, 내가 살고 싶지 않았던 '한국적 여자'여. 내가 되고 싶지 않았음에도 되어가는 여자―사람에 가까웠던가 싶은 그녀. 혼자 남매를 키우면서 알음알음 찾아오는 사람들에게 옷을 지어주었더랬어.

이상하다. 나도 그녀에게 옷을 맞췄는데 왜 생각나지 않지? 몇 벌 부탁하여 잘 입었던 건 분명한데. 대문에서 정면으로 보이는 그녀의 넓은 마루에 놓인 재봉틀과 소파를 기억한다. 거기 앉아 옷감을 받쳐 들고 이리저리 보았을 것이며 색과 모양에 의견이 일치했을 때 좋아도 했을 텐데. 참 이상하네. 그 옷의 솔기마다 그녀가 고르게 박아 넣은 아픔을 알아챘기 때문일까? 그것이 내게 옮아 나를 건드려서 그런 걸까? 어떤 식으로든 묻어나게 마련인 과장이나 가식이 없다 싶은 그녀의 표정이나 언행은 혼자 꾸리는 삶의 힘겨움을 조금도 누추하지 않게 오히려 드높이 전달했던 것 같아. 변장인지, 위장인지, 억압인지, 승화인지, 전적인 왜곡이며 환상인지, 아무튼 내 엄마 때문에 저장된 기억의 수법이리라.

그러니 다시 엄마로 도망가자. 엄마란 무겁고 힘든 거야. 엄마를 사랑하지 못했으므로. 사랑이란 말의 근처도 거닐어보지 못했으므로. 아버지의 이름이라 이름할 아버지와의 만남이 충분히 짧았으므로. 아버지의 문서에 등록됐는지조차 의심이 마무리되지 못했으므로.

그 무거운 엄마를 들어 올리기 위해 나는 내가 되는 중이다. 먼 길을 우회하여 수많은 신화와 전설을 만나고 만들고 전해 듣고 발견하면서 내가 나를 만들 때 나는 엄마를 발견할 것이고 번쩍 들어 올릴 근육을 갖게 될 거야. 그것이 환상이어도 그것 덕분에 나는 내가 될 수 있는 거야.

엄마, 우리 엄마. 마흔에 자신이 낳은 막내딸이 스물아홉에 낳은 첫째 딸내미를 받아들고 세상을 다 얻은 듯한 얼굴, 빛을 뿌린 얼굴로 드러났던 엄마. 나도 기억하지. 유사 이래 애 낳은 사람이 나밖에 없는 줄 알았으니. 그렇게 예쁜 아이는 오직 내 아이만인 줄 알았으니. 그럴 것이다. 당시는 행복이란 말이 호사스레 차려입고 집집이 문을 두드리고 달아나던 때는 아니었지. 요즘처럼 단지 미화법이거나 무의미를 의미하기 위해서 쓰이던 때는 더욱 아니었다. 그럼 뭐지? 알게 모르게 있는 듯 없는 듯 종종 그저 있구나 싶게 맛보는 것. 그렇게 흐뭇한 미소와 힘겨움 위로 넘쳐나던 즐거움은 엄마의 몸이 되고 손길이자 발걸음이며 눈빛이었던 거지.

자랑스러움이 반짝이던 엄마의 시선과 미소, 주름살 물결 따라 같이 찰랑대던 그것, 그걸 행복이라 불러 말과 뜻이 딱 맞는다는 걸 알아챘더랬다. 이름 부르지 않아도 있는 그것을 엄마도 알았던 거야. 당신께 그런 행복을 드렸다면 난 얼마나 다행한가. 행복아! 너는 또 얼마나 행복하냐? 그래, 그렇게 엄마에게 행복으로 정리된 일 년, 나 역시 수많은 남의 아이들을 데리고 놀 수 있었으니, 누가 있어 누구 덕분에 만드는 것인가, 행복이란 것은. 퇴근길 버스 정류장에 내리면 반겨주던 엄마는 행복 자체였구나. 그 행복이 두 손으로 붙든 유모차 안에서 방글, 고사리손 내미는 딸내미. 내새끼, 뽀뽀!

일 년 뒤 엄마 자리에 오신 시부모님도 행복하셨을까?

"그럼 같애. 눈을 뗄 수가 없어."

손녀를 보고 하시던 시아버지 말씀이다. 그때 당신은 꿈결을 거니는 듯한 표정이었다. 목욕탕 갈 때마다 당신이 손녀 업고 앞장서시던 시어머니도 행복하셨을까?

엄마를
쓰기로 하다

나는 엄마가 내게 무엇을 해준 목록이 없다. 받은 게 없음을 기록한 증서는 더더욱 찾지 못한다. 삼 년이 너무 길고 너무 커서 모든 해줌과 못 줌을 다 덮쳐버렸기 때문인 걸까? 너무나 겹쳤고 너무 두터웠지. 대신 살아주었던 거잖아. 생명을 주고 다시 주었네. 엄마가 귀지를 파주면서 했던 말들. "우째 말 안 듣나 했다. 귀에 이렇게 큰 기 있으이 말을 안 듣제.", "이기 덜그럭거리니 다른 소리가 들리나? 말을 안 들어도 경이는 네 귀 맞차서 이불호청을 잘도 잡아준다 아이가."

　　귀지를 팔수록 엄마 말은 더 들리지 않았으니 잠이 솔솔 부르는 것이었다. "유충렬이가 그렇게 우여곡절을 겪고 바다를 건너서⋯⋯." 다른 쪽으로 돌아누우려고 할 때 이미 〈유충렬전〉은 끝나 있었다. "그래 박씨부인은 사람이 깊고 현명한기라. 얼굴이 잘생기지 못해도 속에 든 기 있으면 나중에 그렇게 나타난다는 기지. 테레비에 나오는 잘난 사람들 봐라. 속이 잘생기야 대접을 받는 기 사람이제⋯⋯."

엄마는 평생 내게 아무것도 요구하지 않았다! 뭘 하라거나 해달라는 것이 없었다. 명령하지 않았어. 엄마는 내가 책을 냈을 때도 아무 말이 없었다. 앞에 놓인 책을 곁눈질로 물끄러미 바라보았을 뿐 손에 들지도 않았지. 두 번 다 그랬어. 그런데 그것이 조금도 이상하지 않았다. 뭘까? 고작 이거냐, 이것도 책이냐, 나는 이미 열 권을 썼다. 이런 걸까? 너는 눈에 보이는 것만 보냐, 아직 그걸 몰라? 보지 못했던 거냐?

엄마는 현실에 있었던 게 아닐지도 몰라. 혹시 다른 세상을 보고 있었던 걸까? 그래서 나는 더 힘들었던 걸까? 엄마가 자주 명령했더라면 내가 살아가기 쉬웠을까? 그것만 보고 달려가면 되었으므로, 길도 잃지 않고 헤매지도 않으며. 그런가? 하얀 냉기, 소거되는 생명의 색, 증발하는 영혼, 목소리 없는 목소리, 눈물 없음, 건조하지 않음, 최적의 습기와 메마름, 비늘, 분해, 그리고 눈물은 내게로 왔다.

눈물은 나를 먹인 엄마다. 나는 슬픔이다. 마침내 엄마 자신이 기획자로서 요양원으로 가겠다고 거듭 요구하던 4월. 그리고 자신의 명령에 따라 마침내 요양원으로 옮긴 5월 어느 날 엄마는 말했다. 간병인이 고맙다고, 속옷 처리를 맡겨도 미안하지 않다고 했다. 올케에게 속옷 처리만큼은 면제해주고 싶었던 것임을. 그건 올케에 대한 예의이자 마지막 애정 표현이라고 생각해도 될까? 그때도 나는 엄마가 썼을 책을 열게 될 것 같다는 예감이 스쳤을 뿐이다. 모르는 건 모른다. 진정 알고자 할 때 아스라이 스며드는 답은 살갗을 건드리기 시작할 것이다.

엄마가 같은 방에 있는 노인들을 조용히 구경하던 날들이 흐르고 있었다. 가끔 그 노인들을 보며 웃는 것을 볼 때마다 엄마 자신을 보고 웃는 것임을 왜 모르겠는가. 여행 중인 엄마라면 쾌적한 호텔이었던가 싶은 요양원에서 점점 줄이던 곡기를 끊기로 한 엄마는 드디어 하얗고 가볍게 마르기로 결심했다. 자신을 줄이기 시작한 거다. 새벽마다 기름 발라 빗어 넘기던 할머니의 하얀 머리와 가르마를, 그 유년기의 기억을 끝없이 떠올렸고 여명 속에 뿌옇던 치마저고리는 따라 떠올랐다. 떠오르는 것들, 어디 있는지 모르는 말들.

엄마의 말을 해야 해. 엄마를 쓰리라. 쓰기의 고통을 제대로 모르지만 겪을 만큼 겪으리라. 공기를 잡아 가두는 일일지라도 하리라. 어린 것 셋 업고 안고 걸리며 남편 찾아 삼팔선 넘던 엄마를 내가 쓰리라. 이미 오래전에 날아간 말들이었으나 더 날아가기 전에 꿰리라, 붙잡아 앉히리라. 자신의 기록과 책을 잃어버린 작가를 재현하리라. 뇌에 수많은 상처를 내며 표현하리라. 몸으로 실을 자아내리라, 노동하리라. 줄줄 새는 향유의 기름을 짜리라, 반짝이는 기름 실을 뽑으리라. 내 굴을 찾아 개처럼 쥐처럼 파리라. 모랫덩이 사막에 바람 불어도 덮지 못할 길을 내리라. 진정 강밀도가 되어보리라…….

과연 사막에 길을 낼 수 있을까? 맨하탄, 그 빤한 직선들이 가로, 세로, 숫자로 만나는 곳에서도 길을 잃을까 은근 두려워하지 않았던가. 숫자가 아니어도 제국 빌딩이 어디서나 보이니 길을 잃을 수가 없다. 크라이슬러 빌딩의 아름다운 꽃잎 모양 꼭대기가 향기롭게 손짓하니 길을 잃지 못하지.

그러니 이상하다. 나는 이미 인생의 시작에서 길을 잃고 무한히 헤매었음을 알겠던 것이다. 무한 혼돈 가운데 놓여 한없이 방황했음을 그렇게 알겠던 것이다. 더 이상 헤매면 죽는다! 일어낫! 등뼈를 곧

추세우고 서! 서고 싶어도 오래오래 참으로 힘들더이다. 엄마에게 한 번 주었다가 다시 받은 등뼈는 내 것 같지 않던 것을!

이제라도 나를
키워주세요

나를 알기 위해 공부하는 날들은 지적 허영이거나 허풍이 뒷심으로 받쳐주는 가운데 자신을 해석하고 화해하며 생명의 살이 오르는 기쁨을 누린 하루하루였으니 살아 있음과 가장 가까웠다. 그런 중에도 점점 낯익어가는 책이나 강의의 문장과 단어들이 더 이상 나를 자극하지 못하고 시르죽으며 자신의 빛을 꺼나가던 어느 한때, 작은 번개에 배꼽을 찔렸으니 조용하던 의미가 일제히 살아 꼬물거리며 고개를 치세우는 것 같았다.

이런! 아직 모르는 게 너무나 많으며 공부야말로 지금부터니 찍소리 말아! 자신이 부인하는 것이 자신이 찾던 것임을, 잘 안다고 생각하는 게 바로 알고 싶으나 제대로 모르는 것임을. 참 잘 알고 있다고 생각했는데 그것조차 바다의 물 한 방울이라고 외치는 혀들이 사방에서 불꽃처럼 피어나는 순간을 겪은 것이다.

존재하는 자의 거처가 그런 곳이므로 알아챔의 기쁨은 막막한 깨달음의 피로와 함께 소화제 같은 긴장을 불렀으니 갈수록 그의 강의는 나를 조용히 흔들고 털었다. 번개 한 번 맞은 이후 뇌가 열려서라고 하자. 거듭되는 의미와 새로이 새겨지는 의미가 쪼개는 뜻과 함께 갈라져 나오는 나, 나들.

신기한 것은, 그가 발성의 고저강약에 있어 미세한 차이와 변화를 활용하여 자신의 좋은 목소리를 내용 전달에 충분히 사용하는 방식이다. 특별한 강조가 없는 듯해도 아주 살짝 조금 다른 느낌으로 그의 말을 듣고 나아가고 있음을 인식하게 만드는 거울 같은 강제력이 묻어 있단 말이야. 하지만 그 강제력을 보듬고 자못 별 것 아니지만 한 번 생각해보면 참 재밌지 않느냐거나, 이렇게 생각해보면 어떠냐는 흐름을 넌지시 만들어내며 이어가는 말들은 태연스럽게도 명료한 생각거리를 끝없이 준단 말이다.

뜬구름 잡는 게 아니야, 구름을 만지면서 형형색색 만들어보게 하는 거야. 물릴까 싶으면 어느새 사이와 거리를 두지. 그러니 새끼 제비처럼 두려워하지 않고 받아먹을 때 폭식하는 자의 하늘을 찌르는 기쁨을 얻곤 했거든. 우리 각자 이면이자 내면의 다른 자신을 발견하는 기쁨을 누리기를 기다리고 촉구하는 눈빛을 가볍게 목소리에 싣지만, 그 묵직함이 다정하고 가볍거든.

권유와 초대, 사유로의 환대. 가르치는 자이자 스승의 자리에 관해 느끼게 하되 아주 살짝, 그러고는 또 아무렇지도 않게 별것 아니라는 듯 평생 모르고 살았을 책 이름을 슬쩍 흘리지. 정말 뭣도 모르면서 전적으로 존재를 기울이는 나. 수십 년 동안 내 안에서 덜그럭 소리만 요란할 뿐, 아무짝에도 쓸모없고 팔다리 움직이는 데 무겁기만 하던 수많은 말들, 읽었으나 도무지 핵심어 하나 간직하여 써먹지 못한 무수한 책들, 영화들과 만화들과 그림들과 이런저런 사건들과 시들과 무엇들과 무엇들이 비로소 조금씩 이어지고 겹치며 자리를 차지하는 것이 보일 때의 환희! 그것들이 서로 자신을 드러내고 서로 호명하면서 매개된다 싶을 때, 내 찢기고 너덜너덜 상처투성이 뇌세포가 뚫으려는 길이 가물가물 느껴지던 것을! 과거에 두고 온 말라붙은 잠재태들이 보이던 것을.

그러니 강의가 끝난 한밤중에 고속도로를 달려 집으로 갈 때 그의 이름을 부르며 여러 번 감사했다. 존경하는 스승을 모시고 공부한다는 게 무엇인지, 나도 진작 그렇게 하고 싶었구나, 울었지. 울면서 또 내가 불렀던 이름들, 엄마, 아버지, 여보, 딸들아, 새끼 오빠야, 올케 언니야 고마워. 오빠들아, 언니들아, 고마워요. 아무개야, 친구들아, 선후배들아, 제자들아 고마워. 감사합니다. "아버지들 고맙습니다"를 외쳤어. 내 아버지, 시아버지, 하느님 세 분 아버지는 모두 하늘에 있으니 더 크게 불러냈지. 나를 돌보라고, 늦었으니 빨리 키우라고, 그동안 엄마 혼자 애썼으니 이제라도 책임지라고, 이러다 철들기 전에 죽겠다고 호통치며 아버지들을 찾았다.

　아버지들은 이름 하나하나를 적시하여 더 크게 불렀으니 자신이 아닌 척, 모르쇠할까 봐 그랬다. 시아버지 역시 크게 불렀어. 당신의 아들을 키우는 방식으로 나를 키우라고. 둘이 겹쳐 들러붙었으니 나 혼자는 자랄 수가 없노라고, 도와달라고. 그러니 눈물이 넘쳐서 앞이 보이지 않았어도 얼마든지 보였고, 두려움 없이 달렸으니 수많은 엄마와 아버지들 덕분이리라. 그리고 미친 내 차를 미리 발견하되 욕도 않고 피해서 자신의 길을 달려가주었을 수많은 운전자들 덕택이리. 그러니 고맙다고 소리를 지르며 또 우느라 차는 또또 흔들렸을걸?

운전하느라 힘들기만 했겠는가, 재미도 있었지. 운전자들을 관찰하면서 나를 발견하고 삶을 해석하는 특별한 재미를 누렸더랬다. 그리고 운전한다는 것은 타자에 대한 절대적 신뢰를, 그 암묵적이며 거대한 약속을 수선스럽지 않게 단적이자 압축적으로 보여주는 놀라움 자체라고 떨면서 자주 확인했다. '나는 당신을 믿습니다. 물론 당신은 나를 믿어도 좋습니다.'

그런가 하면 운전한다는 일은, 잠시도 떨어지지 않고 나와 함께 거하는 (너무나 잘 알면서도 끝내 부인하겠노라 앙앙대며 밀어내고 있는, 이해도 설명도 불가하지만 또한 너무나 사랑하고 존경해 마지않는) 내 친구, 죽음이면서 신으로 겹쳐 있는 그림자를 서늘하게 인식하면서 조용히 수용하는 사건, '잘 살 것'을 명령받는 사건들이 연속되는 가능성의 장이다. 그래서 가장 직접적이며 적나라한 인간성이 신성과 함께 발생하는 장소이기도 하다. 길바닥에 널부러진 차와 사람의 풍경 속에 내가 들어설 때, 바로 그때 그것은 생의 강도^{剛度}를 인지케 함으로써 기계적 진행 상태를 일시 중지시키게 만드는 선언이자 부동^{不動}의 행위 같지 않던가.

게다가 운전자들은 또 얼마나 생긴대로 갖가지인가. 잠시도 못 참고 추월하지? 차 간 거리가 생긴다 싶으면 지그재그 좌우로 차선을 흔들어놓으며 잘도 빠져나가지? 꼬리 치는 추월을 거듭하여 어느새 시야에서 아득히 사라지는 차들, 앞차에 그리 바짝 붙기도 어렵겠다 싶게 따라붙을 때마다 언제 어떻게 다시 움직일까 자못 존경스레 지켜보는 나. 내가 떨어지려 하면 또 바싹 붙으니 얼마나 재밌으면 그러겠느냔 말이지. 엇! 저렇게 갑자기 끼어들면 어쩌냐, 정신 나갔군. 그런 다음 곧 미안하다고 발그레해지는 것 같은 앞차의 엉덩이 표정들이 보이는 것 같아. 아슬아슬 거듭 신호를 위반하고 내달리던 차를 어느 큰 사거리 신호등 앞에서 발견할 때 기분이 좋지. 까불지 마, 무섭게 그런 식으로 달리지 좀 마, 그래봤자 이렇게 만나잖아.

　수시로 판단하고 있음을 깨닫고 얼른 문 닫고 들어오는 나의 평가하는 의식. 그와 나의 길이 같은 길이었을까? 그 차는 내가 모르는 어떤 길을 어떤 사유로 그리 달렸기에 마침내 여기 다다라 쉬고 있는 걸까? 그도 자신을 위해서 좋은 것을 선택해나가고 있을 것이다. 우리가 알고 생각하고 실천하는 모든 것이 모두 각자 자신을 위한 게 아닐까? 남을 위하는 것도 나를 위하는 것이고 모두를 위한 것 아닐까? 그러므로 이미 모두들 자신을 위해서 남을 위해서 잘 살려고 노력하고 있는 거 맞지? 정말 알 수 없는 까닭이나 어떤 힘으로 강제당하여 멀리 돌아가면서도 생각하고 있겠지? 그럴 거야.

놀아요, 나도 노는 중입니다. 우리는 이미 약속했는걸요. 약속이란 안 지킬 수도 있어서 약속인 것조차 잘 아는걸요. 그렇게 모두들 잘 하고 있는걸요. 몸의 연장이자 집의 연장이지만 익명적 삶이고 싶은 자동차. 온전히 통제 가능하다고 믿는 자아의 한 공간, 혼자만으로 충분한 세상 하나를 사람들은 맘껏 굴리고 싶은 것 맞지? 그렇게 구르고 달리는 세상들은 강한 긁힘이거나 심한 충돌이거나 각자 필요한 만큼의 부딪침으로 만나기도 하겠지. 그럴 때마다 자신의 자리를 명료하고 써늘하게 돌아보면서. 그러니 안 돼. 모두 다 판검사 되고 기업가 되면 누가 내 자동차를 만들어주니? 누가 국어 엄마 좋아하는 토마토를 길러주니? 안 돼. "제가요, 제가요" 하던 놈들아. 혹시 네 손으로 조립한 차를 타고 내 앞을 달려가고 있니? 내가 탄 차가 그 차니?

5.
말이
사라진 자리

말이
사라진 자리

생각만 하고 앉아 있어도 배가 고프네.『천재 유교수의 생활』(야마시타
카즈미)에서 책상에 눌러 붙은 유교수에게 부인이 간단한 약간의 음
식을 갖다주던데. 그 실눈으로 그는 무엇을 생각하는 걸까? 그는 음
식이 보이기는 할까? 저것만 먹는 건 아니겠지. 가만히 있으니까 에너
지가 거의 불필요한 것은 아닐까 했거든.

　배고프다. 뇌세포를 자극시킬 매운 것을 먹자. 떡볶이를 해먹을
까? 고추장에 위장이 자극되면 머리도 번쩍할 테지. 그래, 매운 떡볶
이를 하자. 잘 됐네. 며칠 전 내게 떡국을 끓여준다고 후배들이 가져
온 떡국 떡 남은 것이 굳어서 물에 담가놓았잖아. 고추장을 많이 넣
자. 매우 맵게 할래. 매실청에 마스코바도 설탕도 넣었다. 당근 꽁지는
얇게 썰고 대파는 숭숭. 센 불에서 끓인 다음 불 끄고 참기름을 쪼르

르 쓱쓱 뒤집으며 섞었지. 순식간에 냄비에 빨갛게 들어앉은 하얀 떡 조각들. 본래 비슷한 색과 모양을 더욱 알기 어렵게 하는 변신. 마늘, 깨, 열과 꽤 즐거운 노동의 만남. 무엇과 어떻게 만나 무엇이 어떻게 변하는지 알 수 없지만 맛있다는 사실이 중요하다. "여보, 떡볶이!" 고 인 침을 꿀꺽 흐뭇하게 한 입 머금으면서 굳이 맛있다는 말을 하지 않 아도 좋았다. 정말 맛있거든.

"정말 맛있다."

그런데 남편의 입에서 나온 거야. 흥, 나는 말하지 않았는데 남편 이 말했다. 드문 일이다. 언제나는 아니지만 주로 내가 맛있다고 감탄 한다. 내가 더 잘 먹고 많이 먹고, 내가 음식의 특징을 설명하고, 재료 구입이나 음식 구성의 중점에 대해 설명한다. 그것의 특별함에 대해 언급하고 정말 맛있다고 한 번 더 점을 찍는 것도 나다.

남편들이 대개 집에서 말이 없으니 하는 것을 의식한 적이 없던 어느 한때, 내 남편 역시 그럼을 알고는 식겁했지. 남의 남편들은 자 신의 말을 지니지 못했기에 말을 할 수 없는 것이나 내 남편은 필요한 말을 알맞게 잘 한다고 생각했음을 불현듯 알아챈 거야. 내 말이 곧 공감 철철 남편 말이라고 여전히 추호의 의심도 없었겠지, 환상!

이후 가끔 주의를 기울이다 보니 갈수록 그러하다 싶은 것이다. 그렇다면 말할 필요가 없기 때문이 아닐까? 혹시 자신이 강자의 자리 에 놓여 있음을 잘 알기 때문은 아닐까? 그건 내가 협조한 결과겠지? 만약 교언영색巧言令色으로 사랑과 인정을 얻기 위해 노예처럼 움직이 는 약자가 있다면, 명령할 필요조차 없이 손발이 되어 움직인다면, 강 해 보이는 약자 스스로 그것을 암묵적으로 인정한다면 어찌 말이 사라지지 않을 수가 있으리. 말이 사라진 자리에 당연히 목청도 사라지지 않겠는가.

그렇다면 목청 대신에 말하기 대신에 그도 쓰기를 하려는 걸까? 그도 그의 말을 키우고 있을 것이니 써야 할 것이다. 아니, 그렇다면 엄마는, 우리 엄마는, 할 말은 너무나 많았으나 말할 길이 없었으므로, 당신의 말이 들어갈 엄청난 귀를 찾을 수 없었으므로, 소리 자체를 제거함으로써 말하기에 대해 발언하려 했던가! 그런 방식으로 영원한 상징으로서의 절대 강자가 될 수밖에 없었던 거야? 이런!

언젠가부터 그가 칭찬에 인색하다는 것, 그의 칭찬이 없어졌다는 것을 깨달았다. 식탁에서 음식과 관련해서 하는 말은 "짜다"가 거의 전부이며 하는 행동은 짠 국그릇을 들고 식탁에서 일어나 정수기 앞으로 조용히 가는 것뿐이다. 아마 내가 그의 칭찬을 구하기 시작했기 때문일 것이다. 어긋나지 않고는 함께 살 수 없으므로! 이미 겹쳐서 둘이자 하나인가 하면 하나도 아니고 둘도 아니므로.

그래, 한 몸 아닌 한 몸이 좋아. 따로 구르다가 가끔 만나는 게 좋아. 정말 그랬다. 드물게라도 하던 칭찬이 확 사라진 것은 내가 정말로 그것을 원하게 된 때부터라고 생각한다. 구하면 얻는 게 아니라 사라지더란 말이지. 괜찮다고 가정되는 남자의 제스처로서가 아니라 진정한 관심으로서 인정과 감사를 바라는 나를 발견하기 시작한 무렵부터 말이다. 그러면서 의리와 동지애로 기꺼이 정갈한 아침 한 끼를 헌신하리라던 생각에 균열이 생기기 시작한 것 같다. 더 이상 아무것도 하고 싶지 않다는 내 움직임이 분명해 보였다. 먼저 명퇴했으니 그가 직장을 떠날 때까지 산뜻한 아침 한 끼 즐겨 정성을 들이고자 했거든. 희생 아닌 헌신, 우정과 의리. 그리하여 한때 전업주부의 기쁨조차 누렸으나 지금 막다른 골목이 보이지 않는가. 그런데 "정말 맛있다"고 그가 말했다. 흥, 참을 수 없는 무의식이 밀어낸 말은 정직하지. 나도 말했다.

"응, 정말 맛있네. 누가 한 건데 맛이 없으리오."

그는 내 속을 눈치채려는 걸까? 내 계획을 나보다 먼저 알아챈 거야? 너무 오래 같이 살아 완전히 포개졌다니깐. 이왕이면 더 편해보려고 모르쇠 하는 거야. 그럴 거야. 우린 개기일식이거나 월식하는 달과 해가 아닐까? 그런데 해도 달도 그만하고 싶지는 않은 걸까? 오랜 전업주부인 어떤 여인네가 남편에게 그랬단다. "여보, 내 소원 들어줄 수 있어?" "뭔데? 들어줄 만하면 들어주지." "당신이면 들어줄 수 있을 거야." "말해봐." "나 일 년만 아무것도 안 하고 싶어." 그 남편이 뭐라고 대답했는지는 모르겠지만 나는 일 년 말고 한 달만 아니 두 달만 아무것도 안 하고 싶다.

유한한 인간사의 무한

냉장고 열어 시금치 꺼내고 신문지 펴서 식탁 위에 놓다가 얼른 다시 냉장고 열어 탈취제를 갈아야 할 때가 되었음을 확인하고 닫기 전에 과일 사이에 삐딱하게 껴 있는 상추를 시금치 빼낸 자리에 넣고 냉장고 문을 닫다가 냉동실 문짝에 머리 찍고 아얏 소리 지른 다음 분할 새도 없이 식탁으로 몸을 돌려 의자를 빼고 앉으면서 탈취제 잊지 말고 사야지 생각하고 시금치 잎새를 다듬고 꽁무니를 자르다가 영양 많은 부분임을 생각한 뒤 잘 생긴 것 몇 개는 그냥 먹기로 결정하다가 물을 안 끓이고 있음을 생각한 다음 바보! 하고 나서 불부터 켜다가 또 어라? 한 다음 냄비를 꺼내고 물을 받아 올린 뒤 불을 켜고 다시 시금치를 마저 다듬어 싱크대에 담가놓고는 식탁 아래 떨어진 꼬다리와 잎새를 주워 신문지 위에 남긴 것들과 음식물 쓰레기 접시에 담아놓고 신문지는 탈탈 털어 접은 다음 다용도실 문을 열고 분리수거통에 담고 싱크대로 돌아서다가 의자에 발가락을 부딪쳐 아야! 하고 싱크대 앞에 서니 그새 물이 끓어설랑 뚜껑 넘어 튀는 걸 보고 놀라 뚜껑을 여는데 몇 방울이 손에 튀어 앗 뜨거 한 다음 분한 마음으로 손목에 찬물을 틀어 흘린 다음 불을 줄이고 행주로 튄 물을 대략 닦고 시금치를 씻고 물 빼고 물 버리고 씻고 또 물 받고 또 씻고 버리고 흘러간 것 주워서 따로 또 씻고 씻으면서 데친 다음 떼어낼까 포기를 미리 떼어내어 데칠까 하다가 물이 끓으니까 얼른 통째로 데치기로 하고 불을 다시 세게 하고 물이 끓으니 시금치를 넣고 흘린 것을 주워 넣고 파릇파릇 색이 곱게 데쳐지도록 들여다보며 나무젓가락으로 뒤집고 알맞게 불을 끄고 냄비를 행주로 싸서 싱크대로 옮기고 불을 끄고 어깨가 뻐근하여 좀 흔들고 다리도 좀 털어보고 시금치를 찬물에 씻어 건지다가 부엌칼을 건드려서 떨어지는 순간 양다리를 반짝 들고 뛰어 그것을 피하면서 놀라고 잘 피했다 칭찬하고 안도하며 칼을 줍고…….

'시금치나물'의 시금치를 이제 데쳤을 뿐인데…….

'부엌일'이나 '집안일'이라는 삼음절로 참으로 말끔하게 삼켜지는 수만 가지의 동작들. 그러니 유한한 인간사에 무한이 있다면 바로 이거다. 끊을 수 없어 보이지만 숨기거나 쉼으로 끊어서 틈을 내야 사람을 느낄 수 있는 거라고 말할 수 있을 것이다. 엄마를 관찰하며 묻고 생각하면서 써보라고 숙제 내줬을 때 천 개가 넘었다고 자랑하던 남학생 하나는 화장실 청소를 썼던가? 엄마가 의기양양 옆에서 도와줬는데 상상도 못했던 부분을 구체적으로 보고 알면서 너무 놀랐다고 큰 눈을 굴리면서 침을 튀겼더랬어. 아빠는 직장에서 자기가 하는 일도 일러줄 테니 써보라고, 국어 선생님께 말하라고 했다지.

설거지 해야지. 놋그릇을 닦아 엎어놨다. 중간 크기 접시 세 개와 수저 한 벌. 남편 것이다. 시골집으로 이사 온 후 놋그릇 두 벌을 장만했거든. 그 뒤 언제던가, 오래 미루었던 로맹 가리의 『새벽의 약속』을 읽으려고 식탁에 앉았지. 도대체 새벽부터 무슨 약속을 했다는 것일까, 궁금해하며 고개를 드는데 닦아 엎어놓은 놋그릇의 반짝이는 진동, 강렬한 새벽빛에 마음이 흔들렸어. 매혹적인 금속, 숨을 쉬는 듯하다. 아름다운 색과 향을 혼자만 말없이 간직하려는 듯 묵직하나 둔하지 않은 황금색의 깊은 품위가 체온처럼 느껴졌던.

닦을 힘도 의지도 없는 내가 그것을 써보기로 한 까닭은 엄마 때문이겠지. 치마귀 접어서 단단하게 말아 올리고 수챗가에 바투 앉아 짚수세미에 재 묻혀가며 금빛을 찾아내던 엄마. 닦은 부분을 조금씩 돌리면서 새로 힘을 줄 때마다 손목 안쪽에 볼록거리던 힘줄과 청보랏빛 실핏줄의 하소연. 선하게 펼쳐져도 나랑 무관한 광경. 한없이 닦으며 굴리듯 돌리던 그 누런 것.

무겁고 어둡던 그것이 감쳤던 빛들을 발할 때 마루에 누운 아이는 고개를 옆으로 하고 눈을 깜짝거리며 놀라 지켜보지 않았으랴. 멈추지 않는 엄마의 팔놀림은 손가락들을 통해 무슨 말을 할 것만 같았다. 새로이 싸잡아 쥐는 치마며 앉음새에 이끌리듯 동영상 한복판으로 들어갈 때 아이는 그게 그릇 종류라는 건 알았겠지. 대여섯 살 어느 때 깁스한 동체로 마루에 누워 하늘을 보며 빙빙 돌던 아이가 땅으로 시선을 내렸을 때 보게 된 것, 제기들과 엄마를 기억하는 거겠지. 그게 제기였다는 거야 나중에야 알았지. 아버지 돌아가신 몇 해 뒤, 작은집에서 제사를 빼앗아갔다고 엄마는 말했다. 제기를 붙들고 몸부림쳤다고 했어. 어이없지. 제사가 뭐길래. 안 하면 좋지. 맞다, 이것도 나중에 엄마가 한 말이다.

"그까짓 제사가 뭐라꼬. 새끼들 입에 들일 것도 없는데 그걸 지킨다꼬."

엄마. 반짝이는 엄마. 엄마 말에 진동하는 나. 아버지 돌아가시고 몇 년은 등뼈 부러진 내가 엄마 품에 눕듯 안겨 병원에 오갈 동안이다. 나는 아직 엄마 품인가? 탯줄을 잘라내지도 못했는가?

그런데 지금 왜 오토 랑크의 『출생의 외상』이 떠오르는 걸까? 살기 위해서 내던져져야 하는 공포와 어마어마한 존재적 불안을 제목에서 막바로 읽은 책이었다. 엄마의 부분이자 전체로서 모든 것을 먹고 그것으로 제 몸과 맘, 영혼과 육체를 이루는 아이의 기원이며 시작으로 당연히 그러할 것이라고 생각되던걸. 당연한 사후적 해석이다. 분명 태중이나 출생 당시의 기억이 근원적 정동情動으로 몸에 각인될 것이라는 확신조차 들었으니.

삶을 얻기 위해 삶의 자리로부터 뜯겨져 나와야 하는 생명. 그 목숨을 피워내기 위해서 통과하는 죽음의 길을 어찌 기억하지 못할 것인가. 태반에서 떨어지며 물러나 산도를 통과할 때 존재는 불안과 함께 어긋났으며 탯줄의 단절은 절망을 더하여 아이는 어쩔 수 없는 본래적 틈을 지니게 되었을 거라고, 그러니 그 틈을 메우느라 모두들 열심히, 잠시도 쉬지 않고 사는가 싶었다. 따라서 인간은 끊임없이 모태를 모방 창조하며 모태로 돌아가고자 한다고. 그 불안이 근원적 분리불안이자 불안신경증의 원인이라고 랑크는 말하는데, 왜 아닐 것인가. 그래서 적응과 종속의 기표적 편리성을 취하면서 소외의 삶을 사는가? 분리와 자립이 그토록 어려운 거로구나 했지.

그러나 동시에 그것은 홀로서기로 나갈 수밖에 없도록 만드는 내침의 원동력일 거라고 생각했다. 상상 불허, 해석 불능의 제 기원을 억압하고 부인하되 인정받으며 다시 돌아가기 위해 만들고 이루고 창조하지 않을 수 없도록 몰아붙이는 폭력일 거라고 생각했다. 존재를 흔드는 생의 명령 같았다. 그래서 사람들이 일할 줄은 알아도 쉴 줄은 모르는 거라고, 인간이 스스로 만들어내지 않으면 안 되는 것은 쉼이라고 생각했던 거야. 그러니 결국 쉬기 위해서, 모태 낙원을 그리워하며 어머니께 돌아가기 위해 평생 움직이다가 스스로 영원한 쉼을 만들어냄에 이르는 거라고 말이다. 랑크가 그렇게 주장하는 거라고 멋대로 믿기로 했다.

그 책을 번역해놓지 않은 학자들을 탓하면서 남의 말로 엄벙덤벙 훑었으니 내가 알 게 뭔가. 오독이 아니라 창조적 전유라고 우기는 거지. 어쨌거나 보통 서너 살 이후부터 기억이 가능하다는데 심지어 태중의 기억을 주장한다는 사람도 순수 환상은 아닐 거라는 걸 나는 믿는다. 아마도 부모가 이름을 거듭 불러주었기 때문일 것이다.

제 길을 내고 갈래 치며 흐르는 골을 따라 좇다보면 어느새 종적을 감추는 생각이란 녀석을 문자로 불러 앉히기는 참으로 어렵다. "생각이 쫓아오면요, 저도 어떻게 할 수가 없어요." 읽기가 너무 어려우니 조금만 반듯하게 글씨를 써줄 수 없겠냐고 했을 때 동호가 했던 말이다. 하여간 닦아야 놋그릇 아닌가. 힘 좋게 닦아서 엎어두라고, 자기도 한번 닦아보라고 남편에게 말하고는 찬장에 넣지 않고 건조대에 엎어놓았던 거다. 수세미도 새 것으로 꺼내놓고 말이야. 그러나 말꼬리가 생기지도 못하고 사라지더니 결국 내가 닦는다. 둔탱이. 저렇게 아무 느낌 없는 사람에게 놋그릇이 가당키나 한가, 이제 놋그릇에 밥 차려주지 말아야지. 깊이 넣어두어야겠다고 생각한다.

심장이며 폐며 움직이는 기쁨이 느껴지지 않거들랑 닦지를 마. 누가 놋그릇에 밥 달래? 내가 좋아서 내가 땡겨서 내가 폼 잡고 싶어서 우아하고 멋져 보여서 좋아서 예뻐서 손에 깊이 닿는 느낌이 정말 너무 좋아서…… 그래, 그렇지? 그렇게 즐겨라, 네 생이다. 그는 자신의 생을 즐기게 두라, 강요하지 말라. 그러나 강요할래. 같이 느끼자고 괴롭힐래.

후배들이 남편 어쩌고 일을 하네 안 하네, 젊은 부부일수록 한 수 가르치기를 원할 때면 모여 앉은 우리들은 한편 신이 났었지. 남자들은 왜 부엌일을 안 하냐느니, 힘 좋은 팔로 화장실 벽이며 변기며 썩썩 닦으면 얼마나 깔끔하겠냐느니. 끝도 없으려니와 사실 끝 보기를 원하지 않는 것 같은 이야기들. 그러니 남의 남편은 왜 그리 문제가 많은지 모르겠더라고. 내 남편과 우리는 문제가 없는데 말이다. 서로 그렇게 생각했던 것 아닐까? 그렇든 말든 즐겨 먹고 떠들다 보면 남편 문제 따라 당연히 아내 잘못도 불리나니 비난하되 이해하고 반성하며 결심하고 얼얼하도록 웃고 헤어지기 수백 번. 구호 하나 외치고 돌아가서 잘 싸우세. "남의 고추 별 거 없다. 내 집 고추 잘 키우자!"

많이
미워하지는 말라

싸울 땐 확실하게 싸워. 일단 말을 해. 하지만 남자들이라고 싸잡아 말하는 건 별로야. 그러면 자기는 그 남자가 아닌 줄 안다니까. 남녀가 아무리 달라도 인간으로 이미 털썩 겹친 공통점이 많은데다 성평등적인 남자들도 꽤 늘고 있잖아. 그러니까 초점이 흐려진다고. '남자들'이 어떠하다고 일반화시킨 표현 자체가 그 '남자들'을 가볍게 해준단 말이야. 단체 벌이나 전체 비난은 뭐가 문제인지를 모르게 만드니까 가끔 억울해도 자주 꽤 재밌는 거라고. 게다가 지속적이지도 않고 일회성이 되면 오히려 가끔 듣고 싶은 꽃노래 아니겠어. 그 싸잡힌 '남자들'이 당당할 수 있는 면죄부가 되지. 안 한다거나 잘 못한다고 지적되는 지점이 오히려 남성성을 확인해주는 인증서가 된다니까.

그럼 늘어놓는 여자는 뭐야, 설거지 잘하는 남자는 뭐고? 남자는 원래 그런 거, 여자도 애초에 그런 거라는 식의 체념적 비난은 문제를 해결하고 싶지 않다는 선언인 셈이지. 그러니까 싸잡아 '남자들'이란 없는 겨. 지금 내가 대화를 해야 할 남자 혹은 싸워야 할 남자가 있는 거지. 이걸 분명히 하잔 말이야. '남자들'의 자리에 인간이라는 자리, 빈자리를 놓고 다시 그 자리에 남편이거나 아무개를 놓을 수 있을 뿐이야. 당장 싸울 일이 있고 싸움이 필요하다면 말이야.

게다가 대화할 능력이 없거나 자신이 할 일이라고 생각 안 하는 남편들이 문제 알맹이 빼고 말투, 표정 꼬투리 잡잖아. 꼭 그런 식으로 말해야 하냐느니 아침부터 어쩌고 하지 않느냔 말이야. 청소를 제대로 못한다고 불평하면 아주 안 한다, 그러니 칭찬하라? 그래서 일단 하게 만들어라? 꼬셔서 하게 해라, 여자 하기 나름이다? 지랄! 맞아, 우리도 한동안 이게 아주 좋은 방법이며 지혜라고 생각했지? 우리가 그것까지 해야 하는 겨? 그러다가 내가 하고 말지로 끝나는 여자들 쌨지. 메뉴도 실행 파일도 없는 남친이나 남편에게 그런 것이 있음을 친절하게 알린 다음 하도록 꼬실 방법도 고민한다? 게다가 이왕이면 기분 좋게 분위기도 만들면 어떠냐고? 미쳐! 그래서 마땅히, 지당히, 당연히 해야 할 자신의 일들을 알려서 실천하도록 만드는 것까지 모두가 아내의 몫이라는 거야? 하는 시늉하면 감사까지 하면서? 환장! 꼬셔가면서 일하게 만들지 못한 여자들이 지혜롭지 않다는 거야? 너는 그렇게 네 방식대로 해. 우월감 갖지 말고 조용히 해. 그러나 떠들어도 좋아. 누군가에게 좋은 방법이라면.

그러나 그렇게 남자를 아이로 보니, 이미 영원한 아이로 키웠으니 어쩌냐. 그걸 인수받아 데리고 사는 아내며 그렇게나마 아내에게 넘기지도 못하고 끼고 살며 모시고 사는 엄마들과 그렇게 만든 배경으로의 아버지가 불려 나오지. 그 뒤에 정치, 경제, 사회 구조적 문제와 자본주의의 속셈까지, 총체적 학습이되 해법 없는 토론이지만 작은 실천과 싸움으로 반복되는 멋지고 힘찬 수다였어.

그러나 여자들이여 남자들이여, 절대 많이 미워하지는 말라. 그것은 자본이 바라는 바다. 사랑하고 마음으로 만나면 물질을 소비하지 않거든. 명품 어쩌고 터무니없는 고가품으로 뗌질 할 필요가 없거든. 작은 선물은 필요하겠지. 그러므로 진짜 사랑은 어렵고 아른아른 멀지라도, 미워하며 짜그락거리되 눈을 보면서 맹렬히 싸울지라! 싸울수록 싸우는 요령이나 일을 나누는 요령, 양보나 헌신에 대해서도 터득하면서 잘 싸울 수 있는 법. 싸울수록 덜 아프고 흐린 길이라도 꼴이 보이므로 재미있도록 얼얼하게 싸워보는 거야. 그래야 무엇을 하거나 하지 말아야 하는지를 몰라도 사는 데 지장 없는 줄 알았던 남녀들도 변해가지 않겠어? 눈치는 두었다 뭣하며 판단력은 언제 쓰냔 말이야. 자신의 이성을 스스로 사용하란 말이야. 그런 게 없다고 모르는 척 버틸 때 진짜배기 찌질이가 되는 거지. 각자 부지런히 실행 파일을 내려받고 엔터키를 치라고 해!

그리고 남편들은 특히 좀 볶아줘야 해. 그래야 밖에 나가서 잘 긴장하지. 덮어놓고 직장에 충성만이 아니라 자신의 비난받는 부분, 아내로부터 강제당하는 부분에 대해서 많이, 자주 생각하며 술 마실 때 안주로도 삼게 말이야. 인간으로 살기에 대해서는 말하지 않고 동물로서 적응하기에 대해서만 열심히 떠들다가 갑자기 잘 늙는 법을 배우겠다고 물어보면 잘 늙게 되는 겨? 잘 늙는 법이 있긴 있고?

짝꿍들은 만남의 초반일수록 자주 대화하고 싸워야 할 필요성이 있다는 게 결론 낼 수 없음 안에서의 결론 아닐까 싶다. 처음엔 싸울 일이 눈에 들어오지 않을 터이나 조그만 것부터 미리 싸워서 오래 잘 살아보면 어떠리. 따로 또 같이, 하면 된다. 별 거 아니잖아. 하면 된다. 간단하고 말끔하잖아. 대한민국의 오랜 급훈이며 국훈이니. 한편 또 많은 아내와 남편들이 이미 그렇게 하고 있으니 말이다. 도전!

그러니 여자이기 전에 인간이고 싶은 여자들이여, 남자이기 전에 인간이고 싶은 남자들이여, 남녀가 대립관계가 아니라 서로 설명 불가의 공백을 가진 채 겹쳐 있는 존재라고 생각하는 사람들이여, 모두 빨간 구두를 신고 춤을 추어요. 춤추는 상형문자 女는 男을 끌어내어 춤을 권하자. 아이에게 젖을 먹이고 있는 엄마를 상형하여 만든 문자임에도 춤을 추고 있는 女! 글자의 팔다리를 늘리고 흔들어서 춤추는 여자를 그려봐요. 그리고 아직도 밭에서 일만 하려는 男도 일어나 춤판으로 나와요. 아무도 보지 않는다는 듯이 맘껏 춤을 춰요. 더 이상 잘릴 발목도 없고 칼은 더 없답니다. 잘리면 자랄 것이고 스스로 만들어내겠다고 노래해요. 항상 그 모든 것을 알고 알콩달콩 조금씩 더하고 덜하며 쿠다당 싸우며 잘 사는 짝꿍들이 꽤 많을 걸요?

나이를 떠나서 이제 막 문제의식을 갖게 된 남녀들, 특히 말하고 싶으나 말을 찾지 못한 여성들에겐 당장 입을 열 수 있도록 힘을 주는 문장 몇 개 같은 언어가 시급할 것이니 이런 생각을 해보는 것일 뿐. 그래야 생각은 드러나고 나아가고 열리면서 겉으로 드러난 대립적 차이 너머 겹침과 깊이까지 함께 사유하게 될 테니 말이야. 그 싸움의 과정이 진정 자신에 대한, 인간에 대한 관심이며 삶에 대한 관심으로 확장되지 않겠어? 어라? 나 무척이나 긍정적이네. 적극적 체념과 능동적 포기! 아냐, 칼칼한 게 좋아. 이미 꽤 살아봐서 칼이 무뎌졌지만 이젠 무딘 것을 휘둘러도 다 베어낼 수 있어. 나이는 그냥 먹나. 이것 봐라. 놋그릇이 유도한 남편 따라 나온 생각이 찰찰 넘치네. 덕분에 진짜 오랜만에 남녀 어쩌고 이런 생각을 해봤네. 남편이 놋그릇 안 닦고 두길 잘했네.

먼저 공부하는 자가
이긴다

어지간한 페미니즘 책을 한 권만 펴도 입이 열리고 한동안 사용할 산소가 충분하지 않을까 싶다. 겉으로 드러난 차별, 권리나 평등 쟁취에서 훨씬 나아가 자신의 생겨먹음과 구조와 남녀의 근원적 차이로서의 성차까지 제대로 궁금하면 더욱 좋을 텐데.

프로이트를 가로지른 라깡을 통과하고 헤겔을 경유하여 지젝이 들려주는 정신분석학적 성차가 그러하다. 남녀와 인간에 대한 사유, 그 근원성 가까이 이르게 하는 놀라운 사유 방식이라고 말하지 않을 수 없다. 왜 남자다 여자다 이분법적 대립으로 사유해서는 안 되는지. 왜 정치·사회적 평등만으로는 부족한지를 퍽 명료히 알 수 있기 때문에 탓할 대상과 방법이 달라지며 분노는 덜함과 동시에 자신이나 상대방에 대해 알고 싶은 마음은 인간 존재와 사회 전반에 대한 이해로 이어진다.

내가 전적으로 인정받고 사랑받으며 의존까지 하고 싶은 대상, 그 가슴과 시선과 목소리가 누구의 것이며 언제 어떻게 내 안에 들어와 나를 구성하고 작동시키는가를 발견하는 일은 우울하되 놀랍고 슬프되 기쁘다. 이렇게 얻은 기쁨을 마르지 않는 샘물이라 하는가 싶었다. 그러니 좀 더디고 느리게 싸우지 않듯 싸우되 더 확실히 싸울 수 있다. 참되 분노의 억압이거나 방법 없음의 체념이 아니라 우회와 기다림이라는 전략적 선택으로서의 능동적 견딤이 가능하더라는 말이다.

설거지며 놋그릇의 자리에 진정 놓여야 할 게 무엇이며 왜 그 자리에 그게 그 이름으로 불려 나오거나 장미 100송이로 뗌질 되는 듯하다 마는지를. 내가 지금 선택한 낱말과 사물 아래 다른 것이 있음을 깜짝깜짝 알아가던 날들이었어. 조용히 경악하고 서늘하게 숨 쉬던 시간을 지금도 지나는 중이다.

누가 말하고 있는지, 누구의 말이며 누구의 목소리인지 깨달아야 지금 내가 하는 말이 가는 방향과 담기는 곳을 알 것 아니랴. 그래야 불통 가운데도 통하는 길을 낼 수 있을 것이니 말이다. 당장 지금 탓하고자 하는 내 눈앞의 남자가 누구인지, 내가 하려는 말이 내가 하는 말인지 다른 누구의 말인지. 내가 그의 엄마라고 가리키는 시어머니가 그 엄마인지 우리 엄만지 어떤 누구인지.

그렇다면 내가 원하는 게 진짜 내 것인지조차 생각하면서 서로에게 겹치고 겹친 부분들을 조금씩 깨닫고 더 생각하게 된달까. 왜 말을 해도 전달되지 않고 전달했어도 반만, 그것도 아리까리 전해지다 마는지를 알아가는 게 놀랍고 재밌었어. 그도 모든 걸 알고 있을 거라고, 모를 리 없지만 표현이 서툴 뿐이라고 변명까지 해주며 심지어 한마디도 하지 않았건만 자주 말했다고 생각했으니 나 혼자만 끝없이 생각했던 것임을 살과 몸이 제대로 알게 되는 거야.

슬프기도 하고 어이없지만 싸운다는 외형으로 알아가고 변화하는 재미가 정말 솔솔 바람 같은 거야. 실마리가 보이고 미래도 좀 더 확실히 보인다고 생각하니 싸우는 게 재밌는 거야. 잡힐락 말락 짧고 꼬물거리는 실마리지만 보였으니까. 보이지 않아도 있을 거라고 믿고 찾은 내가 어찌나 좋던지. 찾을 수 있을 거라 생각하고 찾으러 나선 내가 좋아서 더 좋은 거야.

남녀라는 것이 서로 온전한 자신일 수 없게 하는 존재의 공백을 포함한 채 수많은 대상과 겹쳐 있음에 대해 자주 생각할수록 다른 사람들을 이해하게 되는 재미는 또 어떠했던가. 그 겹침 사이사이 언어의 틈이자 의미에 난 틈, 설명도 이해도 표현도 불가능하게 만드는 틈과 구멍이 뺑뺑임에도 소통하는 인간들이여 아름다울지라! 나이면서도 내가 아니며 내 안에 있으나 내가 알 수 없는, 나를 불가능하게 하지만 그것이 있어 한편 내가 가능할 수 있는 그나 그녀의 존재가 서로를 건드리기에 온전함을 찾아 끝없이 창조를 향해 달려가는 거겠지.

그러니 자기 안에 분리 불가능성으로 이미 한 몸인 것을 모르고 밖으로 보이는 대립적 자질이나 특성만 갖고 싸우며 허부적거렸던 거다. 모호하고 짜증 나는 언어의 한복판에서 헤매는 사이에 뿌연 것을 뚫고 조금씩 형성되어가던 이해나 해석이라는 이름의 투명함이 생기고 남녀가 살아가는 삶의 방식 같은 것이 없는 채로 그려지고 보이던 것이다. 그 온전하지 못함에도 불구하고 느낌과 이미지로 드러나는 단단한 언어의 몸이 있더란 말이야. 의미론적 싸움에서 존재론적인 싸움으로 이행하는 거로구나 싶은 안도감이 확신과 함께 오던 것을.

그럼에도 불구하고, 그렇기 때문에 결혼 초반일수록 대립적 구조로 마구 싸우는 것이 필요하고 그것만이 옳기도 하겠구나, 그렇게 나가야만 그것을 뛰어넘은 정신분석적 성차에 이르겠구나, 존재론적인 멋진 한바탕 삶으로서의 싸움이 되겠구나 싶었다. 내가 나를 전하는 말을 갖지 못했을 때, 오직 근거 없는 우월감만 가지고 성차에 대해 알려 하지 않는 남자나 일부 여자와 소통할 방법은 없다.

여자 전체를 일단 비하하여 제 발 아래 있다는 환상 속의 우월감이라도 가져야 자신이 누군가를 겨우 알 수 있는 남자라면, 그것이 자기 정체성의 시작이자 기본이며 근간이라면 너무 불쌍하지 않은가! 자신이 적어도 수많은 여자보다는 위에 있는 남자임을 깨닫는 것으로 못난 자신을 붙들 수 있다면 참으로 서글픈 일이다. 역시 여자 일반을 무시하고 여성적 정체성을 비하하고 부인함으로써 겨우 자신을 사람 하나로 세울 수 있는 여자들이 있다면 그것도 슬프다. 이렇게 약자의 위치에 있는 여자의 고통이라는 것은 전혀 아랑곳하지 않고 일단 현실에 유리하게 놓인 입장에서 자신의 일에만 만사 제치고 몰두하는 '남자'들 혹은 그런 남성적 질서에 쏙 들어가 있는 '여자'들에게 더욱이나 무슨 말을 어디서부터 시작할 수 있겠는가. 그러니 오직 자본만이 시원하게 웃으며 말한다. 얼마든지 대체하세요. 대리 보충하고 대리 인간을 쓰세요. 돈만 벌면 될 뿐, 하나도 어렵지 않아요.

인간 전반의 구조나 자신의 구조가 보일수록 미움보다 이해가 커지고 여유가 생기니 기다리게 되고 기다리는 중에 싸움 아닌 소통으로 나아가게 될 기회가 절로 생겨서 참 좋았다. 제 풀에 되는 이해를 막을 수는 없으니 잘 싸우고 덜 싸우며 덜 아프고 재미있게 싸우지.

먼저 공부하는 자가 이긴다는 말을 생각하며 실실 웃지 않았던가. 남편보다 먼저 은퇴하기를 잘 했구나. 내가 남편보다 먼저 공부하여 깨달아야 할 게 훨씬 많았나 보다 하는 거다. 좀 더 오래 직장을 견디되 힘들다는 말을 조금 아끼는 남편이 역시 남편-남자인가 싶기도 하고. 자본과 사회가 명하는 무수한 의미에 복종하고 적응도 하지만 동시에 그것에 꾸준히 틈을 내려는 의지와 실천으로 꽤 재미지게 산다 싶더란 말이다.

그러니 봐주는 거야. 동시에 의심도 하지. 마당에 풀 뽑기 싫어서 혹은 공부하라 볶을까 겁나서 직장생활이 재밌는 척하는 게 아닐까 하고. 진짜 무슨 재미가 있는 건지 눈에 뵈는 재미가 있어야 하는지 다른 어떤 맛이 있는지 굳이 알아 뭐하리, 그의 것인걸.

참는다는 것은
문제를 풀지 않겠다는 의지

그런데 참는 것은 영원히 문제를 풀지 않겠다는 의지임을 나는 무척 늦게 알았다. 잘 참는다는 것은 거의 불가능하며 너무 잘 참는다고 생각될 때는 이미 위험한 때임을. 그러니 선동해야 돼. 사람들이여, 여자들과 남자들이여, 말하기를 두려워 말라. 사람의 몸에 구멍이 많은 까닭은 나와야 할 게 너무나 많기 때문이다. 당신이 입으로 말하지 않아도 이미 온몸과 눈으로 말하고 있다. 그러니 조금만 더 말하라, 입으로 하라. 빼기가 더하기다. 짝꿍만이 아니라 세상과 싸우고 또 싸우며 자신을 표현하라. 폼 나는 말인데 참 쉽지 않은 일이다. 하지만 그렇기 때문에 문득 멈추고 싸움 걸기, 말하기, 울어도 돼! 그러나 뚝! 얼른 눈물 닦고 말을 이어가란 말이야! 제대로 싸우고 제대로가 아니어도 싸워. 중지해도 아니함만 못하지 않아. 눈치 보다가 더 엉길 수 있느니.

픽 집 나갔다 사흘 만에 돌아와서는 그전보다 많이 참고 견디면서 더 열심히 쓸고 닦지 말 것. 그런 여행 따위를 자신에게 주는 상이라고 좋아하지 말 것. 그게 바로 네가 싸우고 있는 상대방이 바라는 바, 그것은 바로 '그런 여행을 허락해준 너그러운' 남편이 되어 네가 다시 한없는 노동의 자리로 돌아올 것을 믿기 때문이다. 크고 작은 모든 싸움의 승리는 대체로 그들에게 있어 왔다. 그들은 오직 가만히 있으면 신상이 편하다. 그래, 그건 그들의 오랜 싸움 법이기도 했다. 어?

나 왜 이러지? 두루뭉술한 대로 제법 문제의 근원에 닿을 듯 괜찮은 결론을 생각해놓고서 왜 슬슬 또 분노를……. 그리고 또 슬금슬금 대립적인 싸움을 부추기는 듯한?

왜? 아무런 문제없음으로 보이는 가운데 너무나 많은 문제로 온 가족이 아프면서도 싸울 줄 모르는 사람이 많아서다. 그 결과 끔찍한 병으로 제 몸을 죽이는 여인네들이 많기 때문이다. 그래서 싸울 사람은 제발 좀 싸우라고, 너무나 안 싸우고 못 싸워서 꼭 좀 싸워야 잘 살게 될 사람들이 있으니 싸움을 부추기고 싶어서 그러는 거야. 자신을 송두리째 흔드는 싸움을 통하지 않고 평화에 이를 길은 없기 때문이다. 사실은 그 싸움이 바로 자신과의 싸움임을, 그것을 뚫어야 자신이 살아낸 삶이 어떤 것인지를 알게 된다고 말해주고 싶어서지.

내가 바로 그 과정에 있기 때문인지도 몰라. 바로 그때 자신의 짝꿍도 더 투명하게 보인다는 걸 알면서 말이지. 그래서 모든 그럼에도 불구하고, 마지막 비밀 같은 깨달음 하나는 변함없이 생의 판정승은 여성적 우주를 지향하는, 여성적 우주와 더 겹쳐 살고자 했던 여자 또는 남자에게 있다는 거다. 전혀 새롭지 않을 수 있지만 내겐 몹시 새롭다. 내 생을 가로지르면서 내가 찾은 나만의 진리다.

그런데 판정승을 누가? 나–대타자가, 자신이 내리지. 각자 스스로! 그럴걸? 그 비밀을 모르고 싶어서 부인했던 나, 남성적 질서를 향하여 그 안으로 쑥 들어서서 살 수 있고자 버르적거렸던 많은 여자 중하나인 나는 이미 여성적 우주 한가운데 깊숙이 들어가 있었음을 깨닫는 중이다. 발과 손이 움직이는 곳에 눈과 마음이 없었으니 독하게 힘들었으나 또한 그곳이야말로 인간이 존재를 지향하는 자리임을 깨달으면서 아, 다행이다, 다행이다, 고맙다, 고맙다 했으니!

　이미 그렇게 살고 있는 적지 않은 여자와 남자들이 은근히 부럽고 존경스럽던 것이다. 돈을 만드는 직업에서부터 타자를 밟고 서서 명예, 권력, 이런저런 지위나 알아준다 싶은 수많은 계급장, 명함 등등의 기표 딱지들과 물질을 챙기려 아득바득하는 많은 이들, 이기려고, 지지 않으려고 그것이 진정 자신이 원하는 것인 줄 알고 살던 대부분의 사람들이 생의 후반으로 갈수록 돌아보는 지점은 대가 없는 나눔이거나 자유라는 이름의 진정한 누림과 즐김 또는 사랑이라는 말로 표상되는 여성적 우주 아닌가? 굳이 즐김이니 기쁨이니 말할 필요도 없다. 왜냐하면 소유나 성취로 메우고 대체하려는 욕망이나 인정 구하기 따위가 없으니 말이다. 부러움이란 말도 없는 거지. 아무렇지도 않게 스스로 자신이 원하는 대로 살 뿐이지만 고맙고 좋은 거야. 자족, 존재의 벌거벗음이나 근원적 틈에서 솟는 우울과 슬픔도 인정하고 조용히 견디며 누리는 삶의 태도 말이다. 나는 이렇게 살고 싶다.

나와
친해지기

그러나 더 놀라운 것은 그 우주가 동떨어진 곳에 있지 않았음을, 어정쩡할지라도 이미 자신이 한 발이라도 들여놓은 채 일부나마 겹쳐 살고 있었던 자리임을 깨달으며 비로소 삶에 고마워한다는 사실이 아닌가. 그리하여 그것의 지평을 새로 인식하며 가보지 않은 그 쪽으

로 조금이라도 더 깊이 들어가고자 하는 것 아닐까? 수많은 전투에서
진 듯 보였음에도 전쟁에서 승리하는 자를, 실패로 보였던 것이 이미
성공임을 알아채는 것 아니던가? 나만 그런가? 나는 그 길로 가는 중
이다.

언제던가? 출근길에 남편에게 쓰레기봉지를 들려 보내는 아내를
나무라는 글을 읽고 참 이상했던 적이 있다. 그게 무슨 문제지? 아파
트 또는 주택 근처에 있는 쓰레기통에 내려놓기만 하면 되는데 왜? 피
곤한 직장생활에 시달리는 남편과 피곤하지 않은 집안일 하는 전업
주부 아내랑 딱 갈린 것처럼 훈계하는 자세여서 놀랐더랬다. 문득 아,
그녀 역시 어떤 부분에서 나처럼 고무장갑이 필요했구나 하고 생각을
맺었다. 그리하여 그녀처럼 나도 지금 한 수 가르치고 있지 않은가.

그만하면 되었다. 그래, 머리 아프지만 좋지? 오직 자신의 자리에서
자신의 이익만을 보고 싸워 이기고 말겠다는 자들에게 들리지 않을
지라도 참 좋은 생각들이었잖아? 그들도 모른 척할 뿐 이미 들었을 거
야. 가슴에 잘 담아두었다가 나중에 써먹을 거라고 생각한다.

두서없이 수다 떨 땐 심각해도 재밌더니 혼자 생각이라 해도 논
리 비슷한 거 좀 해보려니 힘들어 죽겠네. 잘 생각했나? 아니어도 할
수 없지. 이미 흘러버린 생각인걸. 누가 몰래 들었어도 잊었을 거야.
그렇지만 왜 이렇게밖에 못했지? 더 잘 할 수 있었는데……. 이게 내
구조의 틈, 내 작동 방식의 일부잖아. 애들 종아리 때리고 나서 잠 못
든 밤이 하루 이틀이던가. 생각하고 반성하고 쪽팔려하고 후회하고
찰나적 언행을 낱낱이 복구하고 복기하면서 살 떨렸으니. 이렇게 했

으면 좋았을걸, 왜 그 생각이 안 났던 거야 하며 생각하다 지치면 결론이 난다. 그래 그렇게 못난 게 나야, 그렇게밖에 할 수 없는 게 나야. 그래서 부끄럽지만 어쩌겠나.

명퇴 후에는 정말 심하게 그랬다. 퇴임 인사도 안 하고 나온 것이 미안하고 창피스러워서 말이다. 내면을 비추는 일. 나를 바깥에 꺼내어 대상으로 놓고 볼수록 내 꼴을 더 잘 알겠던 것이다. 그렇게 나랑 친해지고 받아들이거나 미워하다 보면 예쁜 점도 보이고 자신을 알다 보면 다른 사람도 보이니, 사람과 세상을 이해하고 알아가고 근본을 깨달음에 있어 뭐가 절대적이며 밉고 원망할 게 있으랴, 생각하되 점점 가벼울 수 있었다.

상상력은 내가 가보지 못한 멀리까지 나를 밀어주니 말이다. 내가 해보지 못한 것을 내 몸으로 불러들이는 힘으로 다른 사람의 자리에 내 몸을 놓고 느낌을 땡기고 내 살로 감각을 일으키게 하니 말이다. 그래서 장하다고 자뻑하는 순간, 남들은 역시 또 이미 항상 그렇게 살고 있었던 게 아닐까? 이렇게 또 생각은 가지를 펴느니 아, 사람들이여!

이미 많은 사람들이 그렇게 살고 있었을 거다, 내가 모를 뿐. 모르는 게 얼마나 많았으면 끝없이 책을 읽으려고 생각했겠는가. 읽어 알고 맛보며 야금야금 실천하며 살아감으로써 죽어가겠다고 생각했지. 세상의 모든 말들을 갖고 싶었거든. 말을 가져야 홀로 서면서 또 사람들에게 싸움을 권할 수도 있으니까. 싸우되 잘 싸워 이기고 가질 것을 갖고 나눌 것을 나누라는 부추김. 그것은 아마도 내가 원했던 것이리

라. 정말로 우리가 경험하지 못한 세상의 아름다운 것들, 우리가 사랑하지 못한 것들은 다 어찌되는가? 우리가 알지 못하는 것들은? 사람들은 또 어찌 살았던 것일까? 그 어려움들을 어떻게 통과하고 저리 웃을 수 있는 것일까? 우리는 이미 누군가의 도래할 사람으로서 서로를 살아주고 있었던 것은 아닐까?

사람아 사람들아, 귀한 스승들아! 왜 세상이 멸망하지 않는지 진정 알겠던 것을. 정치판을 조금만 바꾸면 하루아침에 우리나라도 달라질 것만 같은 힘이 분출되는 순간을 발견할 때마다 많이 설렜더랬어. 이제라도 엄중한 역사적 단죄를 통해 기회주의의 몹쓸 뿌리를 흔들 수 있겠구나, 의로운 자가 존경받고 선한 자를 부자로 만드는 구조를 세울 수 있겠지, 심장 뛰었던 순간이 몇 번 있었던 거야. 공부하고 생각하고 실천하면서 내가 변하는 만큼 사회도 변할 것임을 믿으면서 말이다. 인생 2막을 열어젖히며 시작할 일이야. 그동안 자신이 향했던 것으로부터 고개를 돌려 다른 쪽을 보는 일. 진정 자신을 환대하여 맞아들이는 일로 시작하는 공부. 나를 휘젓는 지상 최대의 놀이!

6.
등뼈
다시 세우기

못하는 것은
할 수 없는 것

눈이 온다. 꽤 굵은 송이가 펄펄 힘차네. 탐스럽단 말이 맞아. 구름 사이로 비치는 해 줄기 받들어 스치는 반짝임. 가냘픈 여섯 모서리들이 손끝에 닿는 찰나의 날카로운 습기거나 작은 물방울이 보이는 듯하네. 그것들이 차곡차곡 세상을 덮을 때 길 떠날 사람은 걱정하면서도 걱정 없이 길을 떠나고, 집에 있을 사람은 없는 걱정을 만들면서도 감춘다. 아름답다, 곱다, 예쁘다 한다.

　나는 늘 떠나는 자이자 집에 있는 자로 세상의 모든 걱정을 불러 모았더랬다. 두려움을 포장하는 말로 경치를 그리되 그것을 배경으로 또 걱정을 그렸던 거야. 불안한 몸을 감출 용기를 갖지 못한 누군가는 길을 떠나지 못하겠지. 가지 않아도 좋은 곳이었을까? 갔어야 할 자리란 없는 걸까? 가지 않았으나 이미 다른 자리에 간 것일까? 집에 있어도 불안한 자는 불안을 묶을 방법을 찾는다. 불안이 들러붙은 눈은 녹고 눈물이 되며 부피를 줄이고 무게도 줄이겠지. 그럴수록 눈은 눈으로 그냥 보일 수 있을지도 모르겠네. 눈 온다. 참 예쁘네. 고무장화를 하나 살까? 뽀드득 소리도 만들고 발자국도 만들어볼까?

한때 해직을 선택한 일이 어리석었다는 깨달음이 왔더랬다. 조금 괴로웠어. 성숙하지도 어른스럽지도 못한, 생의 엄혹함과 생활의 고통이 무엇인지 알 길 없는 어린 부모의 멋도 모르고 뭣도 모르는 결정이었다는 생각이 들었다. 상징계로 쑥 들어서지 못한 자의 미욱한 결정이었구나 싶었다. 미래와 가족을 걱정할 수 없는 무능이었던가? 우울했다. 동료들이 먹고살도록 해줄 거라고 믿었던 거야? 아니야, 우리 그런 약속을 하지 않았어, 도대체 뭘 믿고? 부모님 모시고 여섯 식구였다고! 어쩔 수 없는 결정이었으며 그때 내가 할 선택이 그거였을 뿐이었다고 자부하고 살았는데 말이다. 그런데 두려움이 솔솔 피어나며 대장을 간지럽히더니 오히려 결정타를 날린 듯 강력하고도 기묘한 안도감이 밀고 올라왔더랬어. 돌 뚜껑이 열리고 만 거다. 어쩌자고 그런 무모한 결정을! 세상에 어둡고 무관심한 어린아이의 판단 아닌 판단이었던가? 새하얗게 몰아닥치는 아뜩함!

해직 후 언제쯤이던가? 큰아드님께로 가시던 시부모님의 얼굴에서 내가 무엇을 읽을 수 있었겠는가? 읽은들 무슨 도구가 있어 그걸 표현하겠는가? 떠나시는 두 분의 손에 들렸던 보따리와 꾸러미는 아직도 해석하기 두렵다, 못한다. 큰 딸내미 돌 지날 무렵, 막내아들네서 손녀 돌보며 같이 살고 싶다는 아버지의 말씀을 어머니로부터 두세 번 전해 들으면서 나는 합치기로 했더랬어. 몰랐지, 두 세대가 한 공간에 산다는 것 자체가 얼마나 만만치 않은 일인지 몰랐지. 역시 세상물정 몰랐던 결정이었어. 그 또한 철들기 위해 돌아가야 할 내 길에 놓인 사건 하나였던가 할 뿐. 탈퇴하라 한 마디 말씀도 않고, 왜 둘 다 그러느냐 하나라도 남아라 하지도 않고 아버지는 우셨다. 눈물 훔치는 모습을 보았고 울음소리 참는 모습도 엿보였다. 어머니는 말도 눈물도 몸으로 하는 어떤 표현도 하지 않고 손녀들을 거듭 돌보고 더 맛있는 끼니를 만드셨어.

못하는 것은 할 수 없는 것이다. 무엇을 해야 하는지 알지 못하는 것은 알지 못함을 알 뿐인 거다. 충격이라는 게 무엇인지 당할 때는 모른다. 존재의 폭발, 이어지는 균열과 단절. 이전과 다른 내가 되어야 한다. 새로 준비해야 한다. 종이나 가위, 양파나 오징어 같은 준비가 아니지. 준비해야 하고 찾아야 하는데 그게 무엇이며 어디에 있으며 당최 가능하기나 한지 길을 잃고 헤매는 영혼 아닌가. 발작 같은 충격은 자빠뜨리고 낮아지게 만든 다음에는 일어서기를 촉구하며 숨어서 지켜보는 거야. 오물 바닥에 주저앉아 그것과 자신을 구분하고자 그것의 색과 냄새로부터 자신의 것을 확인하고자 부단히 애쓰는 일. 그리고 마침내 벌떡 일어나기. 이미 젖고 묻은 오물을 털되 얼룩과 흔적을 인정하기. 단지 걷기 위하여 덮고 억압하고 부인해야 한다, 우선.

그 돈이
있었더라면

피아노 사러 삼익피아노 대리점 갔을 때 나는 무척 좋았다. 아무런 걱정이 없었어. 뚜껑을 열어놓은 육중한 피아노의 검은빛 한가운데 가지런히 하얗게 웃음으로 드러낸 그것의 뼈 같고 이빨 같은 건반들이 나를 부르는 거야. 조심조심 손가락을 대는데 두근두근, 힘을 넣어 누르고 "미레도레 미미미 레레레 미미미"를 두들기면서 나는 귀족이 되어버렸지. 네 살짜리 딸내미가 말랑말랑 작은 손가락으로 이 건반을 두드릴 생각을 하면서 가슴이 퉁퉁. '피아노' 하면 떠오르는 시커멓고 큼직한 피아노가 여전히 품위와 함께 대세였음에도 나무를 깎아 세공한 갈색 피아노가 유행하기 시작한 그때, 그건 정말 예뻤다. 물론 더 비쌌지. 예쁜데다 비싼 것을 사야지, 귀족이니까. 작은 홈을 내고 달리는 매끈한 세로줄에 꽃 잎사귀 동글동글 피어나는 피아노. 내 딸들이 그것을 마구 두드리며 만드는 소음을 들을 때조차 도무지 부족한 바가 없었다.

당장 뭘 먹고 살려고? 둘 다 짤리고는? 그러나 어쩌겠는가. 철없음이든 뭐든 그런 자들은 그들대로 일을 저지르며 사는 것이려니. 피아노를 사고도 남은 퇴직금 몇 백만 원이면 충분하다고 생각한 걸까? 그때 그는 어땠는지 남편에게 아직 물어보지 못했다. 나는 피아노를 사면서 정말, 참 좋았다. 너무 몰랐으나 한 가지는 알았으니 그건 '피아노를 사라'는 무엇인가의 진정한 명령이 아닌가 한다.

그때 피아노를 사지 못했더라면! 혹시, 그 돈을 통장에 넣어놓았더라면 나중에 아이에게 수두 예방주사를 맞힐 수 있었을까? 그랬더라면 몇날 며칠 가려워 우는 아이와 함께 잠 못드는 서러운 날이 없었을 것이고, 엄마는 그 풍경 속에 들지 않아도 되었을까? 그림 속 고통받는 인물은 시선을 통하여 내 살을 뜯나니. 아니라면 화가들이 왜 그림을 그리겠는가. 왜 고통과 하나된 인물의 시선과 피와 몸을 보이고자 하겠는가. 그러자, 그림의 배경이자 인물이 되어 들락날락 자유자재 했던 날들이라 하자. 이후 5년을 큰 것, 작은 것 딸내미 둘이 피아노를 치며 노래하지 못했을 거라고 생각하면 그거야말로 지옥이다, 끔찍하다. 피아노 살 때 어리석도록 소박하게 뭔지도 모르고 좋았다. 내일 눈물이 소태가 될지라도.

남편과 둘이 남대문시장에 커튼을 맞추러 갔을 때도 참 좋았어. 커다란 포목점을 돌아보면서 두근두근했지. 이스탄불 그랜드바자에서 천만 원짜리 페르시아 양탄자를 구경할 때도 그리 설레지는 않았다. 우리 것으로 만들 생각이 없었으니. 어느 가게에선가 맘에 드는 것을 고른 우리는 재어간 길이대로 박음질을 맡겨놓고 뭔가 먹었겠지. 곧 복직이 될 것이고 학교는 바뀔 것이며 우리 딸들이 바뀐 학교에서 신나게 공부할 것이고 우리도 더 재미있게 학교 아이들과 놀 거라고 생각하며 검정 수제 도자기 찻잔세트도 샀다. 바보같이 순진한 얼치기 어른, 용기 있는 젊은 교사, 시민, 자유의 맛을 흉내 낼 줄 아는 제 삶의 주인이라 생각했다.

　　딸내미들은 피아노를 칠 수 있었고 네 식구는 노래할 수 있었으니 그냥 좋았어. '살아진다'는 걸 그래서 조금은 안다. 전교조 사무실

상근 활동비가 28만 원이던가. 부양가족이 있는 남편은 32만 원? 그 돈으로 여섯 식구가 살았다. 조금씩 까먹던 퇴직금은 오르던 전세비로 들어감으로써 통장에서 사라졌지만 남대문시장에서 맞춰 달아놓은 하얀 망사 커튼이 바람에 날릴 때 나는 정말 좋았다. 아무것도 부럽지 않았어. 피아노를 치는 큰 딸내미 뒤통수가 무척 예뻤고 자랑스러웠다. 피아노 의자에 뒤뚱거리며 기어 올라가 작은 손바닥 두 개 모아 건반을 팡팡 누르던 작은 딸내미, 쾅 소리가 나면 뒤를 돌아보며 "히-" 웃는, 저, 저 한 손에 잡아채고 싶은 피 땡기는 작은 짐승. 그래, 엄마가 있다. 아빠가 있다. 할머니, 할아버지가 그리고 언니가 모두 저를 보고 있음을 알지. 아무렴. 기댈 언덕과 쉴 나무들이 네 뒤에 있다, 걱정 마라.

해직 기간이 길어지면서 가끔 아뜩, 현기증. 아이들 그림에 위태로운 배경이 되면 어쩌나, 어쩔 것인가. 나는 무슨 일을 할 수 있을까, 저것들 저것들을 어쩌나. 없는 사람들이 이런 거로구나. 더 없는 사람들은, 우리 엄마는……. 이른바 부모의 심정이라 부르는 형체가 잡힐 듯 가물거리던 것이다.

선물, 받는 자의 자리

어느 일요일. 미사 끝나고 나오는데 신부님이 우리 부부를 부르신다.

싱그러운 목소리, 든든하게 사람을 세우는 그가 전하는 좋은 기분.

"잠깐 사제관에 들렀다 가세요."

사람들과 작별 인사를 하고 사제관으로 향하는 신부님을 따라갔지.

"이거 제가 선물 받은 건데요. 저는 신발 두 켤레가 아직 멀쩡해서 쓸 일이 없습니다."

봉투를 하나 내밀며 하는 말씀이었다.

"새 신발 사 신고 두 분 열심히 일하셔야지요."

남편이 주저하는 사이 신부님 팔이 더 길어진다.

"감사합니다. 말씀대로 할게요."

남편이 봉투를 받았지. 순간 내 심장을 찌른 말은 이거다. 거지. 나는 '거지'라는 단어를 내 심장에 넣어본 경험이 있다고 말할 수 있는 셈이다. 왜 내가 평소에 좋아하던 '선물'이란 말이 뜨지 않았던가? 선물이란 말이 어울리는 상황이 아님을 무의식은 아는 거야. 내 생은 가장 정확한 단어를 고른 거지.

집에 와서 봤지. 10만 원짜리 프로스펙스 상품권. 그걸로 내 잠바를 샀던가, 남편 운동화를 샀던가, 샀다. 정말 일하는 데 필요했다. 그리고 열심히 신나게 정말 기쁘게 일했지. 신부님 고맙습니다. 당신이 있어 받는 자의 자리가 어떤지를 알았습니다. 기뻐 선물하고 잊을 줄 알며 잘 받을 줄도 알게 되었어요. 그렇지만 꽤 오래 걸렸습니다. 줄 때마다 상대방의 자존감 여부와 상황을 앞질러 생각하느라 줄 것도 안 주고, 못 주게 되던 이상한 원환 속에서 나는 아프고 미안한 적이 많았거든요. 왜 나는 어느 무엇 하나도 아무렇지 않게 할 수가 없는 걸까요?

그러니 뜨자마자 지워라, 더욱 잘 잊고 지워버려. 설명 없는 그림으로 끝내기. 감상하지 마, 첨부하지 마. 그렇지만 오래 연습해도 잘 안 되더니 나아지고 되던걸요? 더욱 알맞은 습기와 드높은 메마름으로 나아가려고 바둥거리는 중이랍니다. 있으면 준다! 주고 싶어서 주면 더 좋지만 있으면 그냥 준다. 주는 방법을 고민하다가 못 주느니 있으면 주라. 그걸로 끝. 싹 잊는 것. 상대방을 보지 말고 너 자신을 봐. 자꾸 밖을 보지 말고 남을 보지 마. 주고 싶어? 응. 그럼 줘. 그랬답니다.

잘 주는 방법을 생각하되 너무 많이 생각하면 이미 몸에 주는 행동의 무게가 배어 있겠구나, 상대방에게 그 무게가 운반되겠구나 싶었습니다. 선물을 준 게 아니라 짐을 준 거죠. 가볍게 주면 정말 가볍고 상쾌하게 잘 받던걸요. 그때 신부님이 진정 가볍게 주시지 않았다면 제 안의 강퍅함 때문에 잘 활용하지 못했을 겁니다. 하여간 선물이 무엇인지 알아갈수록 줄 수 있음에 감사 따위 할 게 아니던걸요. '당신한테 보시할 기회를 준 나에게 감사하라'는 인도 걸인 구도자들의 말이라는 게 떠오르던걸요? 내가 괜찮은 사람임을 느끼게 해준 그에게, 느낄 기회를 준 그 사람에게 감사할까요? 선을 행하는 자신의 아름다운 모습을 관찰하는 자신을 즐기는 걸까요? 그래서 친구나 연인들도 상대방에게서 발견한 자신의 선함과 아름다움을 좋아하고 사랑하는 거라고 말하는가 봐요. 그렇게 좋다, 예쁘다며 둘러빠지는 사랑. 사랑 속에서 한없이 싸우는 거겠죠? 서로 안에 서로가 들어 있으니 싸울수록 더 잘 보이는 자신들을 확인하면서 잘 키우라고 구박도

하고 먹이고 씻기고 뽀뽀하면서 사는 거겠지요?

서로를
환대하며

복직 후 어느 여름날, 출근과 동시에 바쁘게 오더니 내게 뭔가 내밀던
그녀.

"선생님, 천도복숭아예요. 저 정말 가슴 아팠어요. 선생님은 웃으
며 가볍게 하신 말씀인데요. 그것도 우리가 물었으니까 정말 아무렇
지도 않게 말씀하신 건데 저는 자꾸 생각나는 거예요. 그런데 크고
맛있게 생긴 걸 못 샀어요. 말씀처럼 아주 크고 탐스러운 건 다음에
사 드릴게요. 우선 드세요."

점심시간 수다 중에 그 일화를 말했더랬지. 복직하기 직전 어느
날, 지회 모임에 쓸 다과를 준비하러 나간 천안중앙시장. 정말로 크고
탐스러운 천도복숭아를 보고 값을 물었는데, 한 개 600원! 침이 꿀
꺽! '복직하면 600원짜리 천도복숭아 두 알 사먹어야지' 결심했던 이
야기였다. 그때 주머니에 내 돈은 백 원짜리 두세 개 있었나? 꼭 사먹
겠다고 '결심'을 했다는 이야기를 말이야. 그런데 이제 천도복숭아는
그녀와 함께 기억되는구나. 고마워.

복직한 그 해, 1994년 7월 19일 화요일 일기에 '천도복숭아 600원짜
리 두 알 샀다'고 기록해놓았더군. 이어서 빚과 카드 걱정을 한 다음

맨 뒤에 써놓은 한 문장. '600원짜리 천도복숭아도 한 알만 사라.' 내가 좋아하는 천도복숭아. 새곰함에 촉촉한 단맛이 아사삭 깊이 묻힌 하늘 복숭아, 천상의 맛!

천도복숭아를 못 사먹고 수두 예방주사를 못 맞혔지만, 부모님이 큰집으로 달아나듯 울면서 가서야 했지만, 우리는 함께여서 당당했고 희망이 있고 만들고 싶은 세상이 있어 진짜 행복하지 않았던가. 쫓겨난 것들, 못난 것들끼리 얼굴만 봐도 반갑고 든든했다. 드디어 불려 나오는구나, 그놈의 수두.

1991년이던가, 1992년이던? 잠자다 저도 모르게 긁는 아이의 손을 치우며, 졸며 깨며 많이 울었더랬다. "긁으면 안 되지, 엄마" 하면서 잘도 참지만, 참다가 어느새 손이. 흠흠, 눈물이 나네. 이까짓 것, 이까짓 것.

사람들은 어떻게 살아냈던 것일까? 수두가 돌던 초여름, 예방주사를 맞혔어야 하지만 법정전염병이 아니었던 수두. 6만 원은 불가능의 숫자였다. 밤이면 엄마가 함께 졸며 깨며 큰아이 손을 붙들고 내가 다시 깨어 손을 붙들곤 했지. 둘째를 다른 방에 따로 재웠으나 무슨 격리가 되랴. '지금이라도 주사를 맞히면' 하면서 이틀을 더 보낸 후, 두 아이가 같이 긁어댈 때 한없이 울었더랬다. 엄마는 참 힘들게 말을 하더라.

"우째, 둘 다 그래……. 하나라도 쫌 남지…… 쯔쯧……."

어느 날, 밥 먹다가 일곱 살 큰 딸내미가 말씀하셨다.

"엄마, 나는 엄마랑 아빠가 참교육을 그만뒀으면 좋겠어."

"왜?"

"경찰에 잡혀갈까 봐."

사람들은 어떻게 견디며 살았던 걸까? 도대체, 도대체……

다섯 살 작은 딸내미도 말씀했다.

"엄마랑 아빠랑 결혼하기를 잘 했어."

"왜?"

"엄마는 우리를 잘 타일러주지. 속상해도 또 다음 날 타일러주잖아? 아빠는 풍선배구도 해주지. 시간 나면 놀아주고……"

"응, 맞아. 이렇게 귀엽고 훌륭한 어린이도 태어났고."

"흐응, 그렇지."

그냥 산다.

드문드문 기록한 일기에서 해직의 고통은 찾기 어려웠다. 밥 사주고 술 사주던 지역 분들과 가족들, 선생님들과의 만남이나 이러저런 감사는 자주 보인다. 그러나 말랐어도 반짝이는 눈물이 드문드문 보이더군. 큰 아이와 작은 아이의 언행과 모습은 알알이 빼곡하다. 가끔 쓴 일기에 이렇게 딸내미들과 사람들이 가득한 줄 몰랐어. 그래서 살았구나, 정말 몰랐어.

아! 사람들도 이렇게 살았던 거로구나! 서로 살리며 살았던 거로구나! 이미 서로에게 관여된 거로구나! 어느날 태어나 세계 안에 들어온 손님으로서 서로를 환대하며 사는 것이로구나!

선택,
아름다운 병

해직 후 복직까지 5년. 관리자들과 교육청의 감시와 협박 속에서 후원금을 낸 교사들, 그렇게 1,500명의 해직 동료들을 먹여 살린 교사들의 행위는 또 어떤가. 해직 사태가 역사에 새로운 의미를 만들어내는 것으로서 일대 사건이었다면 다면적 압박에도 불구하고 5년간 계속된 교사들의 후원은 사건에 대한 지속적 충실로 큰 의미를 갖는 또 하나의 사건일 것이다.

누구는 해직을 선택하고 누구는 후원을 선택한다. 누구는 후원금 내기를 선택하고 누군가는 관리자의 눈을 피해 후원금을 전달하거나 구체적인 노조의 활동까지를 선택한다. 누구는 그러지 않기를 선택하거나 관리자 편에 서기를 선택한다. 생이란 끊임없는 선택이며 알게 모르게 선택을 강요당하지만 선택하지 않기를 선택하는 것도 선택 아니랴. 누가 무엇을 선택하든, 이미 모든 선택지를 경유하며 자신만의 아픔을 스치고 고통의 시간을 뚫어낸 후의 선택일 것이다.

따라서 자주 선택할 필요가 없는 삶, 사회와 권력이 명령하고 지시하는 대로 덜 고민하고 더 편안하게 사는 삶을 선택한 사람에 대한 비난을 점점 거두게 되던 것이다. 철들기, 성장이라 하자. 그것을 통해 우리가 변화하려 하지 않는다면 사건은 왜 일어나며 우리는 왜 사건을 부르겠는가.

그러니 우리 여섯 식구의 생계가 가능하게 했던 지원들이 그런 수많은 결심과 선택의 부딪침과 겹침의 결과로서의 돈이며 물질이고 실천이며 마음이었음을! 틈만 나면 갖은 구실을 붙여서 밥과 고기를 사주거나 이런저런 식으로 지원했던 지역 어른들과 시민들, 선생님들과 가족들. 그들의 직간접적 후원은 지속되었으니 이것은 비슷하거나 다른 방식과 형식으로 지금도 도처에서 내내 이어지고 있지 않는가. 선함과 참됨, 아름다움과 사랑이 무엇인지 그런 게 어떤 모습으로 인간 삶의 터전에서 실천되며 변신 같은 외형을 종종 드러내는가를 발견하거나 상상 가능하게 하지 않는가. 그것은 인간 자신이 선택한 작은 신의 자리이며 스스로 창조한 땅이고 물이며 공기라 할래. 그러고 보니 나는 오래전에 이미 사람이 하늘이라^{人乃天} 배웠더군.

작은 아이를 유치원에 보내지 못한 것도 선택 아닌 선택으로 해석했다. 그러니까 우리 부부가 유치원 보내지 않기를 선택할 수밖에 없었을 그때, 집에서 할아버지랑 오목 두고 엄마랑 한자를 공부했던 그 선택이 잘 한 거라고, 내가 낮에 가끔 아이들과 함께할 시간이 있었던 것에 의미를 부여하기도 했더랬다. 뜻하지 않은 강제 휴직이었던 건 아닐까, 생의 묘기에 감사함이 불쑥 솟기도 했으니.

그리고 드디어 몇 년 전 내 특유의 용어 '아름다운 병'을 강조하면서 어른이 된 딸들에게도 그것에 대해 말했더랬다. 개인적으로는 불필요해 보이는 고통을 선택하였으니 병리적 결정이라 할 수도 있지만, 사회를 함께 만들어가는 구성원의 자리에서는 누군가 선택할 필요가 있는 병이니까 아름답지 않느냐고. 우리의 삶은 항상 그런 부분을 포함하고 있다고. 그런 식으로 어떤 측면에서 우리 모두는 서로 모두거나 누군가를 위해 자신을 희생하는 부분을 가지고 있는 게 아닐까? 원해서거나 강요당해서거나, 알거나 모르거나.

누군가가 선택하여 앓으며 고통을 표현함으로써 사람들로 하여금 그런 고통의 존재에 대해 생각하고 치유 법을 모색할 기회로 초대하게 만드는 시도, 그 덕분에 더 많은 사람들의 아픔을 줄이도록 변화를 촉구한다고 가정되는 아름다운 병으로서의 값진 실천 말이다. 어리석어 보이는 그런 행위가 누군가에게는 자신의 존재 방식일 뿐이지만 동시에 또 다른 개인과 집단에게는 그것에 대한 사유를 강제함으로써 사회적 발전 과정에 필요한 사건이었다는 거다. 그리하여 그 사건 가운데에서의 선택이며 결정에 대해 생각해보는 일, 자신으로서는 생각할 수 없는 것에 대해 생각해보는 일, 그런 사유를 강요하는 일은 내가 나이자 시민으로 사는 일이 아니겠니, 딸내미들아?

그런 과정이 있었기에 내 딸들과 이런 대화를 할 수 있는 지금의 어른이 된 것 아닐까? 안 보이는 곳에 있어서 괜찮다고 저희들이 스스로 말하는 수두 흉터도 몇 개 달고 말이야. 그 흉터가 바로 부모 자식으로 겹친 시공간성의 흔적일 것이다. 그렇게 부모를 수용한 자부심을 바탕으로 저희들 역시 나름 세상의 일에 관여하고 참여하면서 말이다.

세상 사람 모두가 가정이나 사회적으로 최적의 환경에서 양육되어 몸과 맘이 조화롭고 균형을 유지한다면, 그래서 온전한 건강 상태에 있다면 세상에 무슨 일이 일어날 수 있으리! 아마 큰소리치며 싸울 일은 물론 몸살이나 감기조차도 걸릴 일이 없을 것이다. 온전함이나 건강이라는 것은 정태적일 수밖에 없기 때문이다. 움직임이 없으니 균형을 잃도록 피로를 부를 일도 이탈도 어긋남도 뒤틀림도 없지 않겠는가. 분노도 질투도 주먹질도 없이 평화의 홍수 속에 정의라는 말조차도 필요 없으려니와 하물며 전쟁 따위는!

이렇게 또 생각하고 있는 나를 보라. 그러나 고통 따위 환대하고 싶지 않아. 그렇게 아프게 성숙하고 싶지 않아. 그럼에도 문턱에서 맞아들임을 기다리지 않고 성큼 들어서는 폭력적 손님은 내가 환대를 약속하고 잊어서인가 한다.

그렇게 몸과 맘이 조화로운 건강은 극소수 인간에게만 가능할 일, 보통 사람들은 성격이니 특성이니 체질 등의 이름으로 갖가지 생겨먹음에 따라 사는 것이 곧 은연중 자신의 병리를 행하는 것일 터이다. 이른바 병적이라 불리는 과도함이 시시때때 우리를 결정하게 하고 선택하도록 함으로써 자신의 생을 만들며 움직이게 하는 것임을. 결과야 돌이켜보니 그렇더라, 하는 식으로 인지하게 되는 삶의 과정이 그러하지 않는가. 시간이 지나봐야 안다느니 지금 고통에 무슨 까닭이 있을 거라느니 하는 말들도 살아본 자들의 전언이니.

눈앞에 드러나는 모든 현상을 두고 좋고 나쁨, 옳고 그름의 이분법적 가치판단이 곧잘 유보되거나 구분이 쉽지 않은 까닭이다. 개인적 이해의 측면과 사회적 용인 여부는 따로 또 같이 이루어져야 하는 것 아닌가 싶다. 보기에 좋든 나쁘든 옳든 그르든, 내적으로 모든 사람에게는 자신이 감당해야 한다고 강하게 느끼는 책무감이 있으니. 오르막이 있으면 내리막이 있다거나 심지어 인과응보라는 말도 제 구실이 있지 않은가.

암점을 가졌음에도 강력한 진리처럼 여겨지던 말 가운데 하나가 고통 뒤에는 대체적으로 보상이 따른다는 것 아니던가. 그러나 그 보상을 처음부터 기대하는 사람은 없다는 걸 살아보고 알면서 참 좋았다. 이게 인간의 특이점이며 삶의 놀라움 아닌가 싶어 더욱 더 좋았다. 용기와 아름다움을 엿보게 하는 사람을 발견할 때마다 감사하며 기뻤다. 닫히는 문이 있으면 열리는 문이 있다는 것, 마침내 고통만이 인간을 성숙하게 한다, 같기도 하고 다르기도 하지만 닮은 듯, 꽤 어긋난 듯하지만 연달아 툭툭 떠올라 자신의 돋을새김에 두께를 더하던 크고 작은 말들. 황금동전에 새겨진 낯익은 문구를 새롭게 발견하게 하던 내 생의 힘은 어떤 것이었을까? 인간은 행복 없이도 살 수 없지만 고통 없이는 더욱 살 수 없다는 것일까? 행복보다 고통이 먼저, 일차적이라는 걸까? 상처만이 생생하게 길을 뚫으며 나가게 만들기 때문일까?

생의
일시 중단

잊고 산다고 생각하지만 아마 생의 중요한 사건들, 특히 외상적 사건들은 스스로 해석되고 봉인을 뜯은 다음, 좀 더 잊히기 위해서 수만 갈래로 자신을 좇고 있을 것이다. 그런 흔적 더듬기였던가? 어느날 문득 새롭고 강한 확신이 왔다. 우리의 해직 선택도 윤리적 행위 아닌가 하는. 그렇지? 칸트의 말대로 이해득실을 따지는 게 오히려 병리적인 것이요, 따짐 없이 막바로 가는 주체적 결단, 그게 윤리적 행위라면 그렇지 않은가. 설명할 수 없으니 이해하기도 어렵지만 판단 근거나 기준조차 없이 행위 자체로 끝나는 것. 모든 의미를 넘어 명예조차도 구하지 않는 행위. 그렇다면 병리적이어서 해직을 선택한 것이 아니라 오히려 병리적이지 않았기에 가능한 행위였던가? 그러니 순수 행위에 가까운 것이었던가? 그런가 하면 동시에 주춤, 나는 명예를 구했던가? 그랬을지도 몰라. 그런데 무슨 명예?

칸트 선생님, 겨우 불안에서 벗어나 진정 당신의 자유에 발을 담아가는 이 백수, 할 일이 독서 노동이랍니다. 제게 오소서. 지젝과 라깡, 프로이트, 헤겔에 이어 당신의 산책에 불러주십시오. 당신께로 거슬러 올라 천지를 부유하는 구멍 뚫린 나–먼지 하나를 인간 주체로 재구성하게 도와주세요. 재미있다. 지금 내 몸통을 휘돌며 간지럽히는 이 것은 아마도 기쁨일 것이다. 이름표 붙이고 이미 내 속에 있었어도 알아보지 못했던 기쁨. 순수하게 내가 나를 찢어야 탄생하는 오직 나만의 것, 기쁨!

　표현할 수 없는 것을 그려내고 이름 붙이는 일은 나를 매혹시킨단 말이다. 호명을 기다리는 것들에게 이름을 주고 싶다, 부르고 싶다. 모든 것들이 제 이름을 부르며 내게 오기를 기다린다. 낯익으나 몰랐던 말이 자신의 새 옷을 입고 내게 오는 것을 기뻐하는 나를 보기를 즐기는 거야. 그래서 나와의 진정한 화해는 나를 알아가는 과정에서 절로 춤추던 것을! 떠들고 일어나는 눌린 것들의 몸짓이자 프로이트의 말대로 억압된 것들의 귀환이라 할까? 참을 수 없는 방귀나 웃음처럼 터뜨리고 날린 다음 깜짝 놀라 저도 모르게 더 억압하는 방식이 아니라 잃어버린 내 조각, 나도 몰랐던 나와의 만남 하나다. 숱한 조각들을 더듬어 닦아내고 다시 잇거나 과감히 버리는 일. 그것은 순간적이지만 영원한 귀환일 것이다.

그래서 나는 쓰지도 외우지도 해석하지도 못하면서 오직 시詩 자체를 좋아만 했는지 모른다. 이름 붙일 수 없는 것들의 이름을 부르려는 안간힘 쓰기, 지랄 발광하는 호흡으로서의 시는 언제나 그것과 마주한 가슴 한복판에 구멍 하나 내지 않는가. 이미 있었으나 질식하도록 찾을 수 없던 틈 하나를 황급히 인지하게 만드는 식으로 말이다.

그렇지 않은가. 교사로서 노동조합이 필요하다고 생각해서 열불 나게 고생해서 만들고 가입했다. 탈퇴하지 않으면 자르겠다고 미친 국가가 협박한다. 그렇다면 나는 잘릴 수밖에 없다. 아니 다시 말하자. 그래도 나는 탈퇴하지 않는다. 꼭 필요해서 만들었으면 가입 상태에서 그걸 지키는 것은 내가 할 일이고 해체시키겠다면 그것은 국가의 일이다. 나는 잘린 위치에 놓였으나 잘린 것은 아니다. 탈퇴하지 않은 것일 뿐. 그거다. 탈퇴하지 않으면 자르겠다고 하니 잘릴 수밖에. "내 목은 짧으니 조심해서 자르게!"라고 해야지 어쩌겠는가. 너무나 간단해서 생각할 필요도 없었겠지.

그래서 나는 내가 나오지 않은 자리로 돌아가려고, 우리 모두는 계속 활동하고 주장한 것 아닌가. 그러나 그때 이걸 알았더라면 너무 심각하고 진지해서 탈퇴했을걸? 초기에 잠깐 영웅심 비스무리한 안개를 달고 다녔다 함이 맞겠으나 점점 아니더란 말이지. 내 책상이 없는 교무실, 시간표도 교실도 찾지 못하는 학교에 밤마다 꿈으로 출근하면서 생활의 오물이 누덕누덕해질수록. 사람이 작고 오종종하여 쪼개기는 곧잘 해도 종합하고 통찰할 줄은 모르니 어쩌랴. 깊은 생각을 요구할 수 없는 몸의 순간 결정, 판단을 중지시키고 원초적 삶의 에너지가 밀어붙이는 대로 가는 것. 윤리적 어쩌고 따질 것 없이 죽음충동의 고집이 밀어붙이는 생의 일시 중단이었다.

등뼈
다시 세우기

그렇게 토막 난 생은 다르게 이어졌지. 어떤 육즙이 흘러 붙었는지 그러는 사이 키가 좀 컸는지는 모르겠다. 해직 사건은 나를 뒤집어엎고 탈탈 털어 다시 시작하고 싶은 내가 나도 모르게 결정한 내 과거와의 폭력적 단절이었던 것이다. 일곱 살에 엄마가 붙여놓은 등뼈를 다시 한 번 단칼에 끊어 새롭게 나를 시작하지 않으면 조각난 채로 덜렁거리다가 끝날 것을 예감한 존재의 결행이라고, 나는 안다고도 모른다고도 할 수 없이 그저 어지간히 느낄 뿐이다. 못난 자기를 그런 방식으로 잘라내서라도 키우고 싶은 생의 독한 실천이었다고 하자.

그래서 내로라 드러낼 게 없어도 뭔가 든든하고 드러내고 싶지도 않으려니와, 그저 혼자 어쩌다 하늘을 우러러도 무덤덤 쪽팔림이 덜한 것이다. 수시로 부끄럽고 손바닥 들어 얼굴 가릴 일이야 헤아릴 수 없으나 하느님이 좀 봐줄 것 같다. 아님 말고, 하하하.

웃음이 나오는가. 나오고 말고, 웃지 않으면 어쩌랴. 웃음은 존재의 쉼이다. 죽지 않기 위한 억압의 숨통이 웃음인 것을. 그러니 정말 우습지 아니한가. 산다는 게 어쨌든 자기 방식으로 잘그락 짤그락 소리 내며 구멍을 뚫고 숨 쉬는 게 재밌지 않은가. 그러면서 남의 방식도 넘겨다보고 더불어 방식을 고민하고 만들면서 가는 꼴이 신비하고 놀랍다. 한 생을 허락받았음이 좋고도 좋다. 놀랍고 감사하다.

깨달음은 깨닫고자 결단하는 순간부터 시작되었으나 깨달음임을 알아채는 것은 별처럼 느닷없이 와르르 빛나거나 쏟아지는 일이다. 네팔 트레킹, 3천 미터 히말라야 산중 어느 오두막, 자다가 나와 바라본 밤하늘의 별처럼 말이다. 별이 별을 낳고 또 별을 낳으며 번식하는 것을 봤지. 그 별들은 돌 안에서 막 뛰어나온 빛 조각이었어. 광석에서 풀려나온 원석이 루비, 사파이어, 에메랄드, 다이아몬드로 각기 세공되면서 저마다 튀어 오르는 광경이었다. 저리도 많은 것이 이렇게나 한꺼번에! 예닐곱 겹 껴입고 침낭에 들었다가 더 이상 참을 수 없어 오두막 문을 열고 나온 내 몸에서 떨어지는 오줌이 뜨거울수록 보석들은 차갑게 얼면서 손짓해 보이던 것이다. 오라, 함께 오라, 언제든지 오라. 하늘과 땅이 이리 가깝다고, 너는 하늘과 땅이 겹친 이 산에 있다고……

깨달음이 온다. 깨달아진다. 나타난다. 잡아채임을 당한다. 나도 저렇게 빛나는 보석 알갱이 하나로 하늘에 오를래, 그럴래. 오랜 기다림이고 찾음 끝의 만남, 이것을 만나려고 이미 오래 나를 반복하고 또 반복해서 움직이며 끝없이 작은 차이로 달라지는 나이고자 했던가?

니체의 '영원회귀'가 이런 것이거나 말거나 그 네 글자도 별들에 섞여서 반짝이는 거였다. 그래 좋아, 너도 빛 알갱이 하나가 되어도 좋아. 그렇게 허락받은 것 같은 거야. 얼마나 나를 반복했으며 얼마나 힘들었는지 누가 어찌 알겠는가. 나는 나를 만들기에 앙앙거리는 사람이고자, 동시에 닦아가며 쉬어가며 고쳐가며 잘그락 덜컹, 끽끽대지 않고 잘 도는 기계가 되고자 했겠지.

그녀를 넘어
나를 해석한다

네 살에서 일곱 살, 아픈 아이는 살아야 했을 것이다.

아파요, 설명해줘, 알고 싶어, 궁금해. 쉿! 가만히 있어! 조용히 하렴, 네가 울면 엄마가 힘들어, 아플지도 몰라. 병석에 누워계신 아버지가 죽을 거야. 그러면 사람들이 너를 싫어할 거야. 울부짖음과 대답 없음에 아이는 다시 제 몸통을 소리 없이 울리고 진동시키다 지쳐서 잠잠해질 수밖에 없지만 잠들 수는 없었겠지. 그러나 마침내는 잠으로 떨어질 수밖에 없었겠지.

그렇다면 오직 참아야 해, 억제! 정말 억제하는구나. 어느 땐가, 내장에 힘을 주고 숨을 죽인 채로 온몸을 경직시키고 있는 나를 자각한 이후로 자주 분명하게 감각하고 발견하면서 흠칫 놀랬더랬다. 왜곡되는 몸, 더 줄어드는 몸, 움츠린 육체, 동물의 정물화. 낱낱이 감각하고 보고 명명하며 화면에 찰칵찰칵 클릭되는 것 같았거든. 하아, 어느새 숨을 멈추고 있음을 깨닫는 거야. 그런가 하면 어떤 때는 심장조차 멈추고 있음을 알고는 놀라지. 심호흡, 다시 발딱이는 심장, 쥐어든 대장과 어깨, 칼날처럼 졸아든 폐들, 횡격막, 그래 횡격막. 몸이라는 통의 아래위를 통하지 못하게 막아버린 벽. 셔터 내려진 그것, 종아리조차 팽팽할 때가 많았다. 이어지는 작은 폭발들. 끓는 죽 솥에 생기는 작은 구멍들.

억제! 아무것도 하지 말고 가만히 있어. 엄마가 힘들단 말이야. 어쩌면 너 때문에 아버지가 돌아가셨는지도 몰라. 너는 지금 아파. 너는 움직일 수 없어. 넌 몸통에 깁스를 했잖아, 가만히 있어야 튼튼해진단다. 아이는 그냥 아는 거겠지. 살기 위해서. 죽지 않으려고. 아픈 물결이 피부를 때리고 고통의 흐름이 존재를 건드리자 알아챈 거야. 해석했던 거지. 제가 무엇을 해야 하는지. 가만히 있어. 움직이면 안 돼!

얼마 전이었다. 친구와 대화하던 중에 등뼈와 함께 내리닫이로 세워진 그녀 아버지의 명령, 또 하나의 법을 보았다. 우리가 갖은 수다나 진지한 이야기 속에 그 말을 꺼내고 해석도 했지만 마침내 입으로 한 말을 눈으로 보는구나 싶으니 무시무시했다. 상징계적 질서가 억압을 강화시킴과 동시에 힘든 생을 이겨내게 하는 튼튼한 버팀목이 되기도 한다는 뜻으로 체념적 긍정을 담은 소통이었지.

그러나 오늘 너무나 선명하게 인식된, 옴짝달싹 할 수 없음으로서 수직의 등뼈는 불현듯 '운명'을 '숙명'이란 단어로 대체하게 만들었던 것이다. 그 법과 질서 덕분에 그동안 살아올 수 있었다면 이제 그 법은 폐기되어야 한다는 생각, 앞으로는 그것 덕분에 사는 게 아니라 그것 때문에 자신을 놓치지 않을까 싶었다. 스스로 새로운 법을 세워야 한다는 믿음, 그러기 위해서 자신을 흔들어야 한다는 확고한 믿음이 들던 것이다. 나는 나도 모르게 완전한 직선의 표현을 한 셈인가? 그러므로 인간은 만들어지는 동시에 스스로 만들어간다는 생생한 느낌과 감정에 흔들렸다. 온갖 타자들이 갖은 방식으로 나를 드나드는 과정에서 특성이라는 이름으로 보고 듣고 생각하고 감각하는 방식. 자신을 작동하게 만드는 틀이 구성되고 구조가 형성된다는 것. 물론 그것은 끝없이 변형되고 생성되지만 내가 만들어내고 어느 때는 구조에 따라 오로지 굴러가기도 하겠지만 그 안에서 굴리는 것도 역시 자신이라는 것! 그러므로 숙명의 자리에는 역시 필요하다면 운명 정도가 와야 한다. 고정된 바 없으므로!

내 이야기다. 그녀를 통해 나를 보는 거다. 그녀를 넘어 나를 해석하는 거다. 부러진 등뼈가 겨우 붙은 나도, 대지에 붙박인 듯 꼿꼿하게 자신을 살아내는 그녀도 모두 등뼈의 문제였던 것이다. 강한 동일시로 함께했던 십여 년, 우리는 다시 만나고 또 계속 만나기 위해 오해하는 방식으로 소통을 반복했을 것이다. 나는 등뼈의 결핍이고 그녀는 등뼈의 초과로서 둘 다 과잉이었음을 엄하게 깨닫는다. 그리고 서늘해지던 마디마디. 내가 그래서 이겨내고자 하듯이 그녀 역시 그렇게 이겨내고 있었던가? 싸하게 퍼지는 공포 같은 깨달음은 반짝 생각을 열어놓고는 사라지던 것을.

　해석의 힘. 빛을 보았으나 훤하게 발한 다음 사라졌으므로 인정하고 싶지 않은 무거움으로 남을 뿐인지도 모르지. 다만 해석의 무거움으로 덜어낸 만큼 생은 가벼워지며 성큼 나아감이 가능하다는 것을 안다. 다시, 그럼에도 불구하고 그녀는 어떻게 그런 고통의 시간을 견뎌내면서도 인간의 면모를 고루 지니고 살 수 있는 걸까? 자랑도 없이 여전히 삶의 소소한 실천을 멈추지 않는 그녀, 칭찬하고 감탄할 때마다 방그레 미소로 커다란 눈 한 번씩 뜨며 살짝 얼굴 붉히는 그녀. 언제나 반가운 그녀가 입 벌리고 웃는 소리를 듣고 싶다. 크게 부르는 노래를 듣고 싶다.

7.
의자를 물려줄 때라면
일어나야 한다

말의 씨는 자라기 위해
다시 말을 부른다

나 이제 일곱 살은 된 것 같다. 죽을지도 모른다는 생각이 반짝거릴 때가 있지만 순식간에 시커먼 틈 사이로 빛이나 삶이 보이니 말이다. 그렇다면 오늘 하루 어떻게 살 것인가? 잘 살겠지, 그동안도 잘 살았으니. 두 번째 병가를 내기 직전 그렇게 힘들었어도 학교만 가면 일단 꽤 괜찮은 꼴로 살았는걸. 하루하루 시퍼런 아이들의 생명 덕택에 살았던 거야. 그럼에도 불구하고 그것이 너무 날것이어서 도무지 삼킬 수 없다 싶을 때 나는 학교를 정말 떠났던 거다. 씨, 스발. 이런 것들이 뱀처럼 기어나오던 때, 나는 욕이야말로 가장 정확하고 강력하며 진실된 의사 표현의 수단임을 불현듯 알게 되었거든. 당시 내게 그것은 그저 비속한 표현이 아니라 가뭇없는 바닥을 치고 오르려는 일어문이었다. 강렬하여 오히려 불편하지만 응축되어 나왔으므로 한동안 살게 하는 큰 숨. 통절한 뽀갬.

욕 쓰기 수업, 그거 진짜 재미있었다. 중3들과 '욕을 많이 사용하여 국어 선생님께 메일 쓰기'를 할 때는 죄의식 없이 마구 표현할 기회 주기, 즉 허용을 통한 자발적 금지를 노린 것이었거든. 도저히 못 쓰겠다고 너무나 민망해하면서 이제 욕 안 할 테니 숙제 좀 바꿔달라고 하던 몇 녀석들과는 그걸 빙자해서 속 깊은 대화를 할 수 있어서 얼마나 좋았던지. 아버지를 죽이는 게 꿈이라던 한 녀석에게 받은 마지막 메일은 이런 내용이었다.

'꿈이라는 건 나랑 아무 상관이 없었다. 국어시간에 〈빌리 엘리어트〉를 보고 토론할 때도 우습기만 했다. 그런데 이제 나도 꿈이라는 걸 가져볼까 한다. 영화감독이 되고 싶다. 내가 영화를 찍게 된다면 선생님을 배우로 쓰겠다. 어디에 계시더라도 와주시기 바란다.'

내 답은 이랬다.

'짜식, 연극 수업할 때 내 연기력을 알아봤단 말이지. 좋아, 내가 조연조차 어려울 때 부른다면 행인도 좋고 들것에 실려가는 환자여도 좋다. 기다릴게.'

나는 아직 영화에 출연하지 못하고 이렇게 쓰고만 있다.

눈앞에 보이는 교육적 효과라는 것이야 있는지 없는지 무슨 수로 알겠는가만 욕 쓰기는 같이할수록 재밌다. 수업시간에 모둠끼리 하다가 집에 들고 갔을 때였어. 공책에 욕이나 쓰고 있다고 얻어맞을 뻔했는데 숙제라고 했더니 무슨 그런 숙제가 있느냐고 흥분, 전화를 할 뻔한 부모가 잠시 후 한 말.

"기막힌 숙제다, 이거."

신나는 아이들의 전언.

"선생님 우리 엄마가요. 인상 쓰고 제 공책 보다가요. 듣도 보도 못한, 세상에서 가장 새롭고 좋은 숙제래요."

"이거, 이거는요. 엄마가 써준 거예요."

"나도, 나도. 이거 엄마가 알려주다가 직접 쓰셨어요."

"이제 욕이 좀 이상해요. 싫어요."

"그 말이 욕인 줄 몰랐습니다. 그런 뜻인 줄도 모르고 썼어요."

이런저런 상황에서 그 욕이 담고 있는 의미가 어떤 것인지 말해보자고 판을 까는 거다. 욕 같은 일어문은 아주 가끔, 끝내야 할 어떤 상황을 일시 종료시키기도 하지만 반대로 상황을 악화시키는 폭력적 효과를 가지지. 그러나 욕도 소통의 도구임엔 틀림없다. 도구가 다양할수록 언제나 좋은지 의문이 생기기도 했으니 우리는 이런저런 뗌빵이거나 대체물보다는 자신이 원하는 것에 가까운 표현을 드러내기로 했다. 묻고 생각하고 표현할수록 아이들은 절로 또 다른 자신과 만난다.

공부가, 수업이라는 게 그런 것 아닌가. 욕은 자주, 그것밖에는 자신을 나타낼 방도를 갖지 못한 상태에 있음을 알리는 수단이며 그것 자체가 자신의 말을 찾는 과정에 필요한 말일 수 있음에 대해 생각한다. 수업의 마무리, 욕 대신 주어진 상황에서 자신이 하고 싶었던 구체적 내용을 말해보자고 했을 때 최후 강적의 대답은 "헐, 씨발"이었다! 듣는 우리 모두 "헐!"이라고 화답할 수밖에. 녀석은 종결자였다.

말하기는 영원하며 생각은 그침이 없구나. 법정스님의 글 '먹어서 죽는다'를 공부할 때 아이들은 발표하면서 언어를 발견하고 또 말하며 생각을 줄줄이 낚아챘지. 말을 먹고 죽는다고 답하지 않던가. 욕을 먹고 꾸중과 야단을 먹고 죽는다고 했다. 칭찬을 하면서 기다리고 있자니 살리는 말에 대해서도 신나게 발표하더군. 마침내 욕을 먹고 죽었다가 사는 이야기를 할 때 나는 살갗에 배어 나오는 기쁨을 핥았다. 꿀꺽 욕을 먹고 잘 소화시킴과 동시에 타자에 대한 이해나 자신 돌아보기와 함께 저도 모르게 커 있음으로 발견한 경험들이었으니.

좋은 것만 먹으면 좋을까, 좋은 것만 먹을 수 있기는 할까? 좋은 것이 누구에게나 좋은 걸까? 팔딱이는 생선이란 비유가 괜찮은 것 같아, 아니 그것밖에 없어. 애들은 정말 펄펄 살아 있거든. 자신이 모르면서 아는 앎, 몸이 알고 무의식은 알지만 의식은 모르는 앎이 있음을. 그렇게 이전의 것들이 파괴된 자리에 새 것을 키워내는 거겠지? 욕먹고 체할 것 같을 때 자신을 표현하는 말도 하고 욕한 상대방의 자리에도 서보고 더러는 잊으며 나아가지 않던가. 그렇게 사람이 삶을 만드는 것이니, '사람'이라고 글자판을 치다가 흔히 모음 'ㅏ'를 한 번 덜 치면, 그래서 '사람'을 만들기에 실수하면 '삶'이 되지 않던가. 한편 삶에 'ㅏ'를 한 번 더 치면 사람이 되기도 하고. 그러니 실수하고 실패해야 삶이 되고 사람이 되는가, 삶은 빼야 되고 사람은 더해야 되는 것인가, 무엇을 더해야 하는가 싶던 것이다.

아이들 몸에 말을 지니게 하려고 자주 의도적으로 애썼던 날들이었다. 말의 씨는 자라기 위해 다시 말을 부르기 때문이다. 자신의 말을 갖고야 제 세상을 만들 수 있기 때문이다. 아이들이 제게 필요한 말들을 끌어당기기를, 제 말의 싹이 돋을 지점을 건드리기를 은근히 또는 간절히 바랐다. 그러나 자제하고 기다리지. 혹시나 나도 모르게 닦달하여 희미하게 돋던 말이 사라지거나 꺼지고 말까 두려워서. 그러니 절제된 열정이란 제 일부를 죽임으로 살리는 거다.

그 파릇파릇한 겨드랑이를 간질이는 말들을. 등과 가슴에서 꼬물거리는 말, 그 아이 자신의 말들을! 만화를 읽히고 책을 읽히고 영화를 보고 게임을 하고 쓰고 그리고 발표하고 또 쓰고 그리며 제 말을 키우려는 아이들이 예뻤어, 뻐근하게 자랑스러웠지. 꼬드기고 종아리도 때리면서. 종아리 맞을 때 팔짝 뛰면서 하는 말. "선생님 연로하시다는 것 맞아요?" 연로하시지. 서너 녀석 때려주면 벌써 팔이 아프던걸. 근거 있는 칭찬을 받을 때, 칭찬의 진정성을 느낄수록 의젓함과 함께 놀랍도록 빛나던 아이들, 고마운 아이들. 내가 가르쳤으나 나를 가르친 아이들, 생명덩어리! 언제부터였던가? 충분히 했다, 그만두고 싶다는 신호가 시작되었다. 유령처럼 언뜻거렸어.

학교에서
나를 빼다

그래서 나는 학교에 그만 가기로 했다. 이렇게 수십 년 학교를 다닐 수는 없지. 학교를 떠나고 싶다는 노래가 시작된 것은 아이들의 일거수일투족, 교사의 일언일행을 간섭하던 그 교장 때문이 아니야. 유럽

여행 이후 뭔가 다른 분위기나 맛이 숨어 있는 인간의 삶이 있을지도 모른다는 유혹으로 간에 헛바람이 들었을 때부터 시작되긴 했다. 그런가 하면 아무리 연구하고 방식을 바꾸어도 수업이라는 것 자체는 비슷할 수밖에 없다는 생각이 들기 시작했어. 아이들 역시 각각은 독특하고 유일할지라도 해마다 학급마다 비슷하다는 생각도 들었다. 내용을 조금씩 달리하며 뱅뱅 도는 수업을 그만둘 수밖에 없다고 생각했다. 우렁우렁 삶의 메아리 같던 아이들의 소리가 소음으로 변하던 때 왜 놀라지 않았겠는가. 명퇴를 결심하기 직전은 그 소음이 그악을 떠는 새끼 악마들의 끈적임 같아서 기겁을 했더랬다.

오랫동안 해온 모든 덧셈을 중단하자. 학교에서 나를 빼자. 조금 더 연구하고 준비하고 대화하고 조금 더 신나는 수업을 하려고, 어떻게 저 아이를 더 잘 칭찬하며 어떤 식의 지적이 더 알맞을까? 내가 좀 더 잘하면 모든 교사들이 모두 공감할 발언을 할 거라고, 그러면 학교를 좀 더 바꿀 수 있다고 조금씩 계속 더하기를 했던 거야. 그렇게 나는 덧셈밖에 몰랐으니 이제는 뺄셈을 할 때다. 세상으로부터 나를 뺄 때까지.

오십 넘어 자식이 대학만 졸업하면 돈조차 모을 때가 아니라고, 입도 닫고 지갑을 열어야 할 때라고 큰소리쳤는데, 그런 뺄셈은 좀 했는데 돈만 그런 줄 알았거든. 하긴 난 돈도 잘 더할 줄 모르는 철딱서니여서 그랬던가, 쯧! 하여간 세상의 일부에서라도 나를 빼낼 때였다. 하던 짓거리를 그만둘 때가 되었다고 생각했다.

그러자 제일 먼저 내게 관심을 갖고 친절하게 말을 건 것 역시 돈이었다. 질겁했어, 진짜배기 놀람이었다! 노후 자금 10억이라는 자본의 거짓말과 협박이 고장 난 전등처럼 껌뻑거리며 따라오던 것이다. 자본의 명령이 진실이었던가? 10억이나 필요한 이유가 뭐지, 100살까지 생활비가 그리 드나? 이성은 힘을 잃고 불안이 요동치는 가운데 사로잡히는 나를 발견했으니. 보험 좀 들어둘걸. 언제나 목덜미를 그러잡는 것은 돈인가? 정말 겁이 나던바, 후려치는 사기에 한동안 벌벌 떨었단 말이지. 이러니 다른 사람들은 어땠을까? 나보다 없는 사람들은 어떻게 사람 행색을 유지하며 살 수 있는 걸까? 이것이 일상에 가까운 사람들이라면 어찌 애들을 키우며 주눅 들지 않고 심지어 웃으며 살 수 있단 말인가!

머리를 굴려보지만 구를 방향이 달리 있지 못하다. 남편은 이제 혼자 애들 둘 대학 학비를 갚아야 하겠구나. 쓸 곳은 한없는데 안 쓰는 식으로 강제 저축을 하게 되는 건가? 연금도 없이 몇 천만 원 명퇴금으로 어쩌나. 한 달에 얼마를 쓰면 살아질까? 안 쓰고 못 쓰는 게 최고의 방법이면 이제 커피도 못 마시겠구나. 에고 꼬락서니라니!

　기막힌 것은 평생 내가 벌어서 먹고살았으므로 남편에게 기댄다는 생각은 조금도 따라오지 않더라는 사실이다. 너무나 낯설지 않은가. 엄마가 아버지에게 의지하는 것을 본 적이 없으니 말이다. 아버지에게 돈을 달라고 하는 엄마를 본 적도 없고 엄마에게 돈을 주는 아버지를 본 적도 없지 않은가. 내 입을 위해서 나는 벌어야 했고 일해야 했지. 그러니 같이 벌어도 혼자 버는 것 아닌가.

　그래서 구조란 것이 무섭다는 거로구나. 그렇게 작동하도록 생겨먹은 그것이 바로 나이니 아무리 공부하고 바꾸어도 남을 수밖에 없는 게 틀이자 뼈대로서의 구조 맞구나. 그것조차 다 바뀌면 내가 아니잖아. 커피도 굶기로 비장한 결심을 하면서 명퇴를 결심하고 12월 방학을 보냈지.

의자를 물려줄 때라면 일어나야 한다

1월, 새해가 되니 더 무겁네. 일분일초가 따각 따각. 괜찮아, 괜찮아 하던 그 어느 날이었다.

"여보, 공문 확인하라는 문자 받았어?"

"무슨 공문?"

"자기 명퇴해도 연금 받을 수 있게 되는 공문."

"뭐? 나 명퇴 잘 하라고 나라에서 때맞춰 준비했단 말이야?"

"그런 셈이지. 해직 때 받은 퇴직금을 지금 부으면 연금 받을 수 있대."

"뭐라고? 무슨 말이야, 그게?"

"정말이야. 공문 왔어. 학교 행정실에서 알아봐. 그때 받은 금액에 물가 상승률과 이자 포함해서 내면 해직 이전 경력을 합산해준대. 그러면 20년 넘잖아. 연금 받을 수 있는 거지."

"그래? 그래도 그거 낼 돈이 어딨어? 대출받아서 내?"

"그래야지, 5천만 원 가까이 되는데 4년 분할상환 가능하대."

오! 대한민국, 나의 조국! 국가가 나에게 해주는 것이 있구나! 대출받아서 내야지, 어디서 받지? 받아야지, 연금 준다잖아. 하여간 나는 기뻐 날뛰다가 근엄해지기로 했다. 해직 기간에 대한 보상도 아니고 승급되지 않은 호봉을 인정한다는 것도 아니지 않은가. 너무나 당연한 권리를, 중단당했다가 찾은 권리일 뿐인데 대한민국을 찬양하며 펄펄 뛰다니. 그런데 정말 좋았다, 이른바 국민으로 기뻐하는 경험이니 더욱이나 좋지 않은가. 기왕에 사람이 작고 오종종한 것이야 내가 나를 알고 있는 최고의 설명이니 그것을 생략함도 좋다. 커피 맘껏 마실 수 있게 되니까 변심하는 거라고 해도 좋아. 이런 공문이 세상에 있을 수가 있다니. 찬란한 태양이 오늘따라 유난히 아름답다. 대한민국이 제정신이 되려나 보다. 진정 아름답지 아니한가. 나는 좋다. 변덕스런 주체여, 까다로운 주체여……. 커피 알갱이 정도로 뻥 뚫려버린 구멍을 다시 그것의 냄새 정도로 채울 수 있다고 생각하는 숭숭 구멍 덩어리 주체여, 참을 수 없는 가벼움이여!

이처럼 나만을 위하여 준비된 듯 기쁨을 준 쓸모 있는 공문 하나에 대하여 말하지 않을 수 없다. 2004년 봄, 도서실 장서 가운데 한글맞춤법규정이 바뀐 1989년 이전에 출간된 책들을 버려도 좋다는 공문이 왔더랬다. 활용할 수 없이 낡고 오래된 책들도 여간해서는 버릴 수 없게 되어 있던 비품관리법 때문에 도서실은 주로 고물책 창고였을 때다. 마침내 폐기처분하라! 대타자는 있다, 명령을 받들라. 뼈 빠지게 수천 권 정리하며 도서대장을 새로 만들었지. 방학도 없이 도서반 놈들하고 노동을 했으나 한없이 즐거웠거든. 일다운 일을 명령받아하는 기쁨을 누렸거든. 아이들과 짜장면을 먹으면서 추려낸 책들을 트럭 하나에 실었는데 고물상 아저씨로부터 받은 돈은 만 원이 안 되지 않았던가? 오오, 잠시 서러웠나니, 계산할 수 없는 것을 계산하려 했던 자의 시큰한 통증이 아니었으랴!

그러나 이제, 그보다 더 기쁜 공문이 내가 학교를 떠나기 전에, 학교를 잘 떠나고자 하는 나와 나들을 위해 전달되었도다. 오, 밝은 태양 너 참 아름답다, 폭풍우 지난 후 더더욱 찬란해. 나는, 나 원더 파크는 두근두근 개학을 했으니 명퇴 신청서를 내라는 공문을 기다리기 위해 학교에 갔고 끝이 있을 것을 알므로 푸르른 남의 새끼들과 더할 나위 없이 잘 놀았다. 그동안 하던 수업 가운데 최고들만 연결하여 종횡무진 판을 깔아보려던 장대한 계획으로 한없이 즐기리라. 끝이 아쉬우리라 싶던 파티장이 곧 권태와 지루함으로 변했나니 서러워 마라, 원더. 파티장으로부터 탈주선이 가능할 열쇠를 갖게 되리니 손바닥을 열어두고 오직 즐길지라.

그러나 대장에서 불러낸 가짜 에너지는 원천적 고갈을 견디지 못했던가. 한 달을 겨우 넘기면서 일각이 여삼추. 말하기가 어렵더니 급기야 말들이 무서워지기 시작했다. 이십여 년 많은 시간 아이들 앞에서 한 말, 곳곳에 강의 다니면서 교사와 부모들께 한 말들, 수다들, 말, 말, 말들은 다 어디로 가는 걸까? 염라대왕 가라사대 '네가 한 모든 말을 주워 담아오라' 하면 나는 어쩌나. 죽어도 죽지 못하고 죽어 산 자거나 산 죽은 자가 되어 허공을 헤매겠구나. 내 말에 삶을 얻은 자 몇일런지, 그들이 나를 증언해줄 것인가?

생의 현기증, 존재의 흔들림. 마침내 중간고사 출제 직후 빈혈로 병가를 냈다. 피를 말린다는 것은 절대 비유가 아니다, 비유가 아닙니다. 그렇게밖에 표현할 수 없기 때문이지 그 이상일 겁니다. 비유라고 생각하는 것들, 심지어 과장법이라고 매도하는 그것들은 누군가에게는 과장이요, 비유지만 특히나 처음 그것을 사용한(아마 동시다발적일 것입니다) 그들에게는 실제이자 실재인 것입니다. 오히려 말이 부족하지요. 피가 다 빠져나간 것 같은 그대, 다시는 출근하지 않아도 되리.

퇴직에 대한 최종 승인을 스스로에게 얻어내기 위하여 기꺼이 자신의 피를 말리도록 선택과 결단을 밀어붙인 것은 『리스본행 야간열차』다. 이 열차는 4월 어느 한밤 과도한 속도로 나를 치고 단숨에 달렸으며 나는 지금까지의 삶을 중지시키기로, 그리하여 죽어서 다시 살아보기로 했다. 나는 0살이 되기로 했다. 현실에 눈멀어야 예언자처럼 미래를 볼 힘을 조금 갖지 않을까? 나는 현실에 너무 대롱거렸던 거야. 아닌가, 현실에 눈멀어서 해직도 당했던가? 그때 내가 본 미래는 뭐였던가? 그 미래가 지금 만들어지는 중인가? 나는 세상으로부터 물러서기로 했다. 자잘한 변화를 만들기 위해 분주하게 움직였으나 이제는 힘에 부치므로. 의자를 물려줄 때라면 일어나야 한다.

내 말이
갖고 싶어

그러므로 작가는 말할 수 없는 것에 대해 말한다. 이런 것을 언어로 표현할 수 있는가 싶은 부분을 언어로 재현하는 청년의 목소리를 끌어다 눈앞에 놓으니 도대체 어찌 그것이 가능할까? 그가 가진 사유의 그물망은 백조공주의 가시나무로 짰단 말인가. 해석하고 싶고 알고 싶어서 몸서리치는 주체, 메우고 싶은 구멍들을 통과하는 바람은 갈 곳을 모르면서도 리스본으로 달리는 것이다. 그는 어찌 말할 수 없는 것을 말하고 있는가? 번역자가 잘못한 건 아닐까? 영어로 느껴보다가 독일어를 만나고 싶다는 간절함. 그저 몇 문장 그가 사용한 언어를 혀에 올리고 싶다는 바람. 때맞춰 스위스로 출장 가는 딸내미를 광기 어린 눈빛으로 협박하여 '아무리 바빠도 서점에 가서 독일어 원본을 사오'게 했다. 물질 아닌 것을 형상화하려는 물질인 책을 직접 만지고 싶은 애절함이 그러했던 것이다.

> "우리가 우리 안에 있는 것들 가운데 아주 작은 부분만을 경험할 수 있다면 나머지는 어떻게 되는 걸까?"
>
> ―『리스본행 야간열차』 중에서

이 문장은 특히나 내 모든 경계를 순식간에 허물어버림과 동시에 사로잡고 말았으니, 어떻게 되는 걸까? 읽고 상상하고 또 상상했으나 알 수 없었다. 내 안에 있으나 경험하지 못한 나머지 아름다운 것들은 더욱이나 어떻게 되는지, 나아가 나를 알지 못하는 다른 공간의 아름다운 것들은 어떻게 되는 걸까, 궁금했다. 너무나 궁금했던 거야.

나는 내가 우리말을 잘 하고 좋아해서 국어를 공부한 것이라고 믿어 의심치 않았다. 그러나 나 자신의 말이 없어서 그런 줄, 말하고 싶으나 말을 갖지 못해서 평생 내 말을 찾는 과정이었음을 깨달으며 또한 차례 번개를 맞았지. 사탄을 땅에 내치는 번개처럼. 얼마나 내 말을 갖고 싶었으면 남들은 그냥 하고 사는 국어, 제 나라 말을 택하여 전공이라 공부하고 가르치기까지 했겠는가. 사람에게는 말이 있어야 하며 누구나 자신의 말을 할 수 있어야 한다고 가르치는 수십 년 동안 아이들을 통해 나는 나를 가르쳤던 것이다. 그러니 오래 앉았던 의자에서 일어나 두 발로 설 때가 되었던 거다. 그레고리우스는 학교가 그리울 거라고 말하며 앉은 자리에서 벌떡 일어나 베른을 떠나 세상의 새로운 말과 삶을 만나고 자신을 만난다. 나는 학교가 조금도 그립지 않을 것임을 안다. 그리고 마침내 물음에 대한 답을 조금 찾았다. 삼 년을 가슴에 품고 거듭 물었던 질문이었다.

"우리가 우리 안에 있는 것들 가운데 아주 작은 부분만을 경험할 수 있다면 나머지는 어떻게 되는 걸까?"

나머지는 그것을 경험할 사람을 기다릴 것이다. 그것들은 미래의 누군가와 만날 것이다.

"우리가 마음을 발달시키는 유일한 이유는 우리가 생각들을 갖고 있기 때문이며 마침내 생각들이 그것들을 생각할 수 있는 사람의 도래를 요구하기 때문이"(『환기적 대상 세계』, 크리스토퍼 볼라스)란다. 그렇다면 나도 도래할 사람 가운데 하나겠지? 그것들을 경험할 사람이자 도래할 사람이 바로 자기 자신이라고 상상하며 스스로 마음을 움직이라, 동사가 되고 수행사가 되어보라는 것 아닐까? 몽글몽글 빛을 가리는 불안덩어리 속으로 기어들기를 그만두고 그것을 징검다리 삼아 솟구쳐 올라 세상을 열어젖히며 나가보라는 명령 아닐까? 이거야말로 유일한 정언명령 아닐까? 어찌할 수 없이 생이요, 존재라는 수동성의 옷을 입었으나 생각을 내고 마음을 일으켜 능동적으로 굴러보라는 놀이 같고 의무 같았다. 누구나 아직 도래하지 않은 자신이자 도래할 자신을 만드는 중이니까 말이다.

나를 나로부터
떼어낼 공간

8월말, 송별 자리에도 나가지 않고 학교를 떠났다. 선후배 교사들께 마무리하는 동료의 모습을 보여주었어야 하는 거였다. 의례와 형식으로 완성할 필요가 있음을 모르고 애들 학원 끊듯 끊었으니, 못난이! 너무나 무겁고 너무나 가벼움. 가벼워라, 가벼워야 숨 쉴 수 있다, 둥둥 떠다녀라, 그리고 언제든지 네 꼬리를 잘라라, 잘라버리렴, 죽어도 가볍게 둥둥 떠다니렴.

존 에버렛 밀레이의 그림 '오필리아'. 그 미친 초록을 보러 런던의 테이트 미술관에 갔던 여름이 잠시 내 앞을 스쳐 지나는 거야. 녹색 물 위에 젖듯 부유물로 떠 있되 흔들리며 흐르는 초록의 오필리아. 죽어서라도 가벼워야 하느니 흘려라. 눈물을 흘려 강물에 얹어 함께 흘러라. 초록 괴물의 유혹이자 주문. 죽어라, 죽어라. 귀신 들림 같은 중얼거림에 묻혔던 그 테이트 미술관에서 결혼 시계를 잃어버렸다. 액자 안으로 들어가 넋을 잃고 들러붙었으니 떨어지는 금속이 내는 소리조차 못 들었겠지. 슬슬 직장도 지루하고 남편도 싫으며 사는 게 싫던 때였으니 시간을 지우기라도 하려던 걸까?

공무원을 면한 이후 나를 굴리고 있던 모든 것, 내게 묻은 모든 것이 싫었다. 천안도 싫고 한국도 싫고 무엇보다 이 싫은 것들과 꼬여 있는 내가 너무 싫어서 나를 둘 곳을 찾았다. 나를 나로부터 떼어낼 공간을 애타게 찾았다. 교사라는 자리에서는 나왔으나 아내라는 자리, 주부라는 자리, 엄마라는 자리, 며느리, 동생, 이모, 고모, 숙모, 동서, 올케, 시누, 시민, 국민, 그리고 성장한 제자들에게 다시 불리는 선생님으로까지. 이 자리들을 어찌할 것인가?

　공간의 이동만이 덜 죽을 길이다. 존재함을 지우지는 못해도 그 버석거리는 모든 자리가 일단 사라지는 공간이 어디냐? 지구를 떠날 수는 없으나 비행기는 있잖아. 아하! 남의 나라라도 가자. 고마운 비행기, 천국을 찾아보자. 그래, 프랑스에 가자. 무르익은 복숭아 여인의 몸을 보려던 르느와르의 방 입구에서 그걸 못 보고 밀려나와야 했던 오르세 미술관에 가자. 3초만 보게 해달라고, 한국에서 왔다고 했는데도 웃으며 밀어내던 그녀로 표상되는 오르세. 그곳에서 사나흘 살아보자. 내가 덜 죽을 길은 귀신들 속으로 들어가는 것밖에 없다. 갖가지 귀신들을 만날 때가 지금이다. 세느강과 노뜨르담 성당이 떠오르고 에펠탑 아래 늘어선 길고 긴 사람 줄에 이어 몽빠르나스 묘지가 떠올랐더랬어. 묘지를 다시 보자. 산자들 속에 누웠던 죽은 자들의 마을, 삶과 아주 가까이에 있던 죽음 속을 걷자. 효도한다고 섬기지만 죽으면 먼 곳에 버리는 우리의 묘지를 생각하면서 충격을 먹었다 할,

진짜 공원이던 묘지. 삶 가운데서 주검으로 함께 살고 있는 죽은 자들을 다시 만나자. 그때 찾지 못한 사무엘 베케트와 카임 수틴의 묘를 찾자. 생의 아지랑이 속에 굴절되고 흔들리는 그의 그림을 볼 때마다 곧장 시인 이상을 떠올리게 하던 수틴의 말을 듣고 싶다. 몽마르뜨 묘지도 가야지. 오직 유령들의 이야기를 들을 때다.

그런데 프랑스어 낱말 몇 개로는 너무 불편하지 않을까? 곧 죽을 사람치고는 너무나 안 죽을 현실감 아닌가. 그러니 또 실실 웃지. 정말 미친 거지. 어이없지. 일본을 가자. 말이 통하는 나라를 가야지. 허헛, 말하고 싶어? 평생 말하는 데 지쳤다면서 사람이 만나고 싶어? 아니지, 말하고 싶지 않지, 사람도 만나고 싶지 않아. 일본은 너무 가깝다. 털어내고자 하는 그 모든 자리들이 따라올지도 몰라. 도대체 뭘 했다고 그렇게 유난을 떠는 거지? 대단하게 한 것도 없는데 왜? 뭘 한 게 있다고 호들갑을? 또 앞뒤로 왕눈깔과 시선들이 소란하다.

빨리 달아나자. 뭘 한 게 있는지 뭘 못 했는지 그걸 생각해보러 가자. 당장 떠나자. 말을 몰라도 돼. 하고 싶지도 않아. 9월. 그래도 추석은 쇠고 가야지!

평생 다리 걸어 넘어뜨리던 말 가운데 하나가 '그래도' 아닌가. 그래도, 그렇지만. 사람들이여, 특히 여인네들이여, 평생 잠시도 쉼 없이 자신의 손으로 수고하고 또 수고한 여인들이여! 그래 알아, 알지만, 그렇긴 하지만, 그래도, 추석에 어머니를 뵙고, 가면 간다고 적당히 둘러대고 가야지. 어지신 우리 어머니, 이래라 저래라 하신 적 없이 그저 고맙다 고맙구나 하는 시어머니 아닌가. 남편은 또 뭐 그리 잘못이 있다고, 나 같은 까다롬쟁이 만나서, 쯔쯧.

아니야, 이제 그만. 바꿔, 그럼에도 불구하고! 추석을 함께 못 쇠서 미안하지만 그럼에도 불구하고 가자, 괜찮아. 그래 어지신 어머니요, 착한 남편이지만 그럼에도 불구하고 그들 모두 내게 잘못 아닌 잘못이 있어. 내 삶이 나만의 것이 아니니까. 아무리 이기적이라고 해도 나 혼자 살았던 건 아니잖아? 함께 살아 함께 이승에서 굴렀으니 얼룩덜룩 겨 묻고 똥 묻었겠지. 서로 오염시키며 살았으니 내 탓이고 네 탓이야. 그래, 그런 걸 좀 생각하려고 지금을 중단한 거니까. 다르게 좀 살아보려고 그 가능성을 숨 쉬어보려고 말이다.

"그래, 쉬어라. 에미야, 애썼다. 애비랑 같이 벌면서 애 키우고 집안일 하느라 애썼어."

이 같은 명문이 있을까? 생애를 함축하여 이보다 더 잘 말할 수 있을까? 지금도 이해할 수 없는 것은 이 기막힌 문장을 천천히 한 번에 이어서 말씀했다는 사실이다. 나의 생애인가, 어머니의 생애인가. 두 생애를 겹쳐 쾅! 찍은 왕도장 소리에 챙그랑 하늘 궁창이 열리던 것이다. 하아, 대타자는 있다!

그러니 쉿! 그래, 이제 쉬어. 시어머니의 높은 말씀을 다시 들어봐.

"그래, 쉬어라. 에미야, 애썼다. 애비랑 같이 벌면서 애 키우고 집안일 하느라 애썼어."

감사합니다, 어머니. 당신은 진정 어른입니다, 유일한 어른이십니다. 그래, 어디가 내게 천국일까? 천국보다 조금 낯설거나 그만큼 낯익은 곳이 어딜까? 역시 미국이다. 대사관 앞에서 두세 시간 줄서서 비자를 받던 때는 지금 막 지나버리지 않았는가. 이것도 나를 위해 준비된 거야, 그렇고 말고. 어렵게 비자 받고 열 손가락으로 피아노 치면서 그 나라에 가지는 않겠노라 하면서도 사실은 가고 싶었던 게지? 그래 가자. 식민지로 이미 수십 년 그들의 말이 너무나 우리말이며 한국어 절반이 이미 영어인데 얼렁뚱땅 단어 수십 개면 얼마든지 살리라. 가자, 식민조국의 모국. 오! 이 비장한 광기라니.

정말 순교자가 누울 자리를 찾듯 나는 떠나기로 했다. 맨하탄 거리를 걷자. 직선들이 만들어내는 길을 헷갈릴 필요조차 없이 걷자. 가는 김에 제국주의의 심장 중에서도 그 한복판에 떨어뜨릴 폭탄도 가져가자. 모든 에버뉴와 스트리트를 걷자. 인종과 문화의 용광로라는 장소를 녹여버리자. 거기에서 나도 녹아버리자. 한 방울 새로운 것을 얻지 못하면 돌아올 필요도 없지 않으랴. 일단 가자. 있는 줄도 몰랐던 나를 보고 꺼내고 부딪치고 맞닥뜨리면서 걷고 또 걷자. 있다면 다시 살아보자. 길 잃기조차 잘 할 수 없는 곳, 반듯하게 숫자가 붙은 맨하탄 거리야말로 유령이 안심할 수 있는 장소일 것이다. 사람은 누구도 제정신으로 사는 게 결코 아닐 것이다. 명실상부, 자타공인 제정신으로 보이는 때는 서로의 광기가 겹쳤을 때 뿐일 것이다. 항상 미쳐 있다가 잠시 살짝 제정신을 찾는 때 우리는 평화롭다, 행복하다, 즐겁다 하는 것이다.

살생과 폭력성
연습하기

그리하여 나는 맨하탄에서 평화로운 듯했으나 행복하지도 즐겁지도 않았다. 평화롭다고 우기며 행복하다는 환상으로 지냈다. 우글대는 사자와 당나귀들을 뚝 끊어내고 나니 평화로운 것 같긴 했으나 아무런 기쁨도 없었다. 무기력한 평화. 무력한 평온. 살아 있구나 싶은 때는 뜨거운 눈물이 폭발할 때였다. 미술관에서 수많은 귀신들과 내 혼돈을 불러내며 홀로 푸닥거리를 할 때마다 잠시 평화로워졌으니 떼로 덮치던 조각과 그림들이 나를 살린 거야. 특히 한없이 삼켜도 물릴 줄 모르던 회화들의 매혹은 발튀스의 말을 떠오르게 함으로써 위로의 틈을 찾게 했다.

"회화의 혼돈스런 감정은 가능성의 질서로 이어지는 통로다."

새로운 삶의 통로를 찾아 달아났음이 맞다면, 그래서 색채 속에 혼돈의 내가 흔들리고 싶었다면, 엄청난 미술관을 만들고 작품을 사들인 이 땅에 감사해야 하는 건가? 이 나라 사람들은 어찌 이런 의견을 내고 계획하며 실천할 수 있었던 것인가? 나는 승복하고 인정했다. 센트럴파크와 메트로폴리탄 미술관. 그 작은 땅 한가운데 그 엄청난 공원을, 인공 한가운데 자연을 감쪽같이 놓아두고도 다시 수많은 공원들을 만든 데 더하여 대단한 미술관들을 지어 누리고 있다는 것만으로도 폭파 면제 사유가 넘친다고 판시했다. 그렇다면 겨우 숨겨간 폭탄을 언제 어디다 어떻게 버려야 하나? 큰났다!

맨하탄을 걸으면서 무수한 베이글을 먹고 또 먹었으며 커피를 마시고 또 마셨지. 끼니마다 다른 식당에서 입을 만족시키고자 눈은 바빴다. 조국의 이름으로 익숙한 남의 나라이되 낯익어서 더 낯선 도시, 거리로 도피하여 미쳐 돌아다닌 세 달이었다. 그러나 임대한 원룸에서는 바퀴벌레에게 쫓겨 도피 중에 또 다른 도피를 해야 했지. 낮에는 바퀴에게 온전히 빌려주고 밤에는 그것들의 눈치를 살피며 그들의 왕래에 방해가 되지 않으려고 잠도 못 자고 지켜보았어.

"언니, 내가 바퀴벌레 조용히 잡아서 없애줄 수 있는데."

정말 바퀴를 잡아주러 올 듯한 기세를 보이던 그녀. 강한 듯 여릿여릿 차운 듯 다정한 그녀. 언행과 감정에 군더더기가 없어 아무 때 아무런 생각 없이 만나도 편안한 그녀의 메일을 읽는 것만으로도 의지가 되고 바퀴가 덜 무서웠던가. 드디어 내 손으로 잡아보기로 했다. 바퀴벌레 죽이는 법을 익히러 한국에서 맨하탄까지 온 줄 몰랐어.

살생과 폭력성조차 연습하기 위해 고무장갑을 가지고 왔더란 말이지. 내 생을 털어 총체적으로 감사를 전하지 않을 수 없는 고무장갑이여. 단지 바퀴가 꼬일 것이 두려워서 집을 빌려서도 끼니 한 번을 만들어 먹지 못했다면 중증환자가 아니고 무엇이랴. 분하도다! 사다 먹고도 바퀴가 눈치 챌까 얼른 먹고 완전 깔끔히 뒷정리 밀봉한 뒤 곧장 버려야 했다. 맨하탄은 쓰레기 천국이어서 얼마나 좋았던지. 최고 번화가 일부를 제외하고는 대로변에 작은 드럼통이라 할 만한 쓰레기통이 줄줄. 여기저기 먹다 버린 커피물이 줄줄. 아파트 내부의 쓰레기 투입구도 막지 않아서 그저 아무 때나 집어넣기만 하면 되었으니 말이다.

그런데도 쓰레기를 버릴 때마다 가까이에서 승강기를 기다리던 아저씨가 몸을 돌려 투입구를 열어주니 사람 사는 곳엔 좋은 일이 있는 법이려니와 6층 아래 일정 지점에 떨어졌음을 정확하게 알리는 소리조차 내게 괜찮다는 확실한 전언을 주었던 셈이다. 그것과 동시에 엘리베이터가 서고, 문이 열리며 그 아저씨가 단추까지 눌러주니 정말 괜찮지 아니한가. 나 역시 그에게 괜찮다고 말해서는 안 될 것 같아서 고맙다고 했다. 작은 눈을 크게 뜨고 어거지 미소를 만들면서. 그건 정말이지 힘들었다. 머지않아 괜찮다고 하리라 마음먹었지만 그따위 생각도, 그런 말도 하지 않는 것이 더욱 괜찮다는 것을 겨우 깨달았을 때는 반달도 훨씬 지나서였다. 도망쳐온 자리에서 달아날 또 다른 자리가 있는 것은 아니고 슬슬 살아볼까 싶었다.

즐겨 쉬던 카페들이 소란스럽게 느껴진다 싶던 어느 날, 문 열린 교회를 보고 들어가 쉬었다. 앞쪽 의자에 앉아 울며 기도하던 사람을 보는 순간 나도 이끌리듯 자리를 잡았고 까닭 없이 쏟아지는 눈물을 감당해야 했다. 이후로 보이지 않던 교회와 성당이 문을 열어젖히는데 영락없이 죄인을 부르는 형국이랄까. 식당과 카페와 갖은 가게들 사이로 그날부터는 보이는 게 교회며 성당인데 대부분의 성당 문은 열려 있기까지 했으니 그때마다 흘렸고, 들어가면 눈물을 빼앗기지 않을 수 없는 느닷없는 봉변에 까닭과 이유와 설명을 찾으려는 머리는 재빨리 몸의 말에 참여하여 같이 울기로 약속했더랬지.
　　중2 한겨울 인천 송도 바닷물에 잠겨 침례교회식 세례를 받던 날을 어느새 기억했고 큰 아이 출산 직전 남편과 함께 성당에서 영세 받던 생각이 났다. 나는 두 번 신에게 기입되었음을 깨닫고 놀라서 또 울었달까. 눈물이 뜨겁다는 사실을 저리게 느꼈다. 불덩어리 한두 개씩 뽑아내거나 불의 근원에서 녹아내리는 나를 느꼈다고 할래.

영화 〈링〉에서 산발한 뒤통수로부터 꾸역꾸역 모니터에서 빠져나오던 사다코의 상상이 그러한 데서 비롯된 게 아닌가 싶게 꿀럭거리던 뭉개진 무수한 의미, 의미들. 녹아내리면서 낮아지고 평평해지는 뜨거움과 함께 잘못한 것이거나 잘한 것이거나 고통으로 뭉친 덩어리들이 뻑뻑거리며 삐져나와 소산될 때마다 사람이 되는 기분이었지만 아득한 도상에 있다는 막막함은 무기력으로 되돌아왔다. 그런 중에도 그림 한 폭 볼 때마다, 마천루 사이로 햇살 알갱이 튀며 하늘 한 조각 보일 때마다 선한 사람들에게 도움 받고 미소 받을 때마다 호명되는 유령의 이름자가 짧아지는가 싶기는 했다.

언제던가? 친구의 집에서 점심을 먹으며 그때의 광기에 대한 이야기를 나눈 다음 아파트 문을 막 열고 나섰을 때였다. 마침 장 보따리를 들고 막 엘리베이터에서 내린 이웃 모녀와 마주쳤다. 아이 엄마랑 친구는 인사를 하고 나도 목례를 하려는 참인데 아이가 아무렇지도 않게 말하지 않는가. "저기 귀신이다." 설핏 아이의 시선을 좇으니 우리 둘의 뒤편 위쪽이다. 그 모녀는 곧 집안으로 들어갔고 우리도 엘리베이터를 탔지만 등을 타고 흐르던 서늘함이 선연하다. 아이는 귀신을 보았던 게 아니겠나. 아이가 놀라지 않았던 것은 아이가 본 귀신이 친근한 형상을 했기 때문일까? 아이 자신이 정령이거나 그저 때맞춘 거짓말이었을까? 차로 향하던 짧은 시간 꽤나 무서웠다. 그녀 역시 그 말을 들었을 정황이었기에 아이의 언행에 대해 언급해봐야지 했으나 미루다가 못했다. 내가 귀신이었던 걸까? 누구나 미쳐서 살 수 있었음에 대하여 생각해볼 필요가 있지 않을까 싶었다. 강하게 그러했다.

나이 들수록 자신에 대해 생각하고 말해야 한다. 궁금하지 않은가? 어떤 식으로 자신이 굴러왔는지 걸어왔는지 주로 사람이었는지 유령이었는지 알고 싶지 않은가? 지금부터는 이전과 다른 나로 살아보고 싶지 않은 것일까? 이전을 알아야 이후를 만들지. 보잘것없는 채로 머무를 수 있으면서 나이 먹는 기쁨을 누리려면 이전의 나를 다시 통과하지 않고 가능할까? 실꾸리를 풀어 다시 감아보면서 지금을 사는 거다. 잘 늙는 법이라고 이름 붙여도 되지 않을까? 자신의 귀신 만나기를 두려워하지 말기를. 지금도 당신 옆에 붙어 있다. 그림자랑 똑같은 크기며 색깔인데 밤에는 거의 투명하며 개수가 좀 늘어난다.

그래, 지금도 나 한 수 가르치고 있는 것 맞지? 혼자 생각하다가는 아는 체로 가서 은근히 이래라 저래라 하는 식이야. 평생 하던 짓이 어디 가겠나, 사람이 쉽게 안 바뀐다는 말이 맞네. 그래도 귀여운 유령이 얼마나 많은가. 유령이 싫으면 정령이라도 하자. 나는 캐스퍼보다 코다마가 좋아. 또르륵. 그것들이 머리를 돌릴 때마다 녹차 아이스크림 향기 위에 이슬이 떨어지는 듯했어.

아프게 써라, 삶을 써라

맨하탄 거리를 걸으면서 나는 글을 쓰기로 했더랬지. 등짝이 얼얼하

되 기꺼이 삼키고 싶은 훈계도 더러 맞닥뜨리면 좋을 글. 읽는 사람이
나도 그래, 나도 그런 생각한 적 있어, 느꼈어 하면서 달려드는 내용이
있으면 좋으려니와. 더 좀 듣고 싶다고 독자가 쫓아오게 만드는 이야
기들, 진지함도 비장함도. 새롭게 좀 살아봐야겠구나, 생각과 실천으
로 부르는 글.

　아니, 그보다 참말로 절절히 호되고 아픈 글이 필요할 것 같아.
불편함을 피해서 언저리만 가볍게 스치며 하나마나한 이야기 말고.
자신이 누구이며 무엇을 원하는지, 살아 좋고 즐거운지 호되게 생각
해보라 권하는 글, 뼛속까지 아픔을 밀고 들어가서 독하게 자신을 느
끼도록 강요하는 글 말이다. 인간과 그 삶 한가운데 놓인 시커먼 빈자
리, 바닥 없는 심연을 마주해보고 다음 생으로 나아가고 싶은 용기가
스르르 일어나게 하는 글을 쓰고 싶다.

그래서 엄마가 내 책들을 거들떠보지도 않았던 거야? 고작 애들 하고
노는 이야기라고? 아프게 써라, 삶을 써! 밑바닥을 헤집어 둘러엎어
봐. 고통을 낱낱이 불러내어 직면하라는 명령이었던 거야? 진정 슬픔
에 들어보라. 그것들을 통과하고서야 인간으로 다시 산다……

　그런 거였나? 그렇다면, 나를 죽임과 동시에 살게 하되 죽이는 방
식으로 생명을 연장시키던 걱정과 불안들의 자리, 나를 끊임없이 빨
아들이던 구멍의 위치에 글쓰기를 놓아야겠구나. 그것을 향해 기꺼
이 말려 들어가는 동시에 이미 들어 있는 나들을, 내 시간들을 빨아
내야겠어. 움츠리고 겨우겨우 숨 쉬면서 만든 겹겹의 주름 분을 털어
내야겠지. 펴고 드러내고 표현하자, 펴서 새로 만들자. 심장의 쿵쿵거

림은 망치 소리가 될 것이다. 변형의 시간이다, 새로운 직조의 시간, 나를 새로 창조하기! 남들을 향해 쳐왔으며 치고 싶어 안달했던 엔터키, 이제 내 것을 치자. 진짜배기 나를 향해 작동하는 내가 되는 거다. 명퇴를 결정하는 순간 나는 내가 되었고 지금 거듭 내가 된 것 같다. 나는 내가 궁금하다. 나르시시즘의 결정^{結晶}, 텅 빈 순수의 시간이다.

미대륙 횡단, 나 가로지르기

미대륙 횡단은 오랜 꿈이었다. 한없이 이어지는 땅을 보되 달려가며 보고 보면서 바로 느끼고 싶은 거다. 대지라는 딛고 설 근거를 즉흥과 동시로 감각하고 싶음이다. 속도에 몸을 싣되 그 속도를 내가 만든다는 가벼운 환상과 함께 마치 무한성을 입은 듯 움직이고 싶은 거다. 길게 오래 계속되는 지평선 보기는 골목 보기와 다르게 또 그만큼 좋다. 골목을 한 발 한 발 가로질러 아슬함 끝에 시야가 확 열릴 때 트인다는 느낌은 열려 있는 지평선과 마찬가지이거나 더 멀리 뚫고 나가 밀어젖힘이다. 도로와 건물 위에 왁자하게 붐비는 얼굴들이 드러날 때의 콩콩거리는 심장은 사라지지 않는 지평선을 볼 때의 설렘보다 작지 아니하다.

긴 골목 끝의 드러남과 다르게 작은 삼각형을 만들며 계속 꺾어지는 로마 어느 교외의 골목들은 어떠했던가. 예상 불가의 방향으로 골목이 뚫리는 가운데 어느새 작은 광장으로 만나거나 샘터를 만들어 발길과 마음을 정지시키지 않던가. 수시로 만들어내는 작디작은 지평선에서 치솟는 감탄은 막막한 지평선을 볼 때의 심호흡과 다르지 않다. 이스탄불의 골목길과 바닥돌들, 약간이지만 끊임없이 모양과 색과 만듦새에서 변화를 보이는 길바닥과 창문들을 보며 걷다 보면 이미 모든 예술이 완성되어 있었다는 생각, 정말 이후로는 모든 게 진정 변주이며 편집이라는 절망에 가까운 안도감이 들지 않던가. 그러나 다시 가뭇없는 땅, 지구로구나 싶은 대지에 놓인 마을들을 훑듯 지나며 그저 구경하고 보기. 엿보기로서의 시선이 좋다.

그런데 왜 미대륙이겠나. 서울에서 평양까지 갈 수 없으니 차선책이지. 평양에서 신의주를 거쳐 혹은 백두산을 지나 러시아 대륙을 가로지르는 게 진짜 꿈이었거든. 물론 그 길은 이스탄불을 거쳐 유럽을 돌아 모로코나 이집트, 아프리카로 들어갈 터이니 그런 식으로 미국을 가고 싶은 거였다. 십대 후반에 꾼 꿈이므로 이십대 때는 가능할 줄 알았다. 통일이 소원이라고 3천만이 말했으니. 그러나 통일로써가 아니라도 서로 오갈 수 있는 길로는 가능한 약속인 줄 믿어 의심하지 않았어. 우리 땅을 지나는 대륙 횡단이 가능하리라 했던 기회가 시작부터 닫히면서 대륙은 점점 미대륙이 되어갔고 맨하탄행을 결정할 때 세 달 가운데 열흘은 횡단에 쓰게 되기를 바랐다.

"영주야, 주변에 백수들 몇 없니? 나랑 미국 땅 달리고 싶은 이들 없을까?" "물색해볼게요, 선생님." 영주는 또박또박 부드럽게 말한다. 호들갑 없이 건강하고 연한 미소가 순하되 제 생각을 천천히 조심스레 피하지 않는 녀석. 면천 땅 진달래 향기에 젖어 자라서일까? 거기서 만난 아이들은 대개 그랬다. 배수 잘되는 기름진 흙을 품은 사내

놈들과 계집애들이 그립다.

스모키마운틴의 그 자욱한 안개 속으로 내려가는 길에 운전대를 넘겨받을 때부터 나는 죽음으로 들어갔던 것 같다. 모르지, 알고 가나. 의식은 주로 모르지. 그래서 사는 거야. 마일이 자꾸 킬로미터 같아서 110마일을 밟아도 속도감이 없잖아. 못 느끼지, 느끼면 밟겠나. 의식은 주로 모르고 그래서 살 수 있는 거겠지.

　　나는 차가 좋아, 고무장갑이거든. 이렇게 튼튼한 고무장갑 없이 순간 이동을 어찌하겠는가. 그것 덕분에 속도와 함께 가능한 수많은 방, 방들이 생기고 시공간을 주름잡는 거인이 된다. 축지법의 환상, 고마운 고무장갑이다. 내면의 혼돈으로부터의 탈출이 자동차의 속도 정도로 가능하겠는가마는 흔들림을 거듭하다 보면 혼돈도 그 나름의 형태와 질서를 가질 수 있을 거라고, 그러니 오래오래 흔들리고 싶다는 삶의 아우성에 답하기로 결정한 것이리라. 그랜드 캐년과 데쓰 밸리를 달릴 때는 죽음과 딱 달라붙어 있었다고 말할래.

　　광막하고 장엄한 자연 한가운데 쑤욱 들었을 때 모든 인간이 그러하듯 거기서 불필요한 내장, 기름덩어리, 엉킨 핏덩이를 많이 꺼내 흩었다. 두 동행자 모르게 눈물도 뿌리면서. 데쓰 밸리의 낮고 깊은 지점에서 차를 멈추고 속도감에서 떨어져 나와 흙을 밟았을 때는 탄탄한 생명의 지원 속에 감싸인 느낌이었다. 빛의 양수 안에서 미래를 기다리는 태아라고 해도 좋아. 지금이 가장 잘 죽을 때다 싶었다. 앞으로 잘 죽고 싶다를 넘어 지금도 그것이 가능하다 싶었더니라. 지극한 평화, 움직임 없는 흐름 가운데 최소한의 호흡으로 족했다. 델마와 루이스와 원더! 나는 과연 폼생폼사, 말 그대로 죽음까지 폼. 잘 죽는 게 잘 살았음의 최종 증명이야. 그런 말을 만들고 퍼뜨려야겠어. 그 증명서는 내가 발급하겠어. 잘 살겠다고 수십 년 아등바등했다면 잘 죽으려고도 아등바등할 테니까 말이다.

내 죽음은 일찍이 시작되었으니 말이다. 아버지의 죽음과 내 등뼈의 죽음. 아버지의 죽음 직후 엄마도 잃을까 무서워서 나는 내 등뼈를 엄마에게 양보하기로 했던 거라고 생각한다. 네 살짜리는 너무 이르게 필생의 결단을 할 수밖에 없었으며 엄마 역시 나를 살리기 위해서 자신이 살 수밖에 없다고 생각했을 것이다. 그래서 등뼈를 잃은 나는 물덩어리, 고름덩어리였던걸. 수많은 벌레들의 오글거림이었던걸. 그리고 할머니의 하얀 죽음이 부르는 기억으로 들어갔으며 그 하얀 기운이 내 삶의 불꽃, 그 심지를 돋우었다고 믿는다. 아아, 몇 겹을 둘러 둘러, 돌아 돌아, 나는 지금 여기 살아 이렇게 나를 쓰고 있는가? 생의 소리를 아프게 외치고 있는가? 아프되 자신의 미래를 부르는 자로서 얼마나 행복한가. 감사함 속에 얼마나 자랑스러운가.

미대륙 횡단의 끝, 로스앤젤레스는 아름다웠다. 외형적 삶의 자리로써 참으로 완벽했던 동네 산타 바바라는 너무나도 예뻤다. 빈틈없이 세밀하게 손으로 꾸민 장난감 마을을 그대로 확대해놓은 거라면 적합할까? 집 하나하나 자그마한 정원과 담과 길과 꽃, 나무 들이 높낮이도 균형 있게 얕은 비탈길과 어울려 전체 화면으로 시선을 뺏으니 어느 한 집을 떼어내어 오래 볼 수가 없었다. 거듭 감탄하며 동행인에게 더듬더듬 말했다.

"내년에 여기서 두 달 살면 좋겠어요. 빵과 커피만 있으면 돼요. 쌀이야 너무 많지 않나요? 캘리포니아 칼로스 쌀 맞죠?"

열흘을 내달렸으나 혼란스런 내면에서 생겨난 질서는 아직 없었던가? 나는 넋이 나가 있었다. 사랑스런 집과 정원과 작은 길들의 어울림은 진짜배기 삶이 놓일 자리는 이래야 한다는 생각만을 활자처럼 정지된 화면으로 내내 떠 있게 만들었다. 그래, 돌아가면 나도 예쁜 집을 지을 거야. 바지랑대 위에 빨래가 깃발처럼 나부끼는 마당 있는 이층집을 지어야지. 꽃밭 마당 식탁에는 잘 다린 하얀 식탁보를 깔고 둘러 앉아 웃으며 먹고 마시는 집.

다음 장면은 만화 『세상에서 가장 아름다운 음악』(오자와 마리)의 빨래 널린 풍경을 불러냈고 그 흑백의 가는 선들이 뜨면서는 다시 천천히 베르트 모리조의 그림 '빨래 너는 여인'의 색과 빛으로 바뀌는 것이었다. 떨림. 눈을 뜰 수 없도록 빛알갱이들이 현란하게 춤추는 태평양을 바라보면서 영화 〈안토니아스 라인〉(마를린 호리스)의 여인네들을 생각했고 나도 그렇게 내 집 정원에 하얀 린넨 식탁보를 깔 거라고 또다시 결심했으며, 저 바닷물이 내 고향 부산 앞바다의 물은 아닐 거라고 생각했다. 엄마는 부산의 병원 비탈길을 지금까지도 혼자 오르내리고 있을 것만 같아서 카페에서 빵을 뜯는데 눈물이 났다.

8.
딸은 나를
자꾸 지목한다

나는 너를 사랑하고
너는 단단하게 존재한다

2010년 12월 2일. 세 여자가 뉴욕에서 워싱턴을 거쳐 40번 도로를 타고 열흘 동안 미국 땅을 횡단한 다음 로스앤젤레스에서 비행기를 타고 뉴욕으로 돌아왔다. 뉴욕을 연이어 두 번 온 셈이 된 그 밤에 작은 딸내미도 맨하탄에 왔다. 기왕에 얻은 방이 있으니 원하면 오라고 말했더랬지. 비행기 삯이야 제 몫이지만 한 달을 같이 지내다 보면 밥도 먹여주지 않겠는가. 그런데 정말 올 줄 몰랐어. 다정은 멀고 은근히 버성기며 서먹한 모녀간인지라 한 달을 같은 방에서 어찌 지낼까 꽤 걱정되더란 말이다. 그러나 이때가 아니면 언제, 도대체 언제 우리가 둘 사이의 교묘한 밀어냄과 대면할 것이며 그걸 건너뛸 것인가 싶은 기대로 오길 바랐던 거다. 와도 문제고 안 와도 문제이니, 와도 좋고 안 와도 좋은. 그런데 왔으니 온 게 우리 두 사람에게 좋을 것이다. 어떻게 될지라도 좋으며 나빠도 나쁨으로 좋을 것이다. 풀어야 할 것은 풀릴 것이고 접힐 것은 접게 될 것이다.

그렇게 저도 고민 끝에 왔을 딸내미를 공항에서 영주가 태운 다음 내가 머물던 방에 들러, 열흘 전에 미리 싸놓았던 내 짐을 가지고 새로 얻은 집으로 와 있었던 것이다. 밤늦게 새 집으로 들어가니 영주랑 작은 딸내미는 꽤 다정하게 맥주를 마시며 나를 기다리고 있었다. "왔구나! 영주야, 고마워, 고마워."

다음 날 아침 창으로 비끼는 햇살이 슬슬 창문 넘어 깊숙이 들어오겠구나 싶을 때는 얼마나 좋던지 비로소 땅에 똑바로 선 듯했다. 그렇게 태양을 향한 환호로 맞이한 이사 첫 날 딸내미와 함께 첼시 마켓부터 다시 구경하고 5번가로 걸어 오르다가 같이 점심을 먹은 이후부터는 떨어지기로 했지. 저는 저대로 나는 나대로. 나는 이미 많은 곳을 다녔으려니와 쉬어가며 놀아야 하고, 젊은 것이야 두려울 것 없이 팔랑팔랑 날아다닐 것이니. 이후 딸아이는 곧잘 부엌에서 굽고 데우고 끓이기도 했으니 그제사 명실상부 집이라 부를 만했으며 집 빌린 보람이 있다 싶어 흐뭇했다.

세계의 맥주를 맛보겠다고 하루 몇 개씩 다른 맥주를 사다 나르는 초보 맥주쟁이 딸과 어울려 저녁마다 반잔을 목표로 맥주에 젖어들던 나는, 그녀와 마주할수록 무겁다가 이내 부딪치는가 하면 일부일지라도 부정하고 싶은 말들이 터져 나오는 사태를 겪게 되었으니. 모녀를 서먹서먹하게 만들던 이유들과 데면데면함을 피할 수 없었던 까닭들이 이런저런 에미로서의 잘못으로 서서히 형체를 드러내던 것이었다. 이런 굿판을 벌이기로 한 것이 아니라면 우리가 왜 이곳에 있겠는가.

잘 되었다. 용기를 내어 알고 지은 죄 모르고 지은 죄를 이실직고 하던 몇몇 밤과 또 이어지던 날들이었다. 두 눈 부릅뜬 말들과 눈물과 변명과 사과가 오가며 몰아치는 전투에서 여러 차례 나는 졌고 잘못을 인정했다. 그러나 모성이라는 게 타고나는 줄 알았더니 아닌 것을 어쩌리. 좀 더 구석구석 챙겨주지 못하고 관심 갖지 못했음을 어쩌리. 그럴 필요를 느끼지 못해서 못한 것을 어쩌리. 지금은 이해받을 수 없는 엄마, 오직 시간이 필요하다. 나는 기다려야 한다. 기다리기로 했고 기다릴 수밖에 없다. 지금은 엄마를 이해할 수 없거나 하고 싶지 않은 딸내미 역시 기다려야 한다. 서로 변화를 향해 흐를 수밖에 없다. 나올 것은 나왔고 터질 것은 터졌으니 주워 담고 아무는 일만 남았다. 그래도 아프고 서럽고 분하고 미안하고 부끄러웠다.

한국에 돌아갈 수 있을까? 꺼내보지 않았어도 그것의 일렁임을 일찍이 가늠은 했으나 느닷없이 마주쳤기에 감당할 수 없이 낯선 나를 데리고 어찌 벗은 허물을 두고 온 장소로 되돌아갈 수 있겠는가? 나는 설핏 죽음이라는 걸 보았다. 크고 작은 폭포로 부딪치며 말과 표정과 감정이 진실로 쏟아졌던 몇 날 밤, 감은 눈으로 뜬 밤을 허옇게 보냈다.

그래도 시선이 움직이고, 몸이 일으켜지고, 먹을 생각이 나고, 나가게 되는구나. 길가에 줄줄이 세워둔 발목 잘린 트리용 나무들을 보고는 그 자리에 얼어붙었더랬어. 눈 왔는데 저걸 어쩌. 오오 나무들, 양말을 신겨주어야 하는데. 사람들이 이 나무를 사다가 양말을 매달

것이 아니라 양말을 신겨주어야 한단 말이야. 사랑한다고 말해줘야 하는 거야. 나 역시 내 딸들을 사랑했고 사랑하므로 말해주었어야 했으나 하지 못했다. 춥고 떨리지만 이제 때가 된 거야. 마주하며 만들어갈 내 앞의 현실이 구체적으로 나를 뒤흔들고 있구나, 어쩔까나! 깊은 곳에서 회오리가 시작되었고 그물처럼 나를 덮치는 중이었다.

어쩌면 기다렸다는 듯 때맞춰 큰 딸내미의 고민도 시작된 모양, 메일이 왔다.

　"그래서, 엄마는 더 잘 알아들을 수 있는 부분도 있을 것 같고. 주절주절 의식의 흐름에 따라 쓴 거라 산만하긴 합니다만, 몇 부분 보냅니다. 요즘 상태 너무 봉선화 연정 같아. 진짜 톡 하고 건드리면 터질 듯함. 스물다섯에 너무 많은 걸 안 것 같기도 하다. 하룻밤에 30만원 하는 호텔에서의 안락함이나 한 끼에 10만 원 하는 요리가 얼마나 맛있는 건지, 공항 라운지와 비행기 비즈니스석이 주는 편리함, 에르메스 시계의 가죽 스트랩이 손목을 감싸는 부드러운 감촉 같은 거. 이걸 누릴 수 있는 건 내 직업 때문이라는 거 너무 잘 알고, 실제 내 월급으로는 절대 누릴 수 없는 것도 명확하게 아는데 자본이 주는 편안함에 내가 익숙해질까 봐 너무 두려운 거야. 명품 매장에서 일한다고 지가 명품인 것처럼 구는 사람들을 맨날 욕했는데 말이야. 진짜 기록해야 할 게 너무 많아서 미치겠다. 초저녁부터 잠든 탓에 세 시쯤 깨서 『리스본행 야간열차』를 읽기 시작했는데 한 장 한 장 넘길 때마다 너무 생각나고 느끼는 게 많다. 이건 엄마 책인데. 엄마가 읽으면서 밑줄 그은 거, 원서 보면서 영어 문장 써놓은 것들을 보니까 우리 엄마라는 우주가 안쓰러우면서 두려운 거야. 정말 나는 우리 엄마 때문에 알게 된 책이며 영화며 너무너무 많은데, 많긴 한데……. 한국 사회에서 '엄마'라는 단어에서 기대하는 사랑이나 애정은 별로 못 받은 것 같아서……. 갑자기 비가 온 날 마중 나온 엄마랑 같이 우산을 쓰고 가는 친구 뒷모습을 볼 때의 부러움 비슷한 결핍감 같은 걸 느낄 때가 있거든. 근데 엄마는…… 정말 엄마의 시대와 시간과 싸워야 할 게 너무 많았겠지. 세상 좋아지고 '남녀차별이 있나요?' 하는 요즘도 그렇잖아……."

짠하고 짠하다. 또 에미된 자의 원죄라 하자. 미안하다.
자신을 무지 사랑하고 세상 모든 것을 멋도 모르고 사랑하느라 허부적거린 엄마.
너를 사랑한다고 말해주어야 했던 거야.
말하지 않고도 말이 전해진다고 믿었던 것은
내가 소리 없이 수시로 너무나 자주 이미 말했기 때문일지도 몰라.
그러나 가슴에 안고 눈을 보며 직접 말해주었어야 해.
사랑한다 말해주어야 마땅할 때 가슴에 담고만 있음은 너무 아까운 것이었어.
그랬더라면 어디 있는지 모르는 그 말, 확인하고 싶은 그 말을 찾아 너희가 덜 헤매었겠지.
조금 더 즐겁게 덜 힘들게 일하고 놀았겠지.
아직 삶의 고통이랄 것 언저리에도 가지 않은 너희들이지만,
그건 비교에 따른 말일 뿐 절대적 네 고통이 있다면 그것을 줄일 수

있었겠지.

그 땐 몰랐지, 살아가는 중엔 모르는 거였어.

엄마에게서 섬세하게 고백받지 못한 사랑은 다른 데서 오거나 네가 더 많이 만들거나!

사랑하고 있음이 너무나 당연하여 그때는 말하지 못했을지라도

이미 더 크고 든든한 에너지로 네게 담겼으리니,

사랑의 총량은 같거나 더하리라.

지적 허영심은 세상을 안고 싶은 소박한 자의 지극한 사랑이거든.

타자를 향해 활짝 열린 심미감. 세계에 참여하며 창조하고 싶은 인간의 아름다운 사치다.

예술의 시작이며 신성을 찾아가는 길에 선 자의 첫걸음이지.

그러니 큰 우주에서 반사되어 오는 사랑, 맘껏 받으렴.

그래, 고민하며 잘 살고 있구나. 그렇게 살아.

진지하다, 진하다……. 그러나, 흐흐. 네가 그리 값진 고민을 벌써 할 수 있는 인간인 까닭은

사랑한다, 내 입술로 엄마가 목소리로 전하지는 못했어도

책과 만화와 영화와 예술을 주었기 때문이지.

자신을 사랑하며 신나게 일하는 엄마를 보았기 때문이야.

그 모든 것이 떼거지로 너를 사랑했다. 사랑한다고 수없이 속삭였어.

너는 너를 사랑하고 너는 단단하게 존재한다.

미안하다,
미안하다

우울과 움츠림의 비극적 대사가 진실의 골을 따라 흐르는 대로 응답을 하면서 그냥 울 수밖에 없었다. 무수한 손가락들이 나를 향해 달려드는 듯했지. 짧지 않은 날 동안 혼란으로 얽혀 있던 작은 딸내미와 나는 그런 채로 나이아가라에 갔다. 폭포는 더 큰 폭포를 만나야 할 것이기 때문이다. 만나서 함께 바다로 흘러들어야 하지 않겠는가. 나이아가라는 '천둥소리'라는 뜻이란다. 과연 폭포가 어떤 식으로 눈앞에 전개될 것인가 적잖이 설레네. 달릴수록 쌓인 눈이 점점 두터워진다. 나이아가라폴 시티가 다가올수록 넉넉히 흐르는 강이 곧 눈앞을 막고 척 가로누우리라, 폭포가 콰르릉 몸서리치며 나타나리라, 두근두근. 우렁우렁 껄껄 쟁쟁 울린다. 그래 좋아. 캐나다 쪽의 폭포가 거꾸로 흐르는 게 아니라면 굳이 국경을 넘을 것 없이 네가 원하는 대로 이쪽에 있자.

차갑다. 추운 게 이런 거였음을 깨닫는다. 정신이 바짝 든다. 볼이야, 귀싸대기야, 머리통이야, 과연! 천둥소리다. 그런데 그 명성 뜨르르한 폭포가 이리도 작은가 싶다. 광활한 자연 속에 움푹 들어앉은 어마어마한 폭포가 아닌 거야? 어둠 가운데 잠시 둘러보는데도 마음이 빼앗기고 있음을 알겠다. 자연에 담을 만큼 크고 마을에 담을 만큼 작아서 아름답고 사랑스러운데도 위엄과 장대함을 갖추었으니 인공물들을 보듬은 채 넉넉히 자리 잡았구나! 도도하고 우아하게 흐르고 달

리고 뛰며 숨 쉬고 있구나. 두 번 보러 다시 먼 길을 달려가고 싶지 않
거나 두 번 가기도 힘든 곳에 홀로 있는 자연덩어리가 아니구나. 작고
은은한 기쁨에 편안한 감동이 천천히 일어난다.

　　몇 번이고 보러가고 싶은 폭포, 듣고 싶은 폭포다. 인간과 기꺼이
살아주는 자연, 물보라, 물안개, 얼음꽃은 말할 것도 없이 나뭇가지
하나조차 어울린다. 모든 것이 이리 관계 맺도록 빼고 더하고 나누고
곱했을 인간의 손, 손, 손들과 마음에 감탄을 발한다. 굼실굼실 힘차
게 떼지어 펄펄 뛰는 물줄기를 따라서 나도 달린다. 아아, 물덩이, 물
폭풍, 물보라, 물비늘 들은 잡았던 손가락을 풀면서 심호흡과 함께 미
련 없이 곧장 아래로 뚝. 하강! 아~~~

　　O, ORGASM!

송두리째 던져 부서질 때 나는 숨을 멈추었다, 장하다.

무슨 말을 하리, 나오는 말을 삼키다가, 딸꾹.

흐름의 떼는 다시 손을 잡고 천천히 퍼지며 쉬는 듯 무너진다.

하아~ 하아~ 피어나는 기쁨, 쾌감, 희열.

날리는 얼음가루와 안개비 맞으며 30센티 눈얼음에 한 시간 걷고 나
니 뇌가 사라졌다.

어리벙벙 구름 위를 걷는 듯, 나는 듯, 내가 구름인 듯, 물방울인 듯,
아아 한 줄기 빛이더군!

추워, 얼어붙지, 샤아~ 반짝반짝 몸 비늘이 떨어질까, 마비되기.

세포 낱낱이 살살 정돈되면서 명징해지기.

최적의 물기를 지님으로써 건조된 상태, 의식의 지평에 닿은 듯 고양

되는 기분.

철학하는 시간이야, 흐흐흐.

어어, 눈을 감았다 떴다, 어느새 높은 빛살 하나가 되어버렸구나.

부드럽고 따스하며 사르르 빛날 듯 말 듯한, 아아아.

다시 달아나는 저 물덩어리들, 급전직하!

물요정 되었는가, 추위를 잊는다.

으스름에 착각인가, 정서 과잉인가, 부러움과 질투.

자연까지도 인간 친화적인 땅이로구나.

호텔로 돌아와 적포도주 한 잔. 맥주까지 두 잔. 딸내미랑 두런거리
는 밤. 밖에는 쩡쩡 울리는 대찬 기운 속에 폭포가 울며 달리다가 물
방울로 날아올라 별빛으로 튈 것이다. 다음 날 아침, 폭포는 또 물가
루, 얼음가루, 펄펄 나는 빗살을 안으며 쌍무지개를 만들었다. 발목 맨
살에 닿아 녹는 눈, 살아 있는 듯 다정하네. 엎드려 밀면서 힘 모으는
물들아, 폭포야 잘 잤니? 천둥소리야 너도 쉬었니? 해를 받아 안는 맨
얼굴이 예쁘구나. 내 얼굴도 예쁘지? 손가락도 볼때기도 알싸하다. 몸
이 거부하는 추위가 아니고 몸을 학대하는 싸늘함도 아니다. 과도한
청량감. 콧구멍으로 살금살금 들어오는 냉기에 입까지 벌어지니 몸
의 안팎 경계가 의심스럽다. 과연 몸의 안과 밖이 있는 것인가? 먹고
배설하기까지 내내 밖에서 들어와서 밖으로 나가는 통로로써의 몸이
므로 안팎 분리가 불가능하다 할 수 없음에도 분리할 수 없어 겉이고
속인 몸이다. 속 다르고 겉 다르면 안 된다는 몸이다, 신기하지? 물새
들이 난다. 갈매기가 태고적 새 같다. 딸내미가 늦잠에서 나오자마자

잠시 구름에 들었던 해도 따라 나온다. 더 생생하고 힘차다. 날아와 앉는 물방울들에 정신이 오묘하니 나는 H_2O!

수소 두 개와 산소 한 개가 만나 춤추는 잔치판!

다시 연출되는 환영 쌍무지개, 정말 신의 언약 같군.

철퍼덕 뛰어내려 맘 놓고 주저앉는 물 엉덩이 위로 어찌 저런 다리를 놓으랴.

느닷없이 저리 고운 주단을 어찌 깐단 말이냐?

신 이전에, 신성을 느끼는 게 참 인간이리라.

경외감보다 나를 포함하고 있는 세계에 대한 신뢰감이다.

감성은 신성에서 비롯되나니

꿈틀대는 거대 생물, 천둥소리, 압도하지 않으나 숨을 멈추게 한다.

위엄과 우아함 넘치는 원시성, 고이는 평안함, 머무는 행복감 속에 그날 밤 쌍무지개를 탄 모녀의 화제는 날고 미끄러지며 자유자재, 화덕에 구운 맛난 피자와 와인을 먹으면서 대화의 진수를 보였다. '나이아가라'가 원주민 말인데 '천둥소리'라는 뜻이란다는 내 말에서 시작하여 언어, 의미, 번역과 통역으로 오래오래 넘어간 화제는 통역의 기쁨, 소통의 기쁨, 일상적 쾌감과 즐거움에 대한 이야기들로 드높이 이어져 예술과 그 기쁨을 말할 때 와인 병을 비웠으며 사인스럽게도 이성, 남자친구나 부부 사이의 성애, 그 중요성에 도달해서는 얼굴이 발그레하도록 흐뭇한 모녀의 대화였겠지.

　　호텔방으로 돌아와 전인성의 불가, 이른바 적절한 좌절이나 알맞은 양육의 정신분석학적 불가능성이나 현실 자체의 결핍으로 화제가 나아가면서는 노래도 부르며 화기애애했으니, 그렇게 어릴 적 네 식구 차 타고 나들이할 때 같이 부르던 노래랑 입 맞춰 외우던 시로 마무리했어야 했다. 아니라면 현실적 삶에 있어 온전한 인간되기 또는 부모 노릇의 어려움이 어떠한가에 대해 이론적으로 마무리하고 얼른 쌍무지개에서 내려왔어야 했던 거야.

어쩌랴, 맥주를 빙자하여 화제는 이미 목적한 바 있었던가 끝내 방향을 잡고 말았으니 청소년기에 형성되는 상처와 결핍감으로 내달아 최종적으로 내 잘못, 어미로서의 죄가 또 불려 나오고 말았다. 아뿔싸! 쌍무지개에 취하여 자충수를 두었던가! 중딩 전후 시기, 두뇌와 가슴에 자기 언어로 또박또박 새겨놓은 감정, 이것 무섭구나! 이전에 내가 쏟은 애정과 보살핌, 손길, 말과 속삭임, 자랑스러움은 모두 어디 갔고? 그건 기록하지 않고? 나만 그걸 기록하고? 새삼 아프거나 자존심이 상하거나 분하지는 않았다. 지금은 내 변명이나 해명이 딸에게 입력될 때가 아니다. 미안 미안, 기다릴 뿐. 미안하다 미안하다, 천둥소리. 오호,

나이아가라, 너마저도!

딸은 나를
자꾸 지목한다

잘못을 지적당하고 반론당하는 일, 호명되어 남 앞에 선다는 게 뭔지 당해보지 않은 자는 가늠할 수 없지. 몰래 학교 담 넘어가서 군것질

하고 들어오다 걸려 복도에 손들고 무릎 꿇고 앉았던 그 기분 정도를 알 뿐. 영화 보다가 걸려서 계단 끝의 금속을 반짝이도록 닦고 화장실 청소를 해보긴 했지. 여러 번 반성문을 쓰면서 재미있기조차 했다. 영화 보자고 꼬신 나를 원망하지 않고 혜경이가 같이 킬킬거려서 고맙고 재밌었어. 그런데 우리 둘은 두 번째 지적을 받도록 중간 너머까지 영화를 보다가 나왔지만 다른 두 아이는 간판을 보다가 걸린 거야. 간판을 한참 보고 있었다는 것은 영화를 보기 위해서이므로 본 것과 다름없다!

혜경이랑 나는 걔네들이 쓸 반성문의 내용을 생각하면서 얼마나 웃었던가. 고등학교에 교련시간이 있던 1970년대, '좋은' 영화를 일 년에 두세 번씩 주로 시험 끝난 날 단체로 관람하던 시절이었으니. 며칠 동안 시시덕거리며 반성문을 열심히 썼으며 계단의 시꺼먼 금속 부분이 우리 손에서 황금으로 변할 때 색다른 보람을 느끼기도 했다. 그리고 벌 받는 중에도 군 출신 교련 선생님의 말을 잊을 수 없으니 묘하지.

"장갑 잘 끼고 손 다치지 않게 조심해요. 살살해요."

염산인가 황산인가, 무슨 화학약품을 희석하여 닦았기 때문이었다. 그 시절 민주적이라고 존경을 받던 교장이 운영하던 학교였으므로 가능했던 말일까? 아니, 말투에서 읽힌 것은 그것만이 아니었다 어쨌거나 명문화된 교칙에 대한 명백한 위반이었으므로 받으라는 벌을 받았다.

그런데 지금, 지금은 내가 무슨 잘못을 했지? 잘못한 듯 아닌 듯, 죄가 되는 듯 안 되는 듯, 잘못이라 부르니 잘못인 듯하고 잘못이 있을 수도 있을 것임은 알겠으나 그것이 이름표를 달지 않거나 알 수 없는 문자의 이름표 여러 개를 단 것 같아. 나는 아니야, 그래 나는 아닌 것 같아. 나는 아니어야 해.

교련 선생님보다 무서운 딸내미는 자꾸 나를 지목한다. 아니라고 하면 그렇다고 하며 다른 증거를 댄다. 그런 것 같다고 하면 이런 것도 있다고 또 다른 사실을 가지고 온다. 더듬대며 말을 찾으면 똑 부러지게 항변하고, 우물대며 변명하면 확실하게 반론한다. 내 딸 맞네. 똑똑하네. 신문당하는 와중에 감탄하는 죄인. 엄마가 필요했던 자리를 자주 비운 그곳에 있던 어린 자신의 아픔과 분노와 배신감과 슬픔을 증거하는 딸.

비우는 줄 모르고 비운 엄마로서의 자리를 불러 모으며 나는 인정하기 시작했다. 그러나 있을 자리에 있었던 것에 대해서는 말할 필요성이 요구되지 않았다. 그러니 일단 호명당하면 죄인인 거야, 죄는 나타나기 마련이며 마침내 구성되어지고 말지. 나는 자백하기 시작했다. 가정되는 모든 죄를 인정하기로 한다.

심문자는 울고 죄인도 운다. 얼굴이 빨개지고 말도 꼬인다. 나의 진실은? 나에게만 진실이자 변명이 되겠지. 그러나 이미 딸에게도 진실로 스며들기 시작했음을! 그러나 진실이 다시 그녀를 통과하면서 사라지기까지 오래 기다려야 할 것임을 나는 그때 체념적으로 인식했을 것이다. 그렇게 겪어야 할 시간이 왔다고, 유예된 선고를 받고 형기를 마쳐야 할 때라고 생각했다.

나는 예외인 줄 알았겠지. 나는 예외이고 싶었던 거다. 문제는 언제나 아이가 아니라 부모와 교사에게 있다고 주장할 때 나는 부모에서 예외였다. 아마 교사로서도 예외의 자리에 놓고 살았던 것은 아닐까? 평가하는 자의 시선! 이런 어쩌나, 한 가지가 또 딸려 나오는구나. 교사로서도 그랬던 걸까? 나는 수많은 남의 아이들에게 어떤 잘못을 한 것일까? 얘들아, 용서해주렴. 내가 모르는 무수한 잘못이 분명 있을 테니 용서하렴. 동료 교사들이여, 용서해주오. 그렇게 되자 나는 비행기를 타야 할 날이 보름도 남지 않았음이 무서웠다. 갈 때가 되었고 훨훨 가서 아담한 블로그를 만들어 맨하탄 일기를 쓰겠다고 생각했거늘. 놀며 쓰며 읽고 늦잠 자리라. 아니, 늦잠은 못 자리라. 남편 아침밥 한 끼는 차려주리라. 의리를 지키리라. 그러나 게으르게 더듬더듬 하도록 노력하리라. 그러다가 하고 싶은 공부가 떠오르면 공부를 하리라. 이제부터 내 삶을 두 번째 펼칠 것이니, 맘껏 살리라. 진정 자유하리라. 그랬지, 이제 어째야 하나…….

막내는 아직도 엄마가 고프거든

나는 어쩌나? 한국에 내 집에 갈 수 있을까? 돌아가 시골집을 가질 수 있을까? 모든 죄들이 불려 나와 나를 기다리고 있을 것만 같았다. 신문장이 마련되고 형틀이 놓이고 소장을 든 포도대장이 도포자락 휘날리며……. 하루하루 지나면서 나는 작아지고 쫄아들어갔다. 꼬물

꼬물 맨하탄 거리를 걷다가 교회마다 성당마다 들어가 엎어져 한없이 울고 또 울었다. 사람 몸의 70퍼센트 이상이 물인 것은 확실하다. 앞으로 어떻게 무엇을 하고 살 수 있을지 암담하고 또 암담했다. 돌아갈 날은 되어가고 딸내미는 가벼워진 듯도 하고 함께 먹고 웃지만 나는 더 무겁게 부끄러움과 미안함이 되어갔다. 내 생각도 말하고 용서도 구하고 사과했지만, 얼결에 모든 죄를 인정했지만, 한편으로는 미안함의 자리에 억울함이 놓이더니 부끄러움과 둘이 천칭 좌우를 쉬지 않고 오르내리니 저울 중앙 지지대가 놓인 내 심장도 뜯기는 것이었다.

단단히 맺혔던 것들이 풀리니 정말 아프다. 내 잘못에 대해 발언하는 고발자가 있다. 나는 소송당한 거야? 문제를 가진 자가 나야? 그래도 얼마나 꼬였길래 이리 아픈가? 어쩌나, 시간이 필요하다, 오직 시간이야. 캐나다로 넘어갔다가 다시 여기서 세 달을 더 있다 가면 괜찮을까? 내 새끼가 내 죄를……. 내 자식-타자에게 이런 잘못이라 생각되는 것들을! 죽음을 생각한, 제 손으로 제 목숨을 거두는 일에 대해, 그러한 사람에 대해 생각하고 생각했지. 칠흑 같은 생의 어둠이라는 것을 얽어내는 부끄러움, 미안함, 죄책감, 유기감에 면목 없음은 차차 철없음과 어른답지 못함으로 바뀌어갔다. 삶이 뭔지 개뿔도 모르는 어른아이. 고생다운 고생이나 고통다운 고통을 당해보지 못했다고 할 수 있는 자의 넘치는 자기 사랑이자 징징거림에 가까웠던 것임을 끄느러미 알아갔던 거야. 그러니, 그렇다면, 도대체 사람들은 어찌 살아냈던 거야, 도대체!

사람들은 어찌 살아가고 있는 거지?

엄마는, 우리 엄마는 대체 어찌 그 생을 살아냈던 걸까? 나는 모른다. 그때는 정말 아무것도 몰랐지만 지금도 모르겠다. 영원히 모를지, 공부 따위 해봤자 소용없을지도 몰라. 뼈마디 사이사이로 세포 하나 낱낱이 느껴야겠는데, 느껴 스며들고 싶은데 불가하다. 어떤 것에 닿으려, 닿는 듯하다가 가물가물 울컥 짐승 같은 울음이다 싶어 헉, 가슴이 뻐개지려는구나 하면 딱 멈추면서 지극히 말라버린 목구멍에 모래만 가득하다.

엄마…….

나는 엄마를 많이 먹어야 해.

막내는 아직도 엄마가 고프거든.

9.
엄마 꽃밭은
내가 가꿀게요

맨하탄에서 돌아온 이후 다시 태어난 한 살배기 어른으로서 엄마를 새로이 먹고 더 먹고 싶었지만 엄마는 줄 게 없었다. 갈수록 나에게도 무엇에도 관심이 없었고 더욱이나 먹일 것은 없는 듯했다. 엄마는 요양원으로 간 이후 자신을 줄이며 작아져만 갔다.

2012년 8월 12일 일요일

인천에서 내려올 때 쏟아지던 비가 그친다 했더니
우리집 쪽으로 접어들 때부터 또 힘차게 내린다.
작은 채반에 말리던 빨간 고추 십여 개가 물탱병이가 되었다.
젖으면 무게와 부피가 생기는 것이 틀림없구나.
말라야 가벼워지는 거로구나.
그래서 엄마가 드시질 않는구나. 곡기를 끊었구나.
세상에 왔던 때와 가장 가깝도록 작고 가벼워지려 하시는구나.

그렇다면 최대의 당신 몫을 누리는 중이라 말해도 좋은 걸까?

그렇다면 소리도 무게도 없는 그 막중함을 어떻게 지니고 있는 것일까?

그러니 엄마랑 함께 있는 한 시간이 영원 같은 거야.

차원이 다른 시간을 견딜 수 없으니 교활한 평계의 순간에 자리를 뜨고 달아나지.

엄마와 나는 서로 멀어져야 한다는 걸 이미 아는 거야.

스물, 집을 떠나면서부터 부모와 자식은 끊임없이 서로를 밀어내야 하는 지도 몰라.

그래야만 사는 것인지도 몰라.

이별은 내가 세상의 빛을 보면서부터 이미 시작된 것인지도 몰라.

2012년 8월 13일 월요일

예쁜 목련 항아리에 드디어 효소를 옮겨 붓는다.

펄펄하던 풀, 잎새 들이 초록 몸을 녹여냈다.

존재의 이전移轉 후에 남은 것은 단단한 섬유질.

움직일 수 없는 고갱이, 남겨야만 하는 그것은 뼈.

가늘고도 빳빳하다. 엄마 같다.

미래의 나다.

그 모든 걸 조금씩 내 몸으로 옮길 거다.

고마워할 거다.

엄마, 낮게 몰아쉬는 숨소리 거칠다.

깊은 곳 멀리서 산책하는 영혼인 듯 잠들어 있다.

호흡과 배설 곤란이 시작된 지 한 주일, 맑고 평화로운 기운을 잃었다.

모진 바람에 오래 섰다가 지치고 말라서 이제 방향을 바꾸려는 거야.

'내 발로 내 죽음을 찾는다.' 말의 무게가 쏟아지니 아찔하다.

아니야. 엄마는 아직 바람에 한들거리는 풀잎인지도 몰라.

들판에서 장난치는 바람이 되려는지도.

엄마?

엄마의 변화와 불편이 자신의 잘못인 양 장황하게 설명하는 간병인.

떠나기 위해서 잠시 머무는 사람들 틈에 끼인 그녀도 외롭고 아득하리라.

의료적 조작이며 생명 연장이 진행되는 이 방은 시선을 둘 데가 없다.

산소 호흡기야말로 가장 엄마를 불편하게 하는 것 같다.

저걸…… 치우고 싶다!

2012년 9월 3일 월요일

시골집 2년째, 이사 온 날이다.

아직 내 것 같지 않은 땅, 흙과 나무들.

그래도 나는 내 집에 들어앉았어요, 엄마 가셔요, 이제 가셔도 돼요.

엄마 꽃밭은 내가 가꿀게요. 한련이랑 과꽃은 꼭 심을게요.

남편이 도와줄 테니 걱정 마세요. 아침마다 나팔꽃 나발 불게 할게요.

탯줄을 끊어, 이제 내 탯줄은 끊어도 돼.

이젠 괜찮아, 정말 괜찮아.

2012년 9월 12일 수요일

오전에 올케랑 통화하다.

"경이가 사왔던 거 먹고 싶다"고 하시는데 뭔지 모르겠단다.

상투과자 같은데 아니라고 하신단다.

어제 큰언니에게는 청포묵이 먹고 싶다 하셨으나 한 점도 안 드셨고 조기
도 그랬단다.

마음을 먹고 기억을 부르려는 엄마의 어리광. 엄마의 홍차, 마들렌 과자는
무엇인가?

오늘도 언니는 녹두죽을 쑨단다. 엄마를 아는 또 하나 엄마 내 올케.

그 올케에게 엄마는 줄줄이 달린 링거 좀 빼달라고 하신단다! 인천으로
갈까?

마음은 움직이지 않고 떠다닌다. 뜬 걸 지켜본다.

하늘 표정이 처연하다.

서글픔이란 이런 것이니 네 속으로 들어가라, 명상하라는 지시인가.

전화벨이 크게 울린다.

'이런 상태면 오늘 넘기기 어렵다'는 전언.

빨래 걷고 꺼내놨던 깻잎순을 데쳐 냉동실에 넣는다.

강아지 사료도 넉넉히 담아준 다음 짐을 챙긴다.

조퇴한 남편과 함께 인천행.

몹시도 쇠잔한 모습, 목에서 물과 피를 뽑아내고 고비는 넘겼단다.

혼곤히 잠든 눈꺼풀에서 체온과 습기를 느끼면서 마음을 놓는다.

엄마 손잡고 기도하는 오빠 목소리는 작고 낮되 간절하다.

부산으로 돌아가는 조카 차를 타고 남편은 천안으로 갔다.

남은 사람들은 좋은 이별을 위한 준비, 장례 이야기를 나누었다. 엄마에게 잘못을 고백하는 일, 용서와 화해의 필요성이 느릿느릿하나 분명하게 표현되는 한편 원망과 분노와 눈물도 넘실거린다. 애증! 어딘가 숨어서 부산하게 나대는 모기 소리가 들릴 때마다 나는 저것들이 어떻게 아파트에 들어왔는지, 어떻게 잡고 잠을 잘 것인지가 걱정이다. 드디어 누워야 할 때가 되자 올케는 서슴지 않고 방마다 모기장을 침으로써 일거에 모기들을 배제시켜버린다. 어처구니 없음! 이렇게 간단한 거였어? 모기장…… 익숙하고도 신선하기 짝이 없는, 너무나 낯익고 얼떨떨한 오래된 미래다. 가장 기초적인 기술, 간명하며 확실한 해결이다. 그렇지만 어이없어, 터무니 없는 일이야. 우리 올케 정순 언니, 참 이상한 사람이지?

2012년 9월 13일 목요일

오빠를 서너 번 찾는 엄마.

더할 나위 없이 자랑스러운 엄마의 막내아들, 나의 '새끼 오빠'.

가슴이 뻑뻑해진다.

엄마의 손을 주무르고 등 한가운데를 마디마디 쓰다듬는다.

이마와 볼과 어깨, 발과 발가락까지 엄마의 뼈를 더듬어 어루만진다.

머리맡에 쪼그리고 앉은 언니의 음색이 발갛게 부풀어 오른다. 자기가 잘못한 거, 미워한 거 모두 용서해달라고 엄마 귀에 속삭인다. 나는 내가 잘

못한 게 무엇인지 모르겠다. 언니는 자신의 입술로 목소리로 말한다. 고개를 끄덕이던 엄마가 식혜를 찾기에 얼른 뛰어 내려가서 사왔다. 서너 번 입술을 적시는데 몇 방울이 소용되었던가. 엄마는 언제 또 식혜를 먹을랑가. 식혜 방울…….

비가 살살 흐른다. 나는 언니를 태우고 오후에 엄마를 떠났다. 차 안에서 다시 터진 언니의 서운함과 분노와 죄책감은 유리창에 부딪치는 빗방울과 맞서서 내 옆얼굴을 때린다. 언니가 그렇게 철사 줄로 자신을 꽁꽁 묶어놓고 산 줄 몰랐다. 언니가 가진 것들이 진짜 그녀 자신의 소유인 줄 알았다고. 제 마음대로 다 하고 산 것 같은 둘째 언니. 쾌활한 웃음과 유머와 시원시원함과 나긋나긋함이 그녀 아니었던 거야? 그 속에 든 것이 철근 다발 같은 자존심이었던 줄 너무도 몰랐어.

누웠으나 잠은 멀고 오도독오도독 가만히 엄마의 뼈를 씹어본다.

2012년 9월 18일 화요일

따뜻한 손바닥으로 등짝을 밀어주는 볕살.

엄마 보러 왔다. 엄마가 말한다.

"집에 데리가라 캐라."

처음엔 엄마 말씀이 이랬단다.

"큰오빠한테 전화해서 내 좀 집에 데리가라 캐라."

느닷없다, 참으로 느닷없다. 엄마가 가겠다는 집이 큰오빠 집이란 말이야? 당연히 30년 넘게 사셨던 막내아들 집이지. 막내아들 며느리에게 미안함과 고마움을 한 방에 역으로 표현하신 건가? '집'에 가고 싶다는 당신의 의지 실행의 막중한 의무 하나를 장자에게 이양함인가? 그것도 아니라면 그 맏아들에게 면죄부마저 발급해주고 떠나시려는 건가? 나는 분노하지만 극히 순간이다. 큰오빠는 멀어, 너무 멀어. 아? 집, 하늘집인 거야, 엄마? 모르겠네, 알 수 없다.

엄마는 막내오빠 이름을 부른다.

"○○ 오라 캐라, ○○ 어딨노."

"여기 있어도 안 낫는다. 죽지도 않는다. 집에 가자."

그럽시다, 갑시다, 청유형에 어울리는 대답일 것이다.

그러나 엄마는 그렇게 응답받을 수 없었다.

당신이 선택하여 '편하다'며 머물렀던 병원에서 가려는 집은 어딘가?

나는 너무나 말하고 싶은데, 말해야 하는데 그러지 못했다.

자꾸 유다가 생각나는 거다. "갑시다, 주여!"

"갑시다, 엄마"라고 나는 말하지 못했다.

목덜미부터 어루만져본다. 이 뼈로 그녀가 일으킨 지붕과 일곱 목숨들이 형상을 일으키며 주조된다. 어깨와 팔을 쓰다듬어 내리다가 가슴을 만졌어. 가느다란 다섯 손가락으로 수없이 더듬었을 생명 줄이자 내 방이었던 그것. 내가 이걸 받아 두 발로 섰고 여기 안겨 병원 다니며 두 번째 생명을 얻었잖아. 눈알에서 화르르 빠지는 액체는 이다지도 뜨거운가. 얼결에 엄마 발등에 손가락을 댔더니 동그란 자국이 남는다. 싫어, 왜 이렇게 팅팅 부은 거야. 처음부터 자꾸만 시선을 할퀴던 엄마 발. 저, 저, 저놈의 주렁주렁 링거, 영양제들. 얼어드는 무처럼 투명한 막을 치고 둥그렇게 부푼 채 침묵하는 백색의 엄마 발. 언 호박의 비닐 막처럼 얇은 한 겹을 밀고 나올 듯 팽팽한 발 풍선. 다소곳이 모였다가 제 갈 길 가던 발가락들도 오늘은 기묘하게 낯설다. 어떡하면 좋아. 저 주사액들과 산소줄을 치워야 돼. 집으로 가야 돼. 무서운 분노로 강제 영양죽 주입도 거부하셨다는데 저 따위 것들을 왜! 엄마는 존재하고 있는데, 왜 왜? 짧은 동안이라도 '집'에서 사람 아기로 돌아가고 싶은 거야. 스스로의 숨이고 싶은 거야. 피붙이들끼리 말이야.

그런데 엄마의 새끼들은 무섭다.

죽음의 속내를 몰라서 두렵다.

우리집으로 모시겠다고, 또는 내가 인천 와서 엄마 곁에 있겠다고 말 못한다. 엄마에게 가지 못하게 하는 내 앞의 얇은 막, 물렁거리고 만져져도 뚫리지 않는 장막. 투명히 연결되며 가로막는 점액 같은, 끊어내기 무섭게 다시 뻗어 나오는 촉수들이 목소리를 빨아들인다. 발목과 손목을 휘감는다. 나는 더 무섭다. 아무것도 못한다. 병신. 눈물은 그저 흐를 뿐. 뇌는 불구가 되어 생각도 판단도 실천도 담지 못한다. 무정형으로 떠다니는 둔한 통증, 심장에서 떨어져 굴러다니는 뇌. 엄…… 마…… 나는 낱낱의 작은 덩어리로 엄마에게서 분리되고 흩어진다. 중력도 원심력도 구심력도 모든 자연의 섭리도 끝인가……. 살피듬처럼 벗겨지다 해체되어버릴…… 허억, 허억, 명치가 뻑, 뻑. 강력한 배반!!

큰언니가 집으로 모셔 가잔다.

"내가 엄마 곁에 있을게."

혹시라도 발작 같은 고통, 그 순간을 상상하면 너무나 두렵다고 어쩌냔다.

운다.

그래. 가능하면.

엄마 혼자 겪도록…….

'겪으셨다'라는 누군가의 전언으로만 겪고 싶은.

눈물로 진행되는 뜨거운 공모, 또는 합의.

2012년 9월 19일 수요일

여섯 시간을 잘 잤다.

꼬들꼬들 잘 말라가는 햇살 따라 엄마한테 간다.

"엄마" 하고 부르며 손을 잡는데 엄마가 입술로 하는 말이 보인다.

"와 인자 와……."

못 알아먹은 체한다.

부드러운 미소로 이렇게 말하면 좋을 텐데.

엄마 막내 딸내미 기다리셨구나. 좀 일찍 올걸.

어젯밤에 오빠언니들이랑 수다 떠느라고, 엄마, 미안…….

"집에 가자. 여기서 낫나? 죽지도 않는다."

오빠 두 손 끌어 잡고 두세 번.

"집에 데리다 도고."

호흡기랑 다 떼면 정말 금방 가셔야 해요.

엄마 그래도 조금만 천천히 가셔요.

왜 이렇게 진심으로 말하지 못하는 걸까, 나는.

마음이 없다, 진심이 없는 거야.

갑자기 참고 있던 병실 냄새, 병원 냄새가 폭발한다.

싫다. 너무너무 싫다.

후각조차 이다지도 부지런을 떠는가.

시간에 오염되고 뒤틀리고 변형된 인간들을 견디느라 따끔거리는 눈알을
달랠 길이 없다.

엄마를 떠난다. 병실을 나왔다.

엉성한 시간을 견디지 못하는 내면의 통증까지 등줄기를 타고 내린다.

병신, 실로 내게 맞는 말이다.

지랄하는 감각을 달래고 죄책감을 죽이느라 요란하게 작동하는 뇌를 정
지시키려 버둥버둥.

가라앉히고 싶은 엄마의 부은 발이 계속 떠오르며 내 몸의 수분이 빠진다.

나무토막 같은 내 육신은 집으로 굴러 도망치고 말았다.

몸둘 바 모르던 나는 눈알을 굴리다가 제목에 홀려 쉼보르스카의 시집
『끝과 시작』을 폈다.

막바로 '단어를 찾아서'와 충돌한 후 기절할 뻔.

내 깻잎 향기 같이 느른하고 한가한 단어가 아냐.

투쟁의 단어, 열정의 단어. 살아 있는 말. 혁명의 단어.

형형한 의식과 의지가 힘을 업고 세상을 열어젖히는 말, 행위 찾기다.

그녀를 조용히 덮었다. 밀었어, 찌그러져 있어야 해, 병신.

불필요한 물기를 말려야 해.

단어를 찾아서

비슬라바 쉼보르스카

솟구치는 말들을 한 마디로 표현하고 싶었다.

있는 그대로의 생생함으로.

사전에서 훔쳐 일상적인 단어를 골랐다.

248

열심히 고민하고 따져보고 헤아려보지만

그 어느 것도 적절치 못하다.

가장 용감한 단어는 여전히 비겁하고,

가장 천박한 단어는 너무나 거룩하다.

가장 잔인한 단어는 지극히 자비롭고,

가장 적대적인 단어는 퍽이나 온건하다.

그 단어는 화산 같아야 한다.

격렬하게 솟구쳐 힘차게 분출되어야 한다.

무서운 신의 분노처럼,

피 끓는 증오처럼.

나는 바란다. 그것이 하나의 단어로 표현되기를.

피로 흥건하게 물든 고문실 벽처럼

내 안에 무덤들이 똬리를 틀지언정.

나는 정확하게 분명하게 기술하고 싶다.

그들이 누구였는지, 무슨 일이 일어났는지.

지금 내가 듣고 쓰는 것, 그것으론 충분치 않다.

터무니없이 미약하다.

우리가 내뱉는 말에는 힘이 없다.

그 어떤 소리도 하찮은 신음에 불과하다.

온 힘을 다해 찾는다.

적절한 단어를 찾아 헤맨다.

그러나 찾을 수가 없다.

도무지 찾을 수가 없다.

2012년 9월 20일 목요일

새벽 2시쯤 깼다.

"집에 가자"는 엄마의 말과 손바닥과 투명 비닐 껍질 발을 말똥말똥 그려
보았다.

좀처럼 사라지지 않는 발.

표본실의 유리병에 든 엄마 발. 안 돼!

지금도 그렇게, 그렇겠지.

제발 그 물기 좀 뺐으면…… 싫어, 너무 싫어…….

일어나 책의 활자를 훑는다.

눈알이 찢어질 듯하여 도로 눕다.

2012년 9월 23일 일요일

딸내미 전화, 지금 할머니 뵙고 가는 길이래.

호흡이 편안하시더래. 남자친구 데려오라고 하셨대.

할머니 발에 붓기 하나도 없이 깔끔하던데 엄마 왜 그랬어?

하나도 없어, 붓기가? 어떻게 싹 빠졌지?

올케랑 통화. 추석 쇠고 엄마를 집으로 모시겠다는데 왜 이리도 아득한가.
링거는 여전히 들어가는데 붓기는 다 빠졌단다. 오빠가 기도해서 빠진 거
래. 금식하고 작정기도를 했대? 그렇다고 빠져? 모르겠네, 모르겠어. 오빠
가 이런 주술 같은 일을 시도했다는 것부터가 너무너무 놀랍다. 언 무 같
은 엄마 발이 오빠도 싫었더란 말이야? 부은 발 만지며 징징거리는 동생이
아팠던 거야? 그래서 이름에 걸맞도록 '작정'을 하고 기도를 했단 말이지?

250

어이없지만 어이없다고 말할 수는 없네. 밀물과 썰물로 대양도 움직이는 그 큰 힘이 그걸 못 빼겠나, 끽해야 주스 한 병! 이상하네. 그 큰 힘을 움직인 건 오빠잖아? 오빠는 정말 믿은 거야? 믿을 수 없는 것을 믿는 게 믿음이겠지. 믿을 수 있는 것은 누가 못 믿겠는가. 나는 믿을 수 없다. 아버지가 내 이름을 불러주지 않았기 때문이라고 나는 계속 의심한다. 오빠는 아버지가 불러주는 이름을 들었으며 대답도 했을 것이다. 머리도 쓰다듬어주었을 거야. 오빠는 믿어도 나는 못 믿는다. 이해할 수 없는 일은 언제나 일어나지. 이해 안 하면 된다. 이해하고 싶다, 알고 싶다.

가볍고 가지런한 엄마 발, 마르고 하얀 엄마여야 한다.

그녀의 생을 가로지르는 행위와 실천의 함축, 상징이다.

그 가로대 끝에 내가 걸려 있지.

자신도 걸린 걸 오빠는 눈치챈 걸까? 그런가?

집으로 모셔간다는 말에 의사가 펄쩍 뛴단다.

예쁜 엄마 발 보러 가야겠네.

뛴다는 말이 무색하도록 제 각각의 색과 강도로 버성긴 우리 칠남매였어.

메마른 틈이 있었기에 서로를 침범하거나 깨뜨리지 않을 수는 있었으나

온기 없이 버석거리는 일곱과 그 식구들 사이를 오빠랑 올케는 물처럼 공기처럼 누볐지.

왕 강적. 그러니 결론 났네.

칠남매 가운데 제일 유별난 사람은 막내오빠라는 거 아냐?

그 짝꿍 올케는 더하지, 더해. 허허, 하하핫, 그렇구나.

참말 이상한 사람들이라니깐? 이해하기 어렵다고.

이건 고백이다. 완전한 수용이자 인정.

올케 전화를 받는다.

"아까 통화 끝나자마자, '그때까지는 너무 길다⋯⋯'는 애기씨 말이 하나님 말씀인가 싶은 거예요. 오늘 봐서 집으로 모셔올까 싶어요."

언니의 말소리, 음절 하나하나가 마디게 날아와 몸통과 머리통 여기저기를 아프게 훑는다.

마음은 형용사이자 동사인 줄 알았는데 칼이 되었나 싶은!

담대, 용기, 사랑 따위 말들이 두개골로 날아와 딱딱 부딪친다.

뜨거운 번개!

엄마가 집에서 우리랑 같이 마무리를 하시게 되는구나.

좋아하는 노래를 몽땅 불러야지.

'해조곡', '기러기 아빠', '동백 아가씨', '애수의 소야곡', '봄날은 간다'⋯⋯.

아! 죄다 슬픈 거네. 슬퍼. 엄마는 깊이깊이 슬펐던 거야. 말도 하지 않고⋯⋯.

못한 말, 해야 할 말 몽땅 조잘거려야지. 무슨 일이 있겠어.

시나브로 당신을 거두어들일 뿐이지.

입은 동사動詞 이상이다. 수행사隨行詞다.

그럴 것이다. 하아, 하⋯⋯.

심호흡하며 의자에 앉는데 휘청, 종아리가 푸르르 흩어진다.

오른쪽 가운데 발가락이 지릿지릿 꼬이며 마비된다.

주무르면서 두 발을 나란히 의자에 펴 올린다.

기름한 발가락 다섯 개 모두 사이가 벌어져 있고 둘째 발가락이 더 길다.

엄마랑 같다, 똑 닮았다.

이제 또 엄마 보러 가자, 같이 있자.

엄마, 나 왔어요. 언니도 왔어요.

엄마 발이 날개 같다.

부드럽고 가벼운 깃털 다섯 개.

얼마든지 맘대로 가시겠네, 우리 엄마.

근데 눈이 다 어디 갔나?

엄마 눈이 무척 큰데 어쩌면 요리 작은 동그라미가 되었을까?

한 알의 결정, 무심한 구슬이네.

엄마가 어째 수상해서 나는 요리조리 살피고 어루만지며 검열을 한다.

자신을 줄이고 말리는 겸허와 정결이야, 엄마는.

나도 이렇게 될 수 있을 거야. 우리 엄마처럼 말이지.

미리 보는 가장 확실한 내 모습.

순백의 침묵.

장엄한 약속.

이보다 더 좋을 수 없다.

오늘 집으로 모신다 했건만 심장 기능 수치가 현저히 떨어진다.

혀와 눈동자와 호흡이 접히고 꺾이며 어긋난다.

엄마의 날개가 침상을 가볍게 차고 하얀 빛으로 휘돌아 오를 것만 같다.

납작하게 떨리는 찬송가.

고요히 분명한 오빠 음성.

어머니, 천사들 보이시죠? 예수님이 마중 나오셨지요?

그래, 그래. 눈으로 고개로 응답하는 엄마.

엄마가 나를 데리고 갈 것 같다.

엄마의 완성을 보기 위해 나는 엄마 곁에 있는다.

2012년 9월 26일 수요일

어젯밤 오빠 집에서 깜빡 깜빡 엄마를 보았다.

커피잔을 만지면서, 소파에 나란히 앉아서, 엄마를 보았다.

베란다에 서서 주차장의 우리를 향해 손짓하는 엄마를 환각했다.

찍어내는 것만 같은 눈알이다.

그건 폭발하여 온 세상을 떠돌며 모든 걸 볼지도 몰라.

엄마만이 본 것을, 보고 싶었는데 못 보고 만 것들을…….

엄마는 사촌언니를 알아본다.

그리고 손짓한다. '집에 가자.'

그리고 식지 손가락 하나 세운다. '하루만.'

집에 가자, 하루만……. 올케가 스치듯 말했다.

"어머니, 가다가 큰일나셔요."

"지랄한다." 아, 진짜 엄마다, 우리 엄마 말이다.

ㅎㅎㅎ 웃었다, 지랄하고는! 참 좋다…….

웃음 끝 바람결에 사륵 엄마 입술, 그 움직임이 나를 친다. 가자, 가자, 가
자…….

가슴 한복판이 얻어맞아 출렁 출렁 가요, 가요, 가요…….

엄마 손을 잡는다.

세계와 접촉할 수 없음에 절망하는 나뭇잎을 붙든다.

지금 집에 모시고 가자고 나는 말한다.

하룻밤 엄마랑 집에서 같이 있자고.

하루만 소원 이뤄드리자고.

엄마는 하간절하고 나는 하답답해서.

그거라도 아니면 엄마한테 갈 길이 없을 것 같아서,

엄마랑 연결할 노둣돌 하나 놓아야 할 것 같아서.

철없이 밀어낸 말이었나.

엄마는 병원에 버리고 나는 천안 내 집에 왔다.

고속도로 입출구가 헷갈려서 한 시간을 더 돌았다.

얼마든지 돌아라, 길은 통하고 막히면 돌아간다. 가자, 가자, 가자…….

짐을 대강 푼다. 몇 가지는 그냥 담아둔다.

언제든지 떠날 수 있어야 한다. 인생.

그런데 번쩍!

병실에서 나오기 직전, 그, 그 무슨 수치가 점점 내려가던데…….

어디까지 내려가도 괜찮은 건지 물어봤어야 했는데?

추석이야 쇠고 가시려니 하고 휙 내려온 건데, 바보같이.

아무리 엄마지만 혼자 무서울지도 모르는데?

아무리 가벼운 날개라도 펼 때 도와야지?

왜 왔어! 하루 더 있지 않고!

아냐! 엄마는 평화로웠고 의식이 맑았잖아.

그러니까 함께 있었어야지!

그런 거야? 아아, 눈알이 몹시 아프다.

깊숙이 말리는 따가운 눈알을 뒤통수가 잡아당긴다.

짓무른 눈에 눈물이 주르륵, 시커먼 동그라미가 커져간다.

눈물 아니야, 모르겠어, 동굴이야, 동굴 속을 소용돌이치는 바람이야.

몰라, 나는 모르겠어.

2012년 9월 27일 목요일

꿈.

꺼먼 옷 입은 사람들이 줄지어 어디론가 한도 없이 끝도 없이 계속 계속
가더라.

전화!

애기씨. 어머님…… 새벽에…… 4시 반에…… 가셨어요.

……. ……. ……

엄마의 이마는 빳빳한 냉기로써 내 뺨부터 전체를 밀어냈다.

나도 엄마를 끊어내야 했다.

엄마가 타고 있을 때 여름 꽃밭에 누웠는가…….

껌뻑 나는,

불쑥 뼈로 드러난 엄마를 응시할 수 없었다.

이런 전환이 어찌 가능하단 말인가. 미친 것들!

인간아, 아, 인간아…… 드러날 수 없는 것을…… 엄마의 비밀을…….

침묵하는 위엄, 단호한 거절.

저 흰 뼈가 그토록 나를 받쳐주었던가.

완벽한 증언!

엄마는 다시 가루가 되었다.

이, 이 아무것도 아닌 것,

그 온기와 무게를 움켰을 때 손톱 밑으로 들어왔다, 그것은.

네 살 때 엄마한테 준 내 뼈를 돌려받은 거다.

이제 나는 엄마가 된 거야.

엄마는 자연으로 돌아가는 꿈조차도 그림으로 보여준다. 원위치! 엄마는 흙을 품었다. 바람과 햇볕과 비는 엄마와 함께 아래로 위로 흐를 것이다. 별도 되고 꽃도 되어 다시 내게 올 것이다. 내가 본대로 나도 될 것이다. 이루어지는 거야. 정말 내 엄마다. 아아, 고맙습니다. 엄마, 엄마, 고맙습니다. 무럭무럭 클게요. 엄마는 완전한 말이 되고 글이 되는 거예요. 내게서 호칭 하나를 거두어갔잖아요.

요동치는 심장 가운데 뜨거운 돌 하나, 녹아내리는 물.

물과 불.

공원묘원. 울타리가 하늘이고 땅이다.

엄마 이름 쓴 조약돌 위로 시퍼런 하늘이 왈칵 쏟아진다.

초록에 포위된 검은 사람들을 고정시키는 황금 햇살.

숨 막히는 아름다움에 붙들리는 순간.

정제된 숭고함.

엄마는 공백이 되었다.

종終이 아니라 완完!

밤이 이슥합니다. 나는 비늘을 벗겼습니다. 떨어진 편린들, 몸 조각들, 때들, 가루들, 아아 가렵다. 정말 가렵다. 굳은 고름 냄새거나 종양의 화석을 만지려는가 싶을 때면 생의 근원으로부터 전해지는 금지를 듣습니다. 하지 마! 이 생각들은 어떻게 엮여 나타난 걸까? 왜 손가락 걸고 빙빙 돌며 흐르나요? 스스로 원하여 길을 내는 생각은 결코 죽지 않는 건지요. 드러나지 못한 생각들은 미래에 올 사람들로 전해지

는 걸까요? 빛살 조각으로 흩어지고 마는 걸까요? 쉿! 조용히! 억제
하라는 명령이 또 옵니다. 그러나 이제 깁스를 거의 푼 것 같습니다.
팔다리가 움직입니다. 생이여, 감사합니다.

생에 감사해요. 내게 많은 걸 주었어요.
샛별 같은 두 눈을 주어
검은 것과 흰 것을 구별하게 합니다.
높은 하늘 촘촘한 별들을 보고
무리 가운데 내 사랑을 찾을 수 있었습니다.

삶에 감사합니다. 내게 많은 걸 주었으니.
귀뚜라미 울음과 카나리아의 노래,
망치 소리, 물레방아, 공사장, 소낙비 소리,
사랑하는 사람의 부드러운 목소리를
언제 어디서나 들을 수 있는 귀를 주었습니다.

생이여 감사해요, 내게 많은 걸 주었습니다.
어머니, 친구, 형제, 그리고
내 사랑의 영혼을 비추는 찬란한 빛,
이런 것들을 생각하고 발음할 수 있도록
소리와 글자를 주었어요.

생에 감사해요. 내게 많은 걸 주었어요.

내 두 발을 이끌어주었어요.

도시와 시골길을 걷게 했어요.

해변과 사막을, 산과 벌판을 걷고

그대의 집과 거리, 정원을 걸었습니다.

인간 정신의 창조물을 볼 때

악이라고는 모르는 착한 사람들을 발견할 때

그리고 맑은 그대 눈 깊숙이 들여다볼 때

마구 뛰는 심장을 주었습니다.

삶이며 감사해요, 많은 걸 주었습니다.

이토록 많은 것을 준 생에 감사합니다.

웃음도 주고 눈물도 주니

기쁨과 슬픔을 구별해낼 수 있어요.

그것들로 내 노래는 만들어졌습니다.

그 노래는 또한 여러분의 노래,

모든 이의 노래는 또한 나의 노래.

생에 감사해요, 삶이여, 감사합니다.

-'생에 감사하며'(메르세데스 소사 노래)

스페인어를 전혀 알지 못하니 번역된 노랫말 여러 개를 가지고 프랑
켄슈타인의 괴물을 만든 것 같습니다. 마음이 있고 감정을 느끼는 괴
물은 위험하지 않다고 생각합니다. 삶은 이미 모든 것을 환대한걸요.

안녕, 잘 자요.

시간이 되었습니다.

0.
군더더기,
차를 마시는 시간

깃발 같은
찌꺼기

오늘도 해 뜨네, 해가 뜬다! 저 예쁜 것, 추워도 얼지 않고 빨간 얼굴 보이는 저 고운 것, 말하지 않고 웃는 저것. 해만 뜨면 끝이야. 햇살만 보면 마음이 놓이거든. 소거되는 불안과 가만히 놓이는 마음이 물질처럼 느껴지던 때는 이제 지났다. 불안 위에 떠 있다 놓이는 마음이 선연히 보였더랬어. 쉼 없이 떠돌던 그것이 몸통 어딘가, 주로 심장 근처에 자신을 내려놓고 형체를 잡는 게 근육적으로 느껴졌던 거야. 그럼 살아, 살 수 있어, 하는 말이 들리는 것 같지. 아무리 지워도 지워지지 않는 말, 지워질 수 없는 말이 자주 끝내 밖으로 나오는 것 아닐까? 살 수 있어…… 이제 놓아버려도 되는 말이건만 오래오래 내 몸에 새겨져 내 몸으로 살았으므로 버리지 못 하는가? 아주 버리면 자신조차 버리게 될지도 몰라서 나를 확인하느라 밀어내는 말인 걸까?

아직 남은 불안의 찌꺼기를 묻힌 채로 말이다. 제거할 수 없는 나머지, 나를 나라고 알아보게 만드는 깃발 같은 찌꺼기.

커튼을 동쪽 창부터 활짝 걷는다. 멀리 보이는 산이며 하늘 언저리는 아무리 자주 보아도 아련하고 그립다. 데이빗 프리드리히의 그림 '창밖을 보는 여인'을 볼 때마다 나는 창문을 더 활짝 열고 싶었다. 뒷모습을 보이는 그녀라면 나가고 싶으냐고 물을 것도 없이 그녀가 들어가고 싶은 풍경이거나 미래 너머로 등을 밀어주고 싶었어. 아리송한 그녀들의 마음에 적극 관여하고 싶었다. 혹여 자신의 발이나 신발을 갖지 못한 것은 아닌지 걱정도 하지. 그러나 거듭 내다보노라면 언젠가 그녀도 이동하게 되리라, 없는 발도 생기리라. 창문 가까이 설 때마다 나는 그녀들에게서 나를 보았다.

커튼을 열면 햇발이 햇빛을 묻히고 2층 계단으로 성큼 오른다. 촤르르륵……. 통통한 웃음처럼 따라붙는 소리는 남쪽 창의 커튼을 일순간에 열어젖힐 때 더욱 커지고 자신만만하다. 세상의 모든 노랑이 들어와 깔깔거린다. 불안의 조각들에게 쉬어도 좋다는 신호를 보내는 그것들.

하아, 의례다. 효능이 있는지 생각하거나 확인하는 일도 없지만 그것 덕분에 모든 것이 제자리에 있을 거라는 느낌으로 만나는 부적 같은 의식. 사람들은 대부분 저마다 몇 개의 의례를 가지고 있을걸? 그것 없이 견딜 수 없지만 자신은 의례인 줄 모르고 행하는 자신만의 작은 제사들. 나는 모르는데 주로 습관이거나 버릇이라 불리면서 남이 발견하는 작아서 깊은 진짜 비밀.

"여보, 차 마시자. 지금 얼른 마시는 게 좋아."

"응, 마실게."

늘 그렇지만 남편은 두 잔 마시기가 힘겹다. 왜 차를 좋아하지 않지? 좋아하지 않는 게 아니라 많이 마시지 않음이거나 두 잔이 좋은 거겠지만 그냥 말해본다.

"이게 얼마나 몸에 좋은데."

"보이차 좋지."

"그러니 한 잔 더 마셔."

"응, 마시고 있어."

"따뜻해지네. 온기에 둘러싸이는 것 같아. 여보, 그렇지?"

"응, 좋네."

하나 마나 한 이런 대화는 오래된 부부의 시간성에서 우러나온 완전에 가까운 소통이다.

나는 꿀꺽, 들이붓듯 마시고 남편은 천천히 두 잔. 일어선다. 좋다. 내가 잘 살아야 좋지. 좋은 것을 먹어 좋은가. 좋은 것을 왜 먹지? 왜 건강해야 하지? 왜 운동하지? 좋으려고. 내가 보기에 좋은 삶, 진정 내가 좋다 싶게 사는 내가 되려고.

나도 벌떡 일어난다. 어깨를 쫙 편다. 눈은 쉬되 내 안을 본다. 사물과 만나는 자리가 나를 보는 자리다. 눈을 감고 두 손으로 찻주전자와 찻잔을 잡으면 온기와 함께 내밀한 소리들이 울려 나온다. 찻잔을 간질이며 그것의 속삭임을 듣는다. 나는 우리가 하고 싶은 말, 내 말을 듣는다. 수십 년 사로잡혔던 세상의 의미와 가치와 행동에 거리를 두면서 반대쪽도 자주 쳐다보는 중에 있다. 그것으로부터 떨어져 머무르면서 나는 내가 되고 있다.

오늘은 유부초밥을 할 거야. 오옷, 양파를 썰다가 칼이 빗나갔다. 매운 눈을 끔뻑 하는 사이, 왼쪽 식지 끝에 피가 스민다. 1밀리 정도 벌어진 살갗을 붙이듯이 누른다. 아주 살짝 스미는 피만 보아도 모든 공포가 일시에 뜨끈하게 정수리부터 내리누르던 예전의 나는 어디로 가버린 걸까? 스스로도 엄살이 심하다고 어이없어 할 만큼 피가 무서웠더랬다. 지금도 무섭지 않은 것은 아니고 작은 상처에도 움찔 공포가 몰리지만 이전처럼 그렇게 아프지도 분하지도 않다. 괜찮다고, 아무것도 아니라며 든든하게 받쳐주는 힘이 생겼거든.

아픈 것은 그렇다 치고 분하긴 왜 분한 건지 그건 더욱 답답했다. 엄마가 안아주기를 바라는 아이의 어리광이거나 나는 그런 일을 조금도 겪어서는 안 된다는 예외의 자리에 놓고 싶은 같잖음이다. 내 안의 불안이거나 공포가 엄청남을 짐작할수록 그것의 정체나 그것의 은거가 형성된 내 과거가 궁금했으니 정신분석을 만나지 않을 수 없었던 거다. 백수를 선택한 이후 곧장 거듭 선택한 일. 도대체 무슨 까닭에 어떤 과정으로, 생애 초반에 무슨 일들이 있었기에 이렇게 생겨먹었는지 나의 시간을 거슬러 생의 본원에 관한 호기심이 일었다. 나를 직조한 사건과 사람과 사물, 모든 대상 들을 만나 다시 살고 싶었던 것이다. 그런 고고학적 도구로 시작했던 정신분석이 나와 타자, 사회 현상에 대한 근원에 가까운 이해를 넘어 철학과 만나더니 가능성으로서의 미래를 부르고 존재의 자리도 더듬게 하니 그 기쁨이란!

그러다 불안의 정체다 싶은 것과 마주쳤으니 그건 인간이 알지도 설명할 수도 없는 텅 빈자리, 아득한 틈, 존재의 열려 있음이었어. 그럼에도 불구하고 말끔히 안다고도 모른다고도 할 수 없는 것들과 직면할수록 두려움은 사라지고 공부가 재미있어 죽겠더라는 말이 맞다. 아무튼 이전엔 작은 통증이나 깨알 같은 핏방울만으로도 곧장 죽음으로 직행하듯 강렬한 에너지가 쏠리며 이동하는 느낌이랄까, 찰나적 아뜩함으로 몸 전체를 긴장시키며 심연을 딛고 튀어 오른 듯 숨이 멎곤 했으니 말이다. 공감을 구하며 남에게 말하거나 설명할 수 있는 아픔이나 분함도, 사건도 아니었다. 둔하고 막막하며 가느다란 외로움이라 할까? 무의미해 보이는 자잘한 일이나 미세한 것들의 반복에 대한 짜증 또한 그러했다. 이를테면 콩쥐가 했던 곡식 고르는 일 같은 것 말이다. 내가 하는 것도 아닌데 너무나 답답하여 폐는 숨을 멈출 듯 압도당하곤 했지. 산더미같이 쌓아놓은 곡식들을 어찌 골라내란 말인가! 똑같아 보이는 그 작은 것들이 수북한 가운데서 무엇을 어떻게 구별하고 나누란 말인가! 도대체 나한테 원하는 게 뭐야?

하루는 왜 반복되며 태양은 왜 다시 뜨는가

낱알을 고르고 분류하는 일, 그것은 참을 수 없이 반복되는 소소한 고통을 견디는 것이 존재라는 가르침일까? 곡식처럼 생명을 품고 가능성을 지닌 인간이야말로 귀한 존재이니 반복으로 자신의 생을 전개하라는 걸까? 그 과정에서 나와 타자를 구별하고 참된 나와 거짓 나를 구별하는 힘을 얻으라는 것? 알곡과 쭉정이를 분별하면서 말이다. 곡식들이 비슷하지만 다르고, 다르되 같다는 것. 그래서 곡식 고르기가 어려운 과제로 동화나 신화에 등장하는 건가?

그런 과정을 거치며 반복하는 존재로서의 나는 이미 이전의 내가 아니라는 놀라운 은유이자 상징이겠지? 이전의 나와 똑같다면 하루는 왜 반복되며 태양은 왜 다시 뜨겠는가? 수십 년을 살 까닭이 없지 않은가? 그러니 그런 식으로 이야기가 숨기면서 드러내고 있는 것이 생의 무게와 견딤 아니냐. 가없는 고통을 견디고서야 인간으로 제 한몫을 할 수 있다는 것. 스스로를 반복함으로써 굳지 않게 틈을 내고 그 빈곳에서 다시 창조하는 것만이 자신의 생이라는 것. 그때 자연이 도와준다는 희망을 주되 그 희망조차 결국은 우리 자신의 노력이 만들어내는 것이라는 협박 같은 강력한 가르침!

상상력을 가장하여 생의 끔찍함을 너무 많이 예고한다 싶던 동화의 엄청난 상징들의 폭력을 그렇게 새삼스럽게 알게 되던 것이다. 그런 상징과 은유가 일찍이 내장되지 않고서는 도저히 견딜 수 없는 인간의 삶과 문화라는 것의 근원적 폭력성과 가혹함에 대한 진정한 예고가 아닌가 말이다. 동화나 신화라는 이름의 무시무시한 이야기들이 왜 그리 끔찍하고 외설적이기까지 한지를. 그저 상상이야, 그냥 이야기 속의 이야기일 뿐이야, 하지 않고서는 감당할 수 없는 생의 본래적 괴물성을 엿보게 했던 거다. 그래서 부모들은 잠드는 아이 곁에서 동화라는 생의 필독서를 읽어주었던 게 아니겠는가. 애야, 곧 네 스스로 삶을 읽어야 하는 때가 온다. 괜찮아, 넌 잘 할 수 있을 거야.

그렇다면 내가 선택할 수 없었던 생의 초반에 나도 모르게 생겨 먹은 나를 내 힘으로 건드려볼 수 있을까? 나를 다시 읽으며 건드리고 재해석하면서 나의 생겨먹음, 그 구조를 바꿔볼 수도 있을까? 나라는 존재에 닿아볼 수 있을까? 생긴 대로 계속 굴러갈 것인가, 멈추고 생각할 것인가? 공처럼 팔다리도 없이 이리저리 바쁘게 굴러다닐수록 속이 많이 비었다는 건데 빈 속을 지금 무엇으로 채우고 있는지, 무엇으로 좀 잘 채우고 싶은지. 내가 나를 다시 한 번 굴릴 때 돌아오는 내가 이전의 나와는 다를 거라고 생각했던 것이다. 먼지 하나라도 묻고 조금이라도 튼튼해졌겠지? 보이지 않는 어떤 차이로 전과 다른 내가 되는 거겠지? 나, 아등바등 작고 부실한 나를 키우려고 몹시도 안절부절못했던 것 같아. 슬프고도 기쁘네. 좋다, 참 좋아.

그건 짜증, 주로 분노가 아닌 짜증이었다. 자신의 무력함을 인정하지 못하는 탄식이거나 의존하고 싶다는 징징거림이자 헛된 자책이다. 아무리 개인적 진실에 가깝다 해도 그저 투덜거림이며 불평불만의 습관적 드러남으로 보일 뿐 상황을 변화시키거나 변화를 위한 힘을 발휘하기는 역부족이다. 용기 있게 무언가를 바꾸고자 하는 행위에 대해서조차 피로감과 함께 짜증을 내는 사람들이 얼마나 많은가. 어린 사람일수록 짜증이 많은 것은 아마 그래서가 아닐까? 학교에 있을 때 아이들은 짜증 난다는 말을 얼마나 자주 하던가. 그게 정말 짜증 나고 듣기 싫었던 까닭은 아마도 내 생의 초반부 역시 내내 짜증이었기 때문이 아니었는가 싶다. 어쩌면 자라지 못한 분노가 짜증일지도 모르겠다. 분노는 일시적일지라도 뭔가 바꾸고 싶어 하는 자신을 느끼고 그것이 거듭되면 실천으로 동사를 부릴 때가 많지. 변화를 향해 나가도록 추동하는 힘과 방향이 담겨 있는 말이다. 분노하는 법을 알수록 그러하리라. 따라서 분노를 잃어버린 자리에는 복종과 생각할 필요 없음과 무사안일이, 평화라는 가면으로 자리를 차지할 거야.

나를 자극하거나 걸려 넘어지게 만드는 남의 말이나 행동, 내게 거슬리고 내 일의 진행을 방해하는 남의 언행이 대부분 내 안에 있는 것, 내 것임을 정신분석을 공부하며 제대로 알아가면서 나는 참 많이 부끄러웠으니. 공부한다고 이름 붙인 시간이 길어질수록 뭔가를 조금 알아간다 싶을수록 가장 명료하게 알아가는 것도 '모르는 게 너무 많다'라는 사실이었으니. 그렇게 부끄러운 나이자 고통 자체인 나와 무수히 맞닥뜨리게 될 것이라는 두려움과 동시에 얼마든지 맞짱 뜰 수 있다는 힘이 솔솔 자라는 것을 보았지. 심연을 마주하는 고통이 깨닫는 기쁨과 겹칠수록 나는 내가 되어가는구나 싶은 거였어.

그렇게
안 하고 싶어요

그러니 곡식 고르기보다 더 무의미해 보이는 반복을 나는 이미 너무 많이 한 건 아닐까? 그래서 '하면 된다'라는 말을 싫어했던 게 아닐까? 하면 된다고 몰아붙였던 독재자 탓만이 아니고 말이다. 태산 같은 낱알더미가 앞에 놓였으나 고르고 싶지도 않거니와 식별하기를 포기한 내게 그 말은 숨통을 막는 검은손이 아니었을까? 그러니 짜증 내는 아이들에게 진정한 반복의 힘을 전할 수 없었던 건 아닐까? 소극적인 아이들에게 해보자고 권하되 '해도 안 되는 것도 있지만'이란 말을 덧붙이기를 잊지 않았으니 격려치고는 역시 소극적이고 수동적이었던가?

그럴듯한 변명을 하자면, 나는 바틀비처럼 "~를 안 하고 싶습니다"라고 말하지 못 하고 살았지만 아이들에게는 안 하는 것도 하는 것임을 알려주고 싶었달까.

멜빌의 〈필경사 바틀비〉를 아이들과 읽을 때는 그 기이한 인간형에 잠시 놀라고는 금방 잊었더랬지. 눈치 보기와 자발적 복종으로 바스락거리는 사람들로 넘쳐나는 때 허를 찌르는 생각거리를 주었던. 그리고 "그렇게 안 하고 싶어요, 선생님"을 일시적으로 유행시키며 몇 번 배꼽을 움켜쥐었던.

그러다가 명퇴 직후 맨하탄 월스트리트를 걸으면서야 뭘 좀 알았던 거야. 방충망처럼 창문 구멍 촘촘한 수직의 건물들, 바람도 달아날 곳을 찾지 못하고 어느 귀퉁이에서 회오리가 되어 비명을 지르던 로어 맨하탄 한가운데 구멍을 내고자 했으나 실패로서만 성공한 혁명적 인간 바틀비를 생각하고 그의 이름을 불렀지. 나도 이제 당신처럼 말할 수 있다고 그에게 말한 거야. 드디어 내 입으로 나를 말했다고. "나는 교직에 있지 않는 것을 더 좋아합니다." 그때 나는 내가 되었던 거야. 원더, 경이!

그리고 바로 그때, 신자본주의 제국의 심장 미국 맨하탄 한복판에 던지겠다고 가져간 폭탄을 앨리스 섬이 보이는 곳, 허드슨강 하구 작은 화단에 몰래 버리면서 나는 희망의 닻과 함께 배에서 내렸을 수많은 사람들을 생각했다. 이민자들의 나라, 힘없고 가난한 사람들이 죽음으로 일구어낸 서러운 그 땅이 하는 말이 들려오는 듯했다. 그 위에 엎혀 9.11 희생자들의 목소리가 와글거리는데 어쩔 수가 없었어. 그래, 폭탄 던지기 따위는 내가 할 일이 아니야, 안 하고 싶어.

고통을 희망으로 만들어낸 그들의 미래인 집, 집들과 거리, 거리들, 화단과 크고 작은 공원들과 손, 손, 손이 만들어낸 모든 것들에서 나는 무로부터 꽃처럼 피어난 창조를 본 듯했기 때문이었다. 그 삶의 터전, 반짝이는 창문 구멍마다가 찬란한 눈물인 것만 같아서, 너무나 아름다워서 나는 스스로 무장해제하며 명령을 바꾸었던 거다. 맨하탄, 가라앉지 마, 자폭하지도 마! 헐리우드 키드로 자라 반미 시위를 하면서도 나는 미국을 남몰래 사랑했던가? 적어도 내가 헐리우드 '키드'일 동안과 그 이후 한동안 그곳은 정직한 기회의 땅임에 틀림없었으니까. 그들이 경계를 둘러치고 그들의 이름을 붙인 땅이지만 온 세상 사람들이 원하여 자신들의 깃발을 꽂을 수 있도록 환영했으니 말이다. 처음 그 땅에 들어온 그들을 인디언들이 천막으로 들이며 환대했던 것처럼 말이다.

그렇게 주인으로부터 환대받은 자들이 주인을 몰살시켰으나 환대받은 자에게 환대가 기억되기는 했던가. 나치의 유대인 학살이 수없이 환기되는 데 비해 그들의 인디언 학살은 왜 그리도 조용한 것인가. 총칼로 사는 자들의 횡포이자 반성조차 목구멍으로 삼켜버린 삶이 숨기며 드러내는 이중 폭력이 아닌가.

그 폭력의 땅에 스스로가 구멍이었던 바틀비. 그는 내가 두고 온 맨하탄 월스트리트 한가운데 마침내 구멍을 뚫고 말았으니 그는 자신이 부재할 장소에 이미 어떤 식으로 현존했던 것일까? 그의 유령들은 2011년 가을 월가를 점령했으니 말이다. 그 사건은 사람들 가슴이거나 자본주의 자체에 어떤 식으로 얼마만큼의 구멍을 뚫은 것일까? 내가 지금 행복한 것은 오래전부터 누군가가 나의 행복을 빌었기 때문이라는 소박한 믿음으로, 내가 누군가의 행복을 원하는 정도만으로도 바틀비의 선언은 유효하고 삶은 변화되어가는 거라 생각한다.

삶의 달인,
실천하고 즐기는 사람들

그러니 진정한 깨달음은 주로 열리는 입과 함께 '아!'로 오더라. 눈동자와 입 구멍이 열리고 인식의 지평이 하얗게 펼쳐지는 순간의 청량감, 세포 낱낱이 떨릴걸? 남달리 어떤 것을 이루어낸 사람들의 애씀과 인내의 과정이 불현듯 가늠되면서 존중감이 들기 시작할 때 나를 흔들던 놀라움은 생에 대한 감사의 폭발을 연쇄적으로 일으키면서 조용하나 깊게 간직되던 것이다. 승복감이라 해도 되리! 가끔 보면 귀엽긴 하나 무관심했던 아이돌들조차 우리에게 기쁨을 주기까지 얼마나 많은 연습으로 힘든 과정을 겪었을 것인가. "고마워, 얘들아" 하는 말이 절로 나오던 때였으니 말이다.

그런데 더 큰 놀라움으로 나를 뒤흔들었던 것, 살아 있어 진정 좋다 싶던 것은, 역시 최선을 다했음에도 난관에 부딪쳐 성취한 바 없는 것처럼 보이는 사람들을 향해 더한 존경심과 승복감이 솟을 때였다. 순정한 마음으로 그들의 아픔과 절실함에 닿아보고자 더욱 그들 속으로 이끌려 들어가게 되더라는 거다. 그리하여, 자신을 지속하고자 노력하는 존재의 위엄이 어떤 것인가를 발견한 사람들은 오히려 그들일 거라는 생각이 들던 것이다.

그래, 두 부류라 하자. 그리하여 그들 두 부류 사이에 한없이 벌어져 있어 보이던 틈과 거리가 일순간에 메꿔지더니 급기야 겹치지 않던가! 삶이라 하는 것의 과정이 보이고 느껴지니 성취물 자체는 존재에게 무의미하다는 깨달음이 막바로 오지 않던가! 번쩍이는 의미와 물질과 가치 따위가 사라진 자리에는 처음에 우리가 가지고 태어난 알수 없는 어떤 틀, 인간이라는 텅빈 형식으로서의 존재가 남는구나 싶을 때 나는 다시 화들짝 놀랐어.

존재자가 죽어도 남는 존재. 그녀 또는 그가 어떻게 살았는가를 생각할 때, 그녀 또는 그의 자리에 그려지는 것이 무엇일까 가만히 상상해보게 되는 거였어. 그의 삶의 방법이거나 그녀의 생각과 실행이 어떻게 무엇을 향해 나아갔으며, 스스로 즐겨 누리던 게 무엇이었던가. 따뜻한 말과 미소와 크거나 미세한 실천, 이웃과 타자를 향해 열린 마음, 사회적 연대, 봉사나 헌신, 나눔의 손길 들이었다. 그것들이 나를 땡기고 일으키던 것이다.

그렇지만 가치니 의미니 뭘 해야만 한다느니 하며 요란하게 떠들지도 않는 중에 즐겨 행하며 좋아하고 기뻐하던 모습들이었던 거야.

바로 평범한 사람들, 큰 실패의 경험도 없지만 보란 듯 이룬 것이 없음에도 물질과 소유에 휘둘리거나 그것을 향해 질주하지 않고 사는 사람들, 시기심이나 비난 따위 감정에 요동치지도 않고 자신의 일상을 즐기고 감사하며 사는, 이른바 평범하다는 사람들이다 싶더란 말이지. 그들이야말로 실로 온전에 가까운 인간이라는 생각이 들었어. 일찍이 생의 심연을 딛고 자신에게 소용될 만큼의 자유를 획득한 사람들, 소유로부터 떠나 자신의 주인으로 존재하는 사람들, 그럴듯한 이론 없이도 이미 몸으로 인간적 삶을 실천하고 즐기는 사람들, 삶의 달인 아닌가 싶더란 말이다. 그들이야말로 삶의 최고를 이룬 거라고 생각하게 되자 왜 그리 사람 하나하나가 소중하고 예쁘던지. 사라진 콩깍지 자리에 새로운 콩깍지가 그물처럼 씌워질 때 어찌 놀라지 않을 수 있었으랴.

그러나 그 두 콩깍지가 얼마나 다른 것인지 말할 필요도 없이 그들이 있어 사회가 사회답게 작동될 수 있음을 참으로 새삼스레 깊이 깨닫게 되던 것을. 내가 엉거주춤 한쪽 발을 들여놓긴 했으나 자주 흔들렸던 부분, 흔들렸을지라도 주로 몸은 기울어 있던 부분이더라는 말이다. 인간의 근원적 공백을 받아들인 채 세상의 고정관념에 붙들리지 않으며 타자를 향해 자신을 열어놓고 서로 살리며 스스로 즐기려는 여성적 살림이며 라깡이 말하는 남성적 우주의 틈으로서 여성적 우주에 속하는 삶이로구나 싶어서 또 놀라며 가슴 짜르르 하던 것을! 왜 나는 나를 계속 놀래키는 거지?

이런 방식으로 나는 인간을 "인간이다" 외치게 하며 진정 자유로우려는 모습을 보이는 인간이라는 존재 자체에 미약하나마 머물러보았다 싶은 거였다. 그런가 하면 비루하고 비열한 자들, 약하고 아픈 사람을 등처먹고 강자 편에 붙어 법을 왜곡하며 남의 몫을 착취하는 자들 또한 해석하지 못할 바도 없더라는. 이해는 되더라는 거지.

그들이 어떤 방식으로 사유하고 행동하여 그런 삶으로 나아가게 되었는지 그들의 병적 구조를 꽤 알겠더라는 말이다. 알면 무작정 미워할 수는 없으니 어쩌랴, 안타깝고 불쌍하나 동시에 비난하고 죄를 물어야 함은 더 분명하니. 그 정점에 있었던 괴물 같은 여인을 비롯하여 점점이 수많은 그들. 내 입을 더럽히지 않고 그들과 그 사건들에 대해 말할 수 없으니 오염을 무릅쓸 수밖에 없다.

공포,
절망의 등짝

2012년 대선 무렵 '박그네, 여자야?'라는 제목으로 블로그에 올릴 글 하나를 쓰면서부터 밀려 나오던 묵은 공포를 내내 깔고 살았던 것 같다. 독재정치의 공포를 직간접적인 여러 경로로 겪었음에도 세월과 함께 사라진 줄 알았으니 어찌 놀라지 않았겠는가. 우리 부부의 결혼식이 결혼을 위장한 집회라고 경찰이 협박하여 주례 선생님이 못 오신 것도 그 하나다. 축하하러 참석한 여고생들이 교감에게 불려가 따귀를 맞은 사실은 신혼여행에서 돌아와 들었다. 선생님 결혼식에 가는 게 잘못이냐고 대들었던 경옥이는 한 대 더 맞았다더군. 참석한 학생 명단을 교감에게 제출한 사람은 하객으로 왔던 동료 교사였음을 나중에 알고 경악했지. 어쨌거나 박그네, 입에 올릴 수 없는 이름이지만 지칭하지 않을 수 없으니 저리 표기했지만 그래서 슬며시 더 불편했더랬다.

저장된 공포, 무작정 봉인된 공포는 사라지지 않는다. 때를 노리고 틈을 발견하며 습격하지. 피해망상이 무엇인지 임상하듯 깨달았다면 지나친 과장이려나. 그리고 선거 이후에는 절망의 등짝에 들러붙은 희망을 환상으로 부르며 공부한다, 나를 찾겠다 하면서 내 속으로 들어갔다. 자신의 말을 갖지 못한 자, 나-아버지-국가로 이어지는 세 단어밖에 갖지 못했기에 스스로 생각할 줄 모르고 느낄 줄도 모르는 자가 권력의 꼭대기에서 끝내 어떤 형상으로 자신을 드러내는지를 보게 될 것이 두려웠기 때문이다. 자신은 아무 잘못이 없고 좋은 의도로 했으나 어쩌다가 그리되었으며 누구 탓이라 하지 않는가. 자신도 모르는 어떤 음모라지 않는가. 조금도 자신을 돌아볼 능력이 없는 기계 인간, 개인적인 안쓰러움조차 느끼기 어려운 딱한 사람.

그녀 개인의 끔찍한 트라우마를 생각할 때, 게다가 그것이 치유되지 못했다면 그녀가 있어야 할 장소나 살아야 할 공간은 어디겠는가. 그런 사람이 더욱이나 차지해서는 안 될 자리에 놓여 있었으니, 그 결과를 이런 대재앙으로 맞닥뜨려야 하는 게 아닌가. 대타자 없음을, 온전한 대통령도 온전한 국가도 없음을 이런 방식으로 5천만이 겪어 깨달아야 했던 걸까?

그녀들이 일반 시민의 위치에서 공동으로 재산을 관리했더라면 얼마나 좋았을까? 신의 자리를 자처하는 자본이 오직 벌고 소비하라고 명령하는 시대에 공산주의 실천으로 한 발 먼저 꿈꾸며 나아간 그들을 칭송했으리라. 또 그들이 쾌적한 자신의 집에서 수다를 떨다가 차도 마시고 나란히 손잡고 주사를 맞았더라면, 그 우정 역시 본받고자 했을 것이다. 허허롭다. 어찌 표현할 바가 없으니 공백을 메우려는 무익한 시도이자 헛소리라 하자.

그러나 앞으로 이 재앙을 극복하느라 얼마나 많은 사람들, 우리들은 더 아프고도 힘들어야 할지. 그럼에도 결국 우리가 만든 재앙이며 이미 온 국민이 관여하고 연루되었다 할 합작품이므로 같이 책임지겠지. 새로이 온기 있는 구조를 만들어내겠지. 이것은 스스로와 집단에 대한 가늘고 긴 믿음이다. '민족 중흥의 역사적 사명을 띠고 태어나'지는 않았지만 시민 각자는 손을 잡겠지? 그럴 수 있을 거야.

그러나 너무 오래 너무나 많이 너무나 뻔히 알면서 속이고 훔치고 쌓으며 수많은 타자들의 삶을 변형시키며 고통을 생산한 그 죄를 어떻게 묻고 벌해야 하는 걸까? 그들의 짓거리 가운데 발생한 줄 모르는 죽음도 있을 것이니 살인죄까지 엄중히 물어야겠지? 왜 아니란 말인가.

슬플지라도
의심해야 한다

위장할수록 가릴 수 없으며 죽은 척해보지만 너무나 살고 싶은 각 생명들의 팽팽한 발언이자 아우성을 잘 감추거나 참을 수 있었던 사람들은 어떻게 그게 가능했을까? 생애 초반부터 너무 많이 오래 참고 또 참아서 더 이상 참고 싶지 않은 나 역시 그 참을 수 없음을 온몸으로 전하면서 살지 않았겠는가. 그렇다면 나는 얼마나 많은 사람들을 아프게 했던 걸까? 그러나 나 역시도 그들만큼 잘 참아냈던 건 아닐까? 그러니 낱알 따위 세기로 하면 이제 몇 섬이라도 셀 수 있지 않을까 싶던 것이다. 그러나 주체적으로, 내가 원할 때 세겠다고, 세고 싶지 않으면 딱 그만둘 수도 있는 내가 되겠다고 마음먹기도 하면서 말이다. 그러나 또다시 이미 무수한 섬들을 세고 골라내었음을 깨닫고 놀라기를 몇 번씩 화들짝. 그런 놀람은 주로 슬픔을 데리고 온다. 눈물 바람을 하되, 남들은 어찌 살아냈던 것인가. 관심은 다시 타자를 향해 열림을 발견하곤 했다. 그 열림 역시 슬픔과 함께 온다. 인간만이 가능한 고급한 감정. 불안을 핵으로 가진 존재만이 슬퍼할 수 있는 거야. 얼른 눈물을 닦고 웃지.

그래서겠지. 고통의 자리가 무엇인가를 증언하는 사건이 이웃에서 나라에서 세계에서 들릴 때마다 나는 아팠는가 싶다. 왜 잘 나누지 못하는지, 고통을 없앨 수는 없으나 줄일 수 있는 사회적 장치를 왜 더 부지런히, 더 치밀하게 하지 못하는지 안타깝고 화가 나던 것이다. 사람들의 아픔을 그들의 자리에서 내 피부로 내 살결로 느끼게 되면서 한 사람 한 사람이 새롭게 보이던 것을. 엄살이 아니지만 엄살이라 불릴 수밖에 없는 꼬락서니의 부끄러움 같은. 고통 없어 보이는 사람이거나 징징대지 않는 그들도 비슷하거나 더한 어떤 것을 겪어내지 않았겠는가, 하는 생각이 따끔따끔한 삶과 함께 진정 깊어지던 것을.

정신분석을 공부하면 할수록 더 구체적으로 사람들의 성격이나 언행 등 작동 방식이나 개인적 구조, 그 '생겨먹음'이 가지는 '나름의 타당성과 지울 수 없는 이유'가 단박에 이해되던 때 나는 사람으로서의 탈을 조금 바꾼 것 같다. 의식의 외출이 잦아질수록, 옴짝달싹 못하고 고정당한 내 자리에서 흔들리며 아주 조금 벗어나는 순간, 하늘이 새로 열리고 모든 사람들의 자리가 빛나며 달라 보이는 경험을 했다 함은 정녕 옳은 표현이다.

그러니 사람과 사람이 그런 과정을 겪으면서 서로의 자리를 이동시킨다면, 생각과 시선을 뒤집을 수 있다면! 자리를 바꾸어보는 거다. 아직도 굴러가던 대로 구르고 있는 것이 아닌가 의심하며 방향을 바꾸고 눈길을 바꾸어 살펴보기. 그래서 슬프지만 또 기쁘지 않은가! 이전의 내가 아닌 나이고 싶은 부분과 만나며 그렇게 만들고 있으니 내가 나로 사는 것이며 그래서 정말 기쁘다는 생의 전언을 수시로 듣는다. 나의 생겨먹음과 내가 나를 작동시키는 방식을 인식하되 존재로서의 나와 함께 알아가면서 그것을 뒤집고 돌려쓰는 중이며 못 쓰고 깊이 꽁꽁 얼어붙어 있는 힘을 녹여내는 중이다. 말로 언어로 나를 결결 겨켜 쪼개며 침 많이 울었다. 건강한 자기애, 전체성을 인식하고자 하는 귀여운 나르시시즘, 내가 나를 키우는 자가발전 무한 동력. 나를 연장시키는 도구여! 그 도구를 벼리는 것 역시 슬픔이다.

그래서 다시 존재! 존재는 개별적이고 특수한 존재자의 의미와 구체적 삶이 담기지 않은 어떤 형식, 아무 내용 없는 틀거리를 가리키는 말. 그러니까 이름도 몰라요 성도 몰라, 형체도 없고 보이지 않는 허물 같은 거라고 할까? 그렇다면 그 허물을 입고 의미와 가치가 어쩌고 하면서 채워가는 게 존재자다? 존재자는 그 존재가 입은 옷, 그것에 담은 알록달록 예쁘거나 얼룩덜룩 미운 것, 이런저런 사회가 부여한 기표, 명함들에 따라 변덕스런 정체성을 가진 낱낱 사람일 테지. 그러니 존재는 그런 소란한 의미를 싫어하는 거야. 갖가지 너줄한 의미의 옷 따위를 걸치고 싶지 않은 거란 말이야. 존재는 의미로 설명할 수 없는 것. 그러니 숨기를 좋아하고 우리는 주로 잊어버리고 사는 걸까? 그게 보편으로서의 인간의 자리일까? 그래서 모두 평등하고 귀하다고 하는 거겠지. 그러니 때로 의미가 있느니 없느니 따지기에 앞서, 사회가 가치 부여한 기준에 맞춘 겹겹 껍데기에서 물러나 벌거벗고 생각하지 않으면 존재자 자신의 근원인 존재를 돌아볼 수가 없다는 거겠지. 탄생과 동시에 내 안에 함께 거하던 내 죽음, 나만의 고유한 죽음이 그림자보다 훨씬 또렷하게 드러나 마침내 나와 겹칠 때 내가 느낄 존재는 어떠한 것일까?

의미 있(다고 생각되)는 행동들을 멈추어라. 변화 가능한 행위를 위해 멈추고 생각하라. 의미 자체의 결핍을 사유하라. 지젝을 읽을 때 등을 떠밀던 말들이었다. 의미의 문제점이거나 공백이 드러날 때까지 물러서라. 생각하라. 공부하라? 그리고 행동하되 행위로 나아가라?

그렇다면 나는 6년 동안 의미에서 물러나고 있었던 거지? 그래, 물러나야지. 쓰레받기조차 자신이 원하는 것을 얻기 위해서는 뒤로 물러나야 함을 아는데 하물며 인간이랴! 그동안 나를 적시고 내 존재를 적셨던 갖은 의미에서 물러나 그것들을 의심하고 의미 자체를 수상히 여기고자 했던 날들이었구나! 내가 잘 살아왔음을 부정하게 되는 의미일지라도, 그래서 몹시 슬플지라도 의심해야 한다.

천사들

고양이가 왔다. "야옹, 야옹" 부른다. 친밀하지만 해석 불가의 언어. 도대체 무슨 말을 하려는 거냐? 원하는 게 뭐지? 창문 열어 만져보고 싶지만 못 한다. 가라, 가라. 무시할 수 없는 놀라운 영혼 하나 숨기고 있을 것만 같은 저 짐승. 피에르 보나르의 그림 속 '흰 고양이'가 바로 너였던 거야? 시선 속에 숨기려는 강한 응시는 외로움이냐, 악마성이니?

아무것도 원하지 않는다는 몸짓, 아주 적은 먹이를 가끔 우연히 있으면 얻을 뿐이라는 녀석. 깊이 부르는 눈. 색, 면, 선이 겹치고 열리며 흡수하는 눈알로 전하려는 말을 숨기는 그것의 시선은 동그랗게 바꾸려는 몸으로 변한다, 역시. 그러나 원이 아니라 구다. 공이야. 고양이가 공의 준말인가? 그럴지도 몰라. 네모가 공으로 바뀌려면 얼마나 많은 주름을 집거나 덜어내야 할까? 감춘 주름을 털로 덮은 저 자은 짐승.

천사인지도 몰라. 천사인 줄 알면서도 주름마다 숨기고 있는 게 수상하다. 남루한 천사의 입성에서 떨어질지도 모를 가려움을 걱정하여 맞아들이지 못하는 나는 아직도 준비 중. 자신을 움츠리고 낮춘 사랑을 향해 문을 열지 못한다. 천사여, 다음에는 고무장갑을 끼고라도 악수를 청하게 될 것입니다. 부디 서운해 마시기를. 고양이는 눈빛으로 무구함을 증명했지만 나는 의심을 떨치지 못했다. 작은 짐승의 부드러움과 사랑을 밀어낼 수밖에 없는 벌거벗은 아이. 어쩌나, 천사는 언제 이리 가까이 또 올까?

내게 왔던 천사들을 다 말할 수는 없다. 교직 초기 철없는 선생이었던 나는 같이 싸우며 노느라고 애들이 예쁜 줄을 몰랐다. 그러나 미운 애가 없었고 편안했으며 모두 좋았지. 코찡찡이에 못생기고 말조차 알아듣지 못해도 귀한 사람 하나이며 누군가에게 소중한 자식이니까. 젊었기에 아이들이 귀하단 생각은 못 했어도 모두 비슷비슷 가능성이 있다 싶었으니 구별하지 않고 동등하게 대하려 했다. 그렇게 만나 지금도 연결된 아이들, 같이 살면서 함께 늙어가는 그들을 보면 거듭 신기하다. 나를 잠시 통과했을 뿐인데 내게서 생의 모든 것을 받았다는 듯이 한없는 감사를 전할 때는 무슨 요술 같지.

진숙, 성미랑 셋이 여행 갔을 때 나는 여왕이었더랬어. 뭐 하나 몸소 할 게 없더란 거야. 스무 날이 넘도록 맛있다거나 예쁘다거나 탄성을 지르는 것밖에는 할 게 없었어. 하게 두질 않았지. 작은 물건 하나 산 것까지 모두 그녀들이 들었고 넓은 방을 내가 쓰고 좋은 침대에 내가 잤거든. 사진도 많이 찍었지. 많이 웃고 아주 흐뭇했어. 나는 준 줄 몰랐으나 그녀들이 받았다고 하는 모든 것에 동의하는 게 좋겠다고 생각하기로 했다. 방과후 도서실에서 책과 이야기에 군것질로 다시 만났던 중학교 2년 동안 고인 정이 그리도 쫀득거렸던가. 그랬나 싶다.

그래서 수시로 끊이지 않는 그녀들의 선물을 기쁨으로 넙죽넙죽 받음으로써 기쁨을 되돌리는 거라면 잘 하고 있는 거지?

열여덟에 만난 그 계집애도 특별하다. 낭만에 젖은 젊은 여교사가 '장하게 오시는 비'나 '빗속의 연인'에 대해 어떤 말들로 홀려 오십 분 동안 여고생들을 환상에 빠뜨렸는지는 그녀가 알고, 그때 그 계집애가 얼마나 싱그럽고 예뻤는지 눈동자는 또 얼마나 맑고 순했던지는 나만 안달까. 그러나 이후 한동안 그녀의 전화를 받을 때면 단단한 심호흡 몇 차례로 준비를 하지 않을 수 없었으니, 내 말을 제 것으로 지니고 제 생을 통과하려는 무던한 애씀이 밀려와 번번이 힘겨웠기 때문이다. 한 시간 넘기기 일쑤인 장거리 전화의 기이한 가까움이 나를 더 떨게 만들었던 거야. 들러붙은 그녀의 목소리는 오래 떨어지지 않았거든. 내겐 작은 조각이지만 그녀에겐 전부가 될 수도 있다 싶어 겁나던 그 전화. 그런 시간에 흐르면서도 죽지 않아 장하고 병으로 가지 않아 더 장하구나. 책 읽고 일하며 제 꼴을 잃지 않으니 너야말로 정말 잘 산다 할 인간이로구나.

"제가요, 선생님? 하하하, 정말요?" 흐드러지게 웃는 년. 자신의 신댁에 끝까지 책임을 다히고지 할 뿐인 그녀를 진행형으로 보며 무슨 말을 더 하리. 가까이 이사 온 뒤부터 우리는 자주 요란하게 한바탕 합의의 웃음을 나눈다. 그녀야말로 눈 부릅뜨고 사자와 싸우면서 바다를 건너는 것 같다는 생각이 가끔 든다. 제 안의 괴물을 길들이고 불러 쓰는 용감함이 실로 저런 건가 한다. 곧 제 남편 좋아하는 머위 따라 나한테 오겠지. 그러면 나는 그녀가 좋아하는 굴부침개를 부치게 될 거다, 세 장.

그들 덕분에 내가 생에 감사하던 바로 그 아이들이나 후배들을 병 앞에서 다시 만날 때 벼락 치듯 무너지던 시간들. 나와 시간으로 함께 익은 그녀들, 또는 한때 내 아이들이었던 그들의 아픔만은 모든 사람의 아픔으로부터 따로 떼어내야 할 것 같았어. 너무 착해서 부드럽고 너무 부드러워서 강한 줄 알며 다른 이들을 먼저 돌보며 참다가 스스로의 부름에는 미처 답하지 못한 그녀들.

병이라는 것을 통해 자신을 돌보면서 밀쳐두었던 제 삶을 또렷하게 만난 그녀들. 충분히 자신과 화해하고 생과 타협하여 살기로, 그러나 좀 더 새롭게 살아보기로 한 그녀들. 나는 그녀들을 보았고 본다. 그뿐인가. 옥, 영, 화, 경, 분, 덕, 영, 향, 순…… 어려움 속에 있는 가족들을 자신만의 방식으로 견디고 돌보며 힘겨운 상황과 조건들에 똑바로 맞서 자신을 전개시키는 그녀들을 본다. 이해타산 없이 자신을 열어젖히면서 통쾌하게 웃는 옛날의 내 아이들을 본다. 나도 가능하리라. 진, 성, 미, 명, 은, 현……. 나를 가르치는 내 아이들.

나는 지금 호강에 겨워 똥 싼다는 경우에 들어맞는 꼴을 보이고 있는지도 모르겠다. 해석할 새가 어딨냐는 소리, 먹고 살기도 바빠 뒈지겠다는 목소리. 왜 아니겠는가. 그러나 그럴수록, 바쁠수록 굴러가는 자신을 멈추고 왜 무엇 때문에 바쁜지 생각해보라.

많은 사람들, 특히 여자들이 참고 견디다가, 해야 할 일이 너무 많아서 제 몸 돌보기를 미루다가, 결국 그 분노를 자신을 향해 돌리는 경우가 많으니 말이다. 그런 무거운 변형이 암 아닐런지. 도무지 알 수 없으며 해석할 수 없지만 더 이상 자신이 원하지 않는 방식으로 살고 있음을 또렷이 각인당한 주체의 존재적 결단. 마침내 살기 위한 죽음충동의 결행으로 새롭게 하는 자리 차지 또는 자리 바꾸기의 결과 가운데 하나가 암 아닐까?

누가 그런 식으로 자기 생의 자리를 바꾸고 싶었으랴. 더 이상은 죽지 않겠다는 단호함이자 살고야 말겠다는 의지의 발현 또는 이전의 자신으로부터의 탈출로써 암 같은 강제적 결정은 슬픈 거야, 주로. 마침내 죽음을 피해 죽음으로 달아나기로써의 결단 아닌 결단. 더 이상은 그렇게 살 수 없어서 제 삶을 완전히 중지시킨 자리에서의 절대고독, 거둘 길 없는 슬픔.

그러나 어느 순간도 결정하지 않고 있는 사람은 없을 것이다. 선택할 수 없고 결정할 수 없는 것을 위해 생을 바쳐 준비하는 것이라면 그 일생일대의 결정이 중병은 아니기를! 탈출의 길을 그런 식으로 트지 말기를. 자신의 목소리를 들으며 쉬려는 소소한 결심과 선택을 자주 하기를! 어쩌면 조금씩, 적절히, 알맞게, 과하지 않게 따위는 인간에게 불가능할지 모른다. 리비도라는 것 자체가 일시에 퍼올려야만 쓸 수 있도록 작동하는 것일지도 모른다. 그러나 누구도 들여보내지 않은 의무의 감옥에서 그 문을 열 수 있는 사람은 거기에 스스로 들어간 자신 뿐임을! 그러니 사람아, 선한 사람들아. 아프지 마소서, 너무 일하지 마소서, 자신을 죽이면서 희생하지는 마소서. 그러나 그것조차 뚫어내소서!

여자들은 이미
작가란다

지지난 가을, 그녀가 암을 가졌다는 말을 듣고 나는 잠시 무너졌더랬다. 도서실에 마주보며 앉아서 함께 수업을 고민하고 준비하고 평가하면서 그녀가 동의하는 것은 뭐든 해도 좋다 싶던 사람이었거든. 그녀는 치우침 없이 옳다는 믿음을 주면서 실천력 있는 사람이었으니. 이후 나는 인간적이며 미신적이며 주술적이자 마법적이 되기로 결심했다. 하여 세상의 모든 신의 이름을 그녀를 위해 부르며 파닥거리다가 가장 익숙하고 더러 불러본 이름, '하느님' 하나로 줄이기로 한 거야. 막강한 치유력을 기대하며 신들의 이름을 나열하다가 그들이 감동할 거라고 생각해둔 말들을 곧잘 까먹었기 때문이다. 남의 이름으로 신을 요청하는 일은 어렵지 않았다. 내 자신이 평지를 따라 계곡을 더듬으며 신의 발자국을 찾을수록 그녀 역시 그러하리라고, 그녀가 나보다 더 의지할 이름을 원할지도 모른다고 생각했어. 굳이 공부합네 하지 않고도 많은 사람들이 이미 잘 알고 있는 것을 나는 항상 늦게 어렵게 겨우 알아갔으니 말이다. 그래서 그녀 대신 드문드문 그 이름을 불렀다. 아무리 절박해도 부를 수 없는 이름은 부를 수 없을 것이며, 입이 항상 자신의 것은 아니므로.

마음이 꼬물거릴 때면 나는 작은 알갱이가 되어 그녀 핏줄을 따라 흐르는 상상을 했지. 피를 맑게 해야지, 나가야 할 것들에게 나가라 말하고 그녀에게 필요하다고 생각되는 것들의 이름을 불렀어. 그러고는 그녀 스스로 풀기 위해 짰을 자신의 매듭을 풀라고 명령했지.

다시 한 번 반복하여 자신을 살도록 스스로에게 허락하라고 강요했어. 그녀에게 겨드랑이나 심장이 간질거리지 않느냐고 물었지. 그녀는 자신을 부르는 가족들의 얼굴마다 적극적으로 응답한 사람이거든. 그것은 지울 수 없는 능력이며 가능성인 것을!

마침내 그녀가 자신만을 바라보기 시작했을 때, 그녀가 자신을 돌보았기 때문에 모든 가족들 역시 그녀를 돌보기 시작했을 때, 그래서 나도 그녀의 핏줄을 타고 까불대며 돌아다니기를 게을리 해도 되었을 때 영주가 나를 불렀다.

폐가 아프단다, 암이란다. 안달복달 화급하여 장문의 메일을 보내다가 얼굴을 봐야겠다고 뉴욕에 갔다. 이 착한 것, 여린 것, 견디고 양보하는 것, 단단하고도 말랑말랑한 것, 이왕이면 동글동글 온전해 보려고 애쓰는, 이 예쁜 것? 그렇게 건강하더니 왜? 얼굴 보고 해줄 말을 해야 하니까 가야지. 마주 앉아 눈 보고 말해야 하니 가자, 은희야.

그리하여 은희가 끼니마다 소박하되 새롭게 지은 밥과 반찬을 먹으며 우리는 서로 입술과 귀를 열었다. 폐 하나는 다른 사람들을 위해 다 사용한 셈이니 이제 남은 하나는 온전히 너를 위하여 쓰렴. 젊어 죽으면 늙지 않아도 되니 나쁠 것도 없겠으나 그동안 잘 살았듯이 늙어도 보고 싶지 않니? 늙어가면서 인생 2막 열어젖히고 다른 공부도 해보고 싶지? 네가 어떻게 얼마나 잘 살아냈는지 궁금하지? 너 자신을 사후적으로 해석하고 재해석함으로써 제대로 알고 싶지? 정신분석 공부가 재밌어 죽겠다니까 너도 관심이 많다고 했지? 나는 한 문장 해석에 천 년 걸리는 원서를 너는 한글보다 잘 읽을 테니 부러워 죽겠구나.

　　그러니 써라, 숙제를 주마. 토막 치다 말지라도 떠오르는 모든 네 말들에 형체를 주고 글자로 불러서 기록해라. 그게 네 삶이고, 사는 거다. 숙제 검사는 어쩌냐. 젊은 네가 한국에 들고 올래, 늙은 내가 또 오리? 영주는 숙제를 해 들고 여름에 한국에 오겠다고 했다. 그러럼, 손가락 도장 따위 필요 없어. 우린 진달래 산천에서 만났으니.

뉴욕에서 돌아오기 전날은 12가지 속 재료로 김밥을 만들어 여럿이 함께 먹었다. 기획과 총지휘를 내가 한다고 큰소리치면서 장을 보고 준비를 했지만 나를 능가하는 도사들 탓에 정작 시늉만 했어도 너무 맛있고 충분히 흥겨웠다. 그리고 약속대로 영주는 한국에 왔다. 여름 지나 10월에 왔지. 은희랑 셋이 부석사를 갔더랬다. 아주아주 천천히 오래오래 걸었어. 부석사 아래 과수원에서 새빨간 홍옥을 땄지. 태양과 안개가 곧장 농축된 새콤달콤 새빨간 홍옥을 따서 담을 때마다 나는 영주의 생명을 줍는 것 같았어. 또한 영주는 그것 한 바구니를 내게 주었지. 셋이 하룻밤 같은 공간에 머물며 중학교 2학년 때부터 묵은 이야기를 나눌 때 유난스레 저릿저릿했고. 다음 날 이른 아침부터 직선으로 내리꽂는 빗속을 거침없이 달려 하회마을을 밟았다. 커피와 장대비가 이렇게 서로의 존재감을 북돋울 때 나는 그녀 둘만의 산책을 남기고 먼저 집으로 향했다.

돌아오는 길, 빗줄기가 가늘어질수록 은희와 영주의 우정이 뻐근하도록 부러웠다. 그리고 그 우정에 대해 말하고 싶은 거야, 영주와 은희.

그러나 샘나서 아직 말하지 못하겠다. 참고 견디며 웃고 나누며 생생히 견뎌온 그녀들의 삶을 더 아프게 들어야 말할 수 있을지도 몰라. 이미 내 안에 들어간 그것들이 무르익어야 할지도 몰라. 둘이 주고받은 구비구비 이야기들, 그동안 점점 길어졌다는 카톡을 책으로 엮어서 가족들과 나눠 갖고 싶다는 영주의 말을 들으며 나는 그녀가 다시 살기 시작했음을 알고 마음을 놓았다.

그래, 해, 책으로 엮으렴. 말이 숨 쉬게 해야 한단다. 가슴에 숨겨놓은 자신의 말을 꺼내야 한다, 책을 만들어. 사람이 왜 사는 줄 아니? 자신의 책을 쓰기 위해서야. 왜 열심히 먹고 일하는 줄 아니? 제 말을 하고 제 말을 기록하기 위해서지. 새로이 힘이 솟거든 너희 말들을 독하게 엮고 책을 지어보렴. 책을 만들어라, 마음에 보이게 전해라. 스스로 일하여 먹을 뿐 아니라 다른 목숨들을 먹이고 일하게도 하는 여자들은 모두 이미 작가란다. 너희끼리 쓴 책을 다른 삶의 눈에도 읽히도록 하렴. 고마운 것!

인간답게
산다는 것

온전한 사람은 주변에 무심할 수 있을 것이다. 하물며 신이랴! 그럼 그리스 신화의 신들은 인간사에 관여하기를 잠시도 멈추지 않으니 내가 인간으로 덜떨어졌듯이 그들도 되다 만 신이자 인간, 반인반신 아닐런가. 피조물로서는 너무나 신적이며 신이라기엔 참으로 인간적이니 반인반수 괴물 아니겠나.

그리스 신들이야 신화에 지나지 않는다고 쳐도 신화가 아니라는 기독교의 신은 왜 인간사에 무심하지 않은 거지? 그 신 역시 온전하지 않다는 거잖아. 무심하지 않은 정도가 아니라 과하도록 적극 관여 아닌가. 자신의 아들을 인간 세상에 보내어 죽게 했으니 폭력적 간섭이다. 그렇게 함으로써 신 자신의 결핍을 피조물들에게 수천 년 동안 드러내어왔다면 참으로 기이한 일이다. 그 빈자리의 이름은 사랑인가, 그래서 우리는 사랑하기가 그토록 힘든가, 그런가?

그렇다면 오늘의 교훈, 네 이웃에 무관심하지 말라. 사랑까지는 아닐지라도 이웃을 담을 수 있도록 너도 너를 조금만 비우라. 스스로 하라! 아니야, 오늘의 교훈 고치기! 너는 관여하라, 신처럼 과도하라. 홀로 나가라! 네 이웃을 향해 활짝 열려 있으라. 무조건 사랑하라! 절대 못할 일이지만 재밌지 않은가. 그러니 신은 이미 자신의 과도한 행위를 알았던 거로군. 교훈 다시 간단 정리하기. 우리는 신처럼 남을 염려하고 간섭해야 한다! 그게 바로 참여지. 서로 투닥거리며 잘 싸우고 조율하기. 새로운 틀을 만들며 사랑으로 나아가기. 만들도록 정치적으로 촉구하기. 잘 간섭하라. 일방적 지시나 강요는 침범이니 소통과 타협으로 빛처럼 구석구석 간섭하라!

그렇다면 신은 그런 식으로 자신을 세상 속으로 내던져 대타자 없음을 태초에 보였거늘! 그렇게 온전하지 못함, 빈 곳을 보인 셈이라면 비어야 담을 수 있다는 것일까? 그렇다면 무엇을 담지, 돈? 바보! 왜? 수십억의 돈과 넓은 아파트와 커다란 차, 명예와 권력과 번쩍이는 물질로 메꾸고 싶은 것 맞잖아? 맞아, 많이많이 갖고 싶어. 도심 아파트를 팔아 산동네 시골집을 산 바보지만 이제 나도 20억쯤 갖고 싶다. 정원사가 있으면 더 좋겠어. 유리창을 스테인드글라스로 하고 싶어, 링컨을 타면 좋겠어. 좋고 말고. 빈 곳이라 말했으니 채우고 싶지. 그러니 제풀에 속을 수밖에.

신이 만든 빈 곳을 뭘로 채울 수 있을까? 오히려 더 퍼내어 완전히 비우라는 거 아닐까? 각자 퍼내어 쓸 재료가 놓인 자리라는 걸까? 채울 수 없는 근원적 공백을 지닌 채 살라는 걸까? 자신을 찾아보게 만드는 표지로서의 공백, 사용하지 않은 힘의 원천적 장소일까? 창조성이라 부르는, 잠재력이라고도 하는 것? 어쨌거나 틈이 있어야 움직임과 변화가 가능할 터이니 태어난 자 자신을 맘껏 펼쳐보라는 상징이겠지. 너희 안에 한 줄기 신성을 남겼으니 네 안에 든 내 흔적을 보거들랑 나를 생각하고 맘껏 활용하라는 전언일 거다.

태어나자마자 주어진 세상 의미에 복종하거나 붙들리지 말고 자신만의 세계를 찾아 한바탕 휘저어보라. 그것이 네 자유의 자리이며 네가 만들어낼 진리의 자리라는 것이 아닌가 싶다. 그리하여 죽음, 생을 완성하는 자리에서 삶 전체를 돌이켜 볼 때 고개 끄덕이며 제 생을 수용할 수 있도록 맘껏 살아보라는 것일 게다. 마지막 숨을 장하게 느끼는 자리, 자신의 생에 대한 평가를 일순간 스스로 내리게 될 때 정도는 염두에 두고 맘껏 놀아보라는 것. 네 맘대로 살되 너 하나만 위한 세상 아닌 것 정도는 부디 눈치채며 발광하라! 알면서 평생을 모른 척했으나 인간으로서 자신의 부끄러움을 스스로 깨달으면서 자신의 칼날로 내리치는 날이 있을 것임 정도는 알면서 삶을 엮고 만들어보라는 간곡한 신의 사랑!

그래서 그 자리마다 아이가 태어나는 걸까? 그렇다면 아이가 자신의 언어를 창조할 자리를 표시해준 게 아닐까? 생각해보면 참으로 엄청난 일 아닌가. 신의 흔적으로 가능할 사람 하나가 가진 힘이 참으로 대단하다는 것을 나는 얼마 전에 알았잖아. 정신분석 책을 읽고 철학을 배우면서 생각하고 또 생각하여 겨우 알아먹은 거다.

하하, 너무 우스워. 어쩌면 그리도 몰랐을까? 특별히 노력하는 사람들이 있는 줄 알았거든. 자주 의심스러웠지만 이렇게까지 내가 지진아인 줄은 몰랐어. 지진아 맞지? 더디게 나아가는 자. 빙빙 돌았다. 나는 몇 겹의 우주를 울며불며 헤매다 돌아온 것 같아. 100세 인생이 두렵기도 하지만 다행이야. 죽기 전에 자라 철들 시간이 있을 것 같으니 말이다.

'하느님 보시기에 좋았다더라'라는 말, 참 좋아. 보는 눈이 없는데 좋다는 것은 나 스스로 진정 받아들여 좋을 때에야 가능한 일. 그러니 신의 창조물들 가운데 으뜸이라 할 신 자신, 규정 불가능성. 그 존재를 도저히 거부할 수 없게 만드는 무한히 성스러운 속삭임인 신. 있다 없다 따지거나 말거나, 믿네 못 믿네 하거나 말거나 웅숭깊은 친구. 따로 함께 길 가다가 가끔 멈추고 쉴 때 기대어 쉴 수 있는 언덕. 자주 말 걸어줄 때 아는 체 좀 할 것을, 진작에 좀 친하게 지낼 것을.

그러나 언제나 그 친구는 내게 올 준비를 하고 있었던 걸 알아, 모른 척하기도 힘들었어. 이미 그 등에 업혀 있는지도 몰라. 고맙다고 사랑한다고 말하는 게 세상에서 제일 어렵다는 것은 좀 알지. 내가 스스로에게 부끄럽지 않도록 기쁘도록 애쓰는 것을 지켜보았을 친구에게 사랑한다고 말할 때가 올 거야. 엄마에게도, 딸들에게, 남편에게도. 수많은 그녀들과 그들에게도. 미안하다거나 내가 잘못한 모든 것을 용서해달라고는 드문드문 말하기 시작했지만 사랑한다고 입술로 소리 내기에는 더 용기가 필요해. 사랑한다. 그것은 벌써 시작되어 파동으로 퍼지고 있는지도 몰라.

아! 나는 지금 화들짝 놀란다. 신은 커피꽃이라는 생각이 번쩍 났거든. 커피나무 밭에서 거슬러 창으로 흘러든 커피꽃의 향기를 뜬금없이 맡게 되던 어느 날, 커피도 꽃이 있겠구나 하고 생각했거든! 얼른 향내 좇아 내려가 꽃을 보았지. 수십 년 마신 커피와 이 커피꽃의 무엇이 어디서 겹치는지 걱정되던 후각. 새하얀 꽃들이 검은 향기로 변해가는 길을 어찌 따라갈까 아득하던 시각. 질리지 않는 무게감을 입고 코 깊숙이 들어와 터뜨리던 커피의 과거이자 미래, 막 갈아낸 진한 커피향이 자신의 흥분을 가라앉히고 심호흡한 뒤에 드러나는 모습이었어. 향기의 자취를 잊었을 때 문득 맡으면 커피꽃이라고 절대 말하지 못할 거야. 뭐지, 무슨 냄샐까, 무슨 꽃일까 하면서 들리는 모든 이름을 거부하다가 마침내 '커피꽃'이라고 호명됨과 동시에 '그거야', 딸각 비밀의 문 열림 소리가 들리리라 싶은 그것!

그리하여 반겨 맞아들이는 존재. 머물되 흐르는 듯, 있음과 없음인 신비함이며 간질댐이야. 그러니 신은 아프리카에서 발견된 걸까? 희멀건 얼굴로 나를 밀어내던 그림 속의 예수였으니. 맨하탄 할렘 어느 성당에서 만난 검은 예수는 나를 불러들였다. 낮으나 곧바로 내 목구멍을 뚫은 내 말 아닌 내 말. "주여……." 나를 연주하여 내가 낸 소리인 줄을 나는 알지 못했더랬어.

당신들께 승복합니다

그랬다. 도무지 알 수 없었다. 막내 올케 정순 언니 같은 사람들은 무슨 재미로 그렇게 사는지, 인간이 어찌 그렇게 살 수 있는지 해석할 길 없으니 그들을 내 세계에서 밀어내어 예외라는 자리에 두어야 했을 것이다. 그런 삶이 가능한 특별한 이들이 있으려니 하고 나와 너무 다른 그들에게 그저 진심이 담긴 감탄과 감사로 마무리하곤 했으니. 초월적인 자리로 밀어 이상화시키는 것으로 끝났으니.

매우 가치 있어 보이기는 하지만 나는 결코 할 수 없거나 하고 싶지 않은 삶이었던 거야. 너는 그렇게 살아, 나는 이렇게 살게로 끝내고 마는. 해석하기도 어려우려니와 해석을 원하지도 않는 인간들의 주체적이고 윤리적 결단임을 어찌 알았으랴.

부인하는 가운데 평생 구했음이 드러난 대타자의 인정 또는 나를 거듭 뛰어넘는 삶을 그들에게 강력하게 뒤집어씌운 거다. 내 환상 구조에 그들을 잡아넣은 것 맞지? 인간의 환상 구조를 알지 못하면, 그 틀 안에서 작동하는 방식을 알지 못하고는 자신을 해석하고 미래를 부르기는커녕 이해하려는 문제 자체의 설정이 불가능함을 아프게 깨우치고 있으니 말이다.

한편 그런 삶이 빛 없는 빛과 선*으로 끝없이 나를 건드리고 자극하여 매혹했음도 조금 알겠다. 도처의 거울을 통과하여 돌아온 나는 밖에서 묻혀온 타자들로 이미 커지고 달라질 수밖에 없으니 그건 자신을 알고자 하는 사람들의 몸부림일 거다.

그리고 사유하는 방법에 대해 사유하는 철학. 나, 오종종 지진아는 그 안에서 아프도록 기쁘게 놀고 있는 중이며 여성적 삶의 방식 또는 여성적 우주가 어떤 것인지, 여기서 말하는 여성이 생물학적 여성이 아님을 분명하게 깨달으며 환상을 누비고 가로질러가는 중이다.

그리하여 나는 당신들께 승복합니다. 무의미하도록 촘촘한 의미의 세계로부터 자신을 거두어들이며 성큼 물러나 의미로 환원될 수 없는 새로운 공간을 열어젖힌 행위로 사는 당신들을 인정합니다. 자기 생의 주인으로서 고유한 삶의 드높음을 한 인간으로서 받아들입니다. 당신들이 물러난 그 의미, 의미로서의 언어를 완전 배제하고는 소통 자체가 불가하므로 언어의 한가운데서 말할 수밖에 없는바, 그럼에도 불구하고 진짜 의미가 무엇인가 그것을 더듬어 살아보라는 거지요? 누구나 조금씩은 이미 그런 식으로 살고 있으며 그게 썩 괜찮더라는 것에 동의는 하는 거지요? 그들은 웃는다.

그들의 웃음 사이 드러난 틈으로 나는 또 생각한다. 또 올케 언니의 맑고 하얀 얼굴에서 나이를 속이지 않고 삶을 드러내는 흔적을 발견한다. 있을 자리에 잡힌 주름들은 긴 웃음이며 언니의 대답이다. 갈수록 내가 드문드문 부르는 "하느님" 자리에 언니가 부르는 "하나님"을 놓아주기도 한다. 흐흐, 봐주는 거다. 기껍고 아프다. 둔하게 아픈 듯 기쁘다. 뱃속에서 찰랑대는 기쁨이다.

동체만으로 태어난 오토다케를 덥석 받아 안으면서 그의 어머니는 이렇게 말했다고 한다. "아이고 예뻐라. 어쩌면 이렇게 예쁘니? 어서 오렴." 과장이라 해도 인간이 얼마나 크면 그런 말이 대뜸 가능할까 싶어서 망연자실. 인품이니 인격이니 통이니 대인배 따위의 말을 품어 보았더랬다.

그러나 어떤 어머니도 크다. 그렇게 말하지 못한 중에도 모든 엄마는 아이를 전적으로 환대했다고 믿는다. 아이는 뱃속에서부터 자신이 환대받는 자임을 피부와 내장으로 알기 때문에 좁고 검은 산도를 힘차게 통과하고 삶을 향해 자신을 쏟아낼 수 있는 것이다. 외부로 밀어내는 엄마의 힘은 곧 네게 명백한 삶을 주겠으니 살아보라는 적극적인 환대가 아니고 무엇이겠어? 아이 스스로의 환대와 엄마의 환대는 그렇게 동시에 이루어짐이다.

그럼에도 불구하고 어려움은 첩첩일 것이며 고통은 멈춤과 함께 이어질 것임은 아이가 제 부모의 조각들로 휘돌아 엄마 안에 자리를 틀 때 이미 알고 선택했음을 의미함에 다름 아니다. 스스로 나왔어, 내가 원하여 스스로 태어난 거야. 내 머리를 내가 붙잡고 나를 끌어 냈지. 세상 속에서 한 번 더 세상 가운데로 나아갔지. 이젠 말이 필요해, 말을 주세요. 그래, 어서 와. 우리는 너를 기다리고 있단다. 우리는 너를 부를 이름을 준비하고 너를 맞이한다. 너는 '좋은 일이며 기쁜 일'이니 축하한다. 이름만으로도 이미 우리 마음을 알겠지? 뜻밖의 일곱째로 우리에게 오는 너를 환영한다. 우리가 젊지 않으므로 네가 좀 약할까 걱정이 되지만 괜찮을 거야. 막내가 왜 똘똘한 줄 아니? 걱정과 사랑을 많이 먹어서지. 나는 이런 말을 들은 것만 같다. 거짓말이라도 좋아. 들었다고 우기고 싶어. 나는 아버지의 목소리를 들었고 엄마의 말을 들은 거야.

태초에
혼돈이 있었으니

정신분석 이론을 통해 인간의 성, 남성이나 여성의 성차에 대해 알아가기가 쉽지는 않지만, 조금만 생각하면 눈치로 다 알아먹게 되던 것도 놀라웠다. 여성이든 남성이든 고민하는 자신의 당면 문제가 줄줄이 떠들고 일어나 의미를 지시하기 때문일 거다. 그러니 존재이자 삶을 가능케 하는 핵에 다가가려는 공부에 서두를 필요는 없다. 꼬무락거리는 의미가 절로 모습을 드러내니 크게 어려움 없이 알게 되거든. 모두를 위해 적용 가능한 모범 답이 있고 개인에게는 딱 들어맞는 정답이 가끔 발견되기도 하면서 말이다.

  그렇지만 대다지는 없다. 모든 것을 설명할 수 있는 절대 지식은 없으며 의미의 최종 보증자도 없다. 나쁘거나 더 나쁘거나의 끝없는 선택일 뿐인지도 모른다. 내가 나의 대타자다. 자신이 무엇에 대해 말하고 싶으며 상대방은 어떠한지 정직하게 자신에게 묻기 위해 가끔 멈출지라도 문제를 제기하고 싸워야 한다. 그것은 공부하는 것보다 먼저다.

그러므로 싸울 필요가 있다고 판단하면 우아나 폼 따위는 개뿔. 알려고 하지 않는 사람들에게 핵심을 멋지게 예쁘게 표현해야 한다는 함정에 빠지지 않기. 그것은 문제를 제기하는 사람이 제 꼬리를 밟고 자학하게 만들려는 무식한 생존 법에서 나온 것임을 알 필요가 있는 거야. 누가 처참하고 누가 부끄러워해야 하는 거지? 싸움이라는 형식 자체가 있어야 '잘'이란 수식어를 얹을 수 있을 테니 일단 말을 꺼내, 해! 이분법으로 싸울수록 교착상태는 영원하고 대립으로는 해법이 없음에도 불구하고 해법을 찾아가는 싸움의 시작은 대립적 문제 인식으로부터만 가능하기 때문이다.

한편 대립적인 싸움을 오래 충분히 한 다음 대립 너머에서 재미나게 싸우고 있는 많은 쌍들은, 자신 안의 상대방이거나 상대 안에 있는 자신이 어떻게 꼬이고 겹쳐 둘이자 하나이며 하나이자 둘인지 궁금하고도 재밌기 때문에 싸울 것이다. 전혀 모르던 두 남녀가 만나 자아의 경계 최전선 피부까지 허물 때, 너무나 이질적인 서로의 몸 가운데서도 은밀하고 부끄럽던 성의 문조차 열어젖히고 기꺼이 받아들이며 쾌락을 누릴 때 접근 불가, 해석 불가의 틈은 근원에서부터 소환되고 말았으니, 두 우주는 자신들의 빅뱅을 통과해야만 하는 거였어.

그리하여 태초에 혼돈이 있었으니! 보이지 않는 어마어마한 경계를 스스로 허물고 기꺼이 받아들여 온전한 하나로 0에 이를 때 이미 두 우주는 서로를 뚫은 틈 또는 구멍과 함께였던 거지. 아마 그것은 서로를 통과함으로써 다른 공간에 이르기 위해 완전히 포개진 0의 유일한 순간이었을 거다. 그게 바로 사랑이라는 것쯤 생각해보아야 인간으로 살았다 할 수 있지 않을까 싶다.

그러나 불행히도 그라운드 제로의 존재적 경험의 불가능에 가까운 가능성은 제 구멍 안에 머물지 말고 세상으로 성큼 나가 시작하라는 생의 명령이 아닐까? 특히나 제 속에 모태적 자리, 빈 공간을 갖지 못했기에, 그것을 그리워하며 대체물을 찾아 헤맬 뿐 근원적 틈이거나 공백에 대한 사유 자체를 거부하려는 남성들의 유아적 구조, 그 일부의 절단, 이른바 상징적 거세가 아니겠는가. 아니라면 영웅이 왜 남성이며 또 영웅은 왜 어머니 집을 떠나 괴물과 싸우겠는가. 낙원에 머물지 말고 떠나라, 스스로 만들어라!

그러므로 불편과 불쾌에도 불구하고 동시에 이것에 대해서도 잊은 척하지 말고 말해야 한다. 제대로 거세되지 못하여 경계가 불분명한 자들이 흘리고 다니는 공포와 불안, 그 자들이 발생시키는 상상 불허의 트라우마에 대해서 말하지 않으면 안 된다. 성추행이거나 성폭행이라 부르는 무한 폭력 말이다. 두 몸이 만나 이질성을 친밀함으로 바꿔내는 사랑이라는 이름의 과정이 신비롭고 놀라울수록 그것이 강제될 때면 한 주체를 살아 있는 죽음으로 만드는 악마적 결과를 부른다는 수많은 참고 문헌을 완강하게 부인하는 행태 말이다. 알면서도 모르는 척 끝내 제 맘대로 하겠다는 변태적 떼쓰기, 그 비천한 물신화의 자리가 없는 듯 가리려고 해서는 안 된다. 당사자가 아니라고 알면서도 모르는 척 침묵하는 것 역시 도착적 부인임과 동시에 이미 그 폭력에 가담한 것이나 마찬가지라는 것, 그리하여 다시 누군가가 피해자의 자리에 놓일 수 있음을 알기에 언급하지 않을 수 없다. 의미의 세계에 함께 존재한다는 것은 서로의 부름이자 응답인 언어에 대해서 아는 일이기 때문이다.

하나이자
둘의 골짜기에

결혼 전후만이 아니라 마흔 가깝도록 나는 결혼하는 남녀 모두 서로 딱딱 들어맞는 톱니바퀴 줄 알았어, 감쪽같은! 더욱이나 달달한 과즙에 금방 자른 사과 반쪽 같아 보였던 우리였으니 언제나 딱 들어맞을 줄 알았던 거야. 틈은 무슨 틈? 한두 개 어긋날지도 모를 톱니야 고치면서 무한 전진하리라던 자신만만 스물여덟이었지.

　그러나 틀린 말도 아니다. 바퀴와 톱니가 너무 많으며 어디에 어떤 식으로 작동하고 있는지 알기가 몹시 어려울 뿐. 어디가 어긋났으며 빠졌는지, 고칠 수 있으며 고치기를 원하는지를 바퀴 두 개가 함께 알고 결정하기 위해 살아봐야 하는 거였어. 게다가 아무리 아귀가 잘 맞아도 원초적 틈은 또 틈을 낳고 무수한 파편들을 발생시킨다는 것, 그렇게 드러나는 수많은 어긋남과 혼돈의 산맥을 통과하며 둘만의 세상을 흐르고 흘러야 마침내 하나이자 둘의 골짜기에 이르러 깃드는 것인 줄 어찌 알았겠으며 알 수는 있었겠느냔 말이야. 알았으면 좋았을까?

　한참 살아보고 늦게 알아가니 좋다, 기쁘다. 정말 그런가, 그래서 문태준 시인이 어머니의 입술을 골짜기라고 표현했던가. 아름다웠어,

쪼글쪼글 입술의 주름 따라 세상의 모든 평화가 흘러 고이던 것을! 이왕이면 인간다운 삶이고자 인간에 대해 수십 년 말하고 살아온 어머니와 아버지의 입술일 것이다. 둘만의 방식으로 아프게 사랑했던 입술일 것이다. 말할 것은 말하고 말하지 말 것은 말하지 않으며 사랑하는 줄도 모르고 사랑했을 것이다. 할 수 있는 만큼 더듬더듬 나가고, 안 할 수 있을 때는 성큼 들어오는 식으로 세상에 참여하며 세상을 누렸을 것이다. 이미 세상 안으로 내던져진 자 누구든 저리도록 세상을 사랑하고 자신들을 사랑하지 않았으랴.

다시 또 보라. 이미 수많은 짝꿍들은 저저끔 꼬인 대로 풀거나 끊거나 짤그락거리며 살아가고 있지 않은가. 그래서 같이 사는 거지. 결혼은 내가 나 너머까지 살아보려는 도전인 거다. 내 경계를 허물며 파고들어와 나를 아프게 하며 그 상처로 나를 돕도록 허락받은 사람, 내게 필요한 말의 씨앗을 내 몸에 심을 사람을 선택하는 일이다.

그러니 잘 싸우자. 서로 환대하는 싸움을 하자. 그리하여 뜻도 모르고 흥얼대던 노랫말의 뜻을 어느날 느닷없이 새기면서 또 놀랐지. "You raise me up to more than I can be." 나와 남편도 서로 이미 자신을 능가하는 자신이 되도록, 각자 자신을 넘어설 수 있도록 충분히 도왔던 것이다. 남편과 함께여서 나는 내가 가능한 이상으로 변화할 수 있었을 것이다. 그러니 조금 멈추고 생각해볼 때마다 각기 못남과 한계에도 불구하고 사람들은 이미 항상 꽤 잘 살고 있음을 알겠더군. 때로 그것이 평범으로 보이는 무지라 할지라도 잘 산다 싶고 소중하더란 말이다.

사는 게 다 그렇다는 말, 출구 없는 명답으로서 그것의 의미가 이것인가 싶다. 아직 아닌 줄 알았던 지진아─나조차도 이미 항상 그랬던 부분이 참 많음을 깨달아가는 길을 걷고 있다.

사후적 고백과
용서 구하기

출생 후 이른 시기에 아이 얼굴에 차가운 물 한 방울이 떨어졌다면, 그 한 방울이 아이의 감각 구조 전반을 결정할 수도 있을까 생각한 적이 있다. 그럴 것이다. 아니라 하더라도 그것의 강도를 깊이 느껴볼 필요가 있다고 생각했다. 어느 정도일까? 별빛처럼 찌르는 한 방울의 강렬함으로부터 탈주하는 감각들로 스며들어보았을 때 그게 몹시 아프고 슬픈 것은 나만의 생겨먹음 탓일까 생각해보았다.

어쨌거나, 태어나면서부터 혹은 태중에서부터 아이가 주어진 환경에서 비롯하여 만나고 닿는 사람과 환경으로부터 경험해 들어가는, 받아들이며 만들고 엮어가는 감각, 이미지, 감정, 표현, 표상, 그리고 또 표상 들로 한 우주가 열린다는 것은 틀림없으니!

"꽃이 피네, 한 잎 한 잎. 한 하늘이 열리고 있네.
마침내 남은 한 잎이 마지막 떨고 있는 고비.
바람도 햇볕도 숨을 죽이네, 나도 가만 숨을 참네."

이호우의 '개화'를 공부할 때 아이들은 자신이 꽃이며 자신 때문에 하늘이 열리는 것임을 무의식으로는 이미 알고 있는 건가 싶어 놀랐더랬다. 자신이 하나의 우주라는 것을 당연히 느끼고 있음을 보았어. 그러니 이 시를 외우는 건 순식간이고 발표할 것은 너무 많지.

어찌 완벽한 양육이 가능하며 어떠해야 완벽한 양육인지도 말하기 어렵지만 엄마들은 아이를 낳는 자, 제 몸에 생명을 품었다가 내보낸 당사자로서는 모른다 해도 꽤 알고 있으리라는 거다. 그러니 여자-엄마로서만 가능한 어마어마한 경험에 놓친 부분이 많음이 안타깝다는 생각이 들었다.

자아 성취? 돈 버느라고! 아이를 기르는 일을 노동이라고만 생각했음을 깨달으며 정말 속상했다. 누구나 할 수 있는 노동이며 할머니가 더 잘 할 수 있다고 생각했으므로 선택조차 아니었음이 많이 안타까웠다. 아무 고민도 생각도 없이 출근했지. 나는 여자이기 전에 인간이고 싶었고 엄마보다는 교사-엄마가 멋져 보였으므로!

초기일수록 엄마의 영향이 막강하긴 하지만 그 엄마가 알맞은 양육을 할 수 있게 하는 힘찬 지원은 아버지다. 공기 같고 태산 같은 아버지. 그것이 100킬로 거구를 밀힘이 걸고 아닌 깃쯤이야! 『난장이가 쏘아올린 작은 공』(조세희) 속 영희와 철수 남매의 난쟁이 아빠를 보라!

그래서일까. 정신분석 관련 독서를 시작하면서부터 아이들과 함께한 시간과 성장 기억을 좇아 엄마로서 나의 필름을 돌렸더랬다. 잘못을 찾으면 보이는 게 잘못 아니겠나. 지금이라도 돌아가 수정 가능한 타임머신이 있을 거라고 생각하면서 말이다. 있었다! 사후적 고백과 용서 구하기.

　잘못했더라고, 그때 엄마는 먼저 인간이고자 했으나 인간이기 전에 좀 더 인간-여자일 수 있었더라면 좋았을 거라고. 그러나 몰라서 그런 것이니 엄마를 용서해달라고. 그러나 엄마는 엄마 자신만의 방식으로 너를 많이 사랑했음 역시 틀림없다고. 그렇기 때문에 앞으로는 모두 네 덕이며 네 탓이라고 도리어 큰소리까지 치면서 말이다.

　완전할 수 없는 대다수 부모에게서 양육된 불완전한 부모가 또한 온전치 않은 세상에서 얼룩덜룩 울퉁불퉁 아이를 키울 수밖에! 그 이후는 시간과 사건과 필연과 우연과 고통과 도전이 키우는 동시에 스스로가 키울 것이니. 그러니 세상의 엄마들은 부족한 대로 모두 이미 충분히 엄마였던 것 맞지? 역시나 제 생겨먹은 한계 안에서 모두들 충분히 태산 같은 아버지였던 것이고?

즐겁게 책을 읽고 배우며 아프게 깨닫던 날들이었다. 나날이 탄생하는 기쁨과 마주했더랬어. 정신의 이면으로서 영혼이 있다면 그리고 그것이 움직이는 것이라면 내게는 지난 6년 동안이었다. 눈에 보이지 않는 것들을 만지고 그리고 싶은 그 힘은 완강했던 것 같아. 보이지 않는 것들을 보고자 하는 꼿꼿한 호기심, 알 수 없는 것들을 알고 싶은 간절함. 낱낱이 알고 싶어 죽겠음. 그 절절함이 몸통을 울리고 목을 자극하고 손을 알알하게 만들어 찾고 더듬었던 것 같아. 촉수라는 말이 맞을 거야. 아메바의 위족! 뿜어내는 떨림, 닿고자 요동치는 심장, 마음, 마음, 생각, 생각, 잠을 이룰 수 없는 흔들림, 너무나 조용한 아우성이며 소리 없는 깃발의 펄럭임, 보이되 볼 수 없는 쩌르르한 맥박, 칠 때마다 등짝이 찌르륵 숨을 중지시키는 진동.

아침마다
부활이거나 탄생

명퇴 전 한동안, 아침이면 늪에서 빠져나오는 듯 힘든 날들이 지속되
었으니 시간을 거슬러 사는 것만 같았다. 깊이를 알 수 없는 곳에서
몸을 잡아 빼기 위해 눈 뜨면서부터 얼마나 많은 노력과 시간이 드는
지 알아도 모르는 채 한없이 움직여야 하는 노동이었다. 아침마다 부
활이거나 아침마다 탄생이다 싶었으니 스스로 산도를 헤치고 나와보
았기에 그것이 가능하지 않았을까 한다. 엄마 밀어내주세요, 도와주
세요, 다시 시작하기 위해서 엄마가 필요해요. 힘차게 떠밀어주는 듯
한 적극적 지지는 포기인지도 모르겠으나 포기하는 순간에 열리는
출구도 있을 것이라고 생각되는 거였다.

　엄마 고마워요, 오늘 하루도 살겠어요. 쉬어라, 너를 환영하마! 아
빠가 안 보여요, 목소리가 안 들려요, 환영하는 목소리는 나를 보내
는 엄마의 말인가요? 엄마는 이미 흰데의 자리에서 다시 나를 흰데
하나요? 아빠는요……? 매일 엄마를 부르고 아버지를 부르는 아침이
었다. 지칭해야 지적하면서 소통할 수 있으므로.

그 꼬라지가 어떤 식이거나 생명을 달고 태어난 존재 모두에게 그것
은 빅뱅이고 보편적 여행의 시작 아니겠는가. 만들고 빚어서 밀어주

며 등 떠받치고 있다고 가정되는 아버지의 기다림, 환영의 가슴, 기다림의 손길, 응시하는 눈, 열린 귀, 어서 오너라. "내 새끼"라고 불러주는 아버지의 목소리. "너는 내 아이"라고 말하는 그 입, 바로 그 입. 열린 구멍으로 인간의 언어를 전하는 명명의 순간 말이다. 아버지, 엄마가 뱃속에 있는 나를 불러주었을 때부터 나는 이미 살기로 했어요. 엄마가 속삭이는 목소리를 듣고 나는 이미 노래하기로 작정을 했어요. 다시 아버지가 불러줄 건가요? 아버지, 정말 나는 날 수 있어요. 날개가 생겨나요. 가려워요, 가려워요, 긁어주세요. 엄마, 아버지…….

나는 이 끔찍한 자기 복제의 과정을 몇 년 동안 하고 또 했다. 아침마다 목덜미를 얼마나 힘들게 몸통 속에서 빼냈던지 뒷골인가 숨골인가 싶은 부분이 아예 없는 것 같았더랬다. 한동안 내가 그렇게 살았노라고 울면서 응석을 부리고 싶었으나 그건 더욱 불가능했지. 그것, 억제! 쉿!

그래서 물에 잠긴 진공의 존재, 이름도 없고 소리도 내지 못하는 그것으로 살아야 했어. 물에 젖은 솜뭉치를 꽉 차서 우겨넣은 것만 같은 뇌가 어딘가 막연히 있음을 느끼며 꾸무럭 일어나야 했다. 그러니 〈에일리언〉의 끈적끈적 징그러운 것들이 재미는커녕 과하게 싫었던가 보다. 왜 그런 식으로 상상해야 하는 것인지 그것이 어떤 실체를 증언하는가 싶어 겁이 났고, 상상하는 자의 괴물성이 나를 더욱 공포스럽게 만들었거든.

매일 아침 끝없는 동굴을 빠져나오며 오늘도 살았으나 다시 죽되 내

일도 살 것임을 아는 게 더 무서운 것이다. 죽을 것 같다고 나는 아우성치지만 내일 깰 것을 의심하지 않았다는 것. 출근하면 또 살아진다는 것. 살기가 아니라 살아지기! 시시때때 뭉크의 그림 속 괴물이, '절규' 속의 유령 같은 인물. 내가 그녀라고 부르는 그것이 보이거든. 그리고 절규하는 배경의 흔들리는 선이자 흐느끼는 면이며 줄들이 소용돌이로 엮이며 진공 속에 터지는 침묵의 현기증!

예술작품, 특히 회화의 경우 사람들이 자기 방식으로 단박에 이해하는 게 당연한 거다. 예술과 무관하게 살 것 같은 일반 사람들일수록 그림을 모르려야 모를 수가 없지 않겠는가. 평생 그 그림을 접할 수가 없는 사람조차도 그것을 보게 되는 순간 결코 낯설지 않을 것이니 이미 제 속에 무수히 품었던 제 것이며 제 말임을 몸이 알기 때문 아니겠는가. 자신의 혼돈을 불러내는 색채나 형상 속으로 뛰어들기 위해서, 고요한 광기의 회오리에 말려 질식하지 않으려고. 그래서 자주 예술이라 이름 붙은 것들을 향해 멋도 모르고 달려가지 않으리.

전시회에서 스치는 사람들 가운데 소위 예술과 멀어 보이는 외관일수록 그들을 은근 눈여겨보게 되던 것이다. 그들이야말로 내 인간적·예술적 동지이자 영혼의 벗임을 알겠던걸. 내가 인간에 가까워질수록 힘께 띠들이델 동료라고 생각되디린 말이다. 그렇게 니의 스킨 사람들이여, 이제 그대들의 혼돈에 이름을 주었나요. 뒤얽혀 꼬인 생의 내면에 숨통 틔울 질서를 만들거나 찾아낼 수 있었던가요?

한스 홀바인의 그림 '무덤 속의 예수'에게 내가 사로잡혔던 일은 바로 지금의 말들과 겹칠 것이다. 무덤이 쩍 열린 거였다. 저것이 신이란 말인가. 저것이 곧 살아날 몸이란 말인가. 그 형상 아닌 형상을 신으로 부르기 위하여 그를 살리기 위하여 나는 일순간 혼신의 힘을 다했던 것 같다. 그리고 부리나케 책장을 넘기다가 완전히 덮어버리고 말았던 거야. 다시는 그 책을 열지 않았으며 제목도 잊었으려니와 이후 이따금 다른 데서 우연히 마주칠 때도 직시하지 못했다. 처음 마주쳤을 때 무덤 속의 예수는 대뜸 이렇게 말했다.

"뭐지?"

슬쩍, 아주 슬쩍 보았을 뿐인데도 녹슨 쇠붙이가 되어 누운 황갈색 예수가 그렇게 말하더란 말이야. 왜! 나더러 어쩌라고? 눈길을 피하는데도 계속 고요함으로 말하더라고.

"경이야, 내가 왜?"

굳은 눈알을 겨우 껌뻑였을 뿐, "나와 함께 나갑시다"라고 말하지 못했어. 수만 년의 인간 정서, 모든 감정, 그 진수를 응결시킨 메마른 고요의 시각화. 놀라운 변용, 끔찍한 변용이었다. 라파엘로의 그가 그야? 그가 그의 '변용'과 겹쳐야 하는 거야?

"아팠다, 무서워."

자신이 불러일으킨 해일을 뚫고 말이 솟는다.

"나는 괜찮다. 나는 곧 일어설 거야."

그의 배꼽은 이미 하늘을 향해 있지 않았던가. 한 알 수직의 곡식으로 세계의 중심에 서 있지 않는가. 그런데도 일어나라고 말하지 못했다. 놀람 그 자체에 함입되어버렸으니 놀란 줄을 어찌 알 수 있겠는가. 입이 없고 말이 사라진걸! 그런데, 그런데 말이야, 저렇게나…… 변할 수…… 있는 거야? 아무렴, 저렇게나 변해야 끝끝내 변할 수 있는 거야!

갑자기 낱낱의 세포가 소스라쳤다. 하하하하, 우습다. 하하하, 우스꽝스러워. 뭐야? 예수님, 시체놀이 하심? 얼른 일어나셔용!

그런데, 나도 죽으면 저렇게나 변해야 하는 거야?

나를 뒤흔든 사건이었다.

책임질 수 있는
촛불 한 자루

눈이 조금 쌓였다. 엷게 한 층이지만 돌 위는 녹았고 나무가 꽤 허옇게 뒤집어쓴 것을 보니 알겠다. 어두워졌다. 기온이 좀 더 내려가겠구나. 겨울 추위는 밖에 세워두고 나는 안에서 난로 쬐며 차 마시는 게 참 좋았더랬지. 밖에서 추위가 부러워라도 하는 듯. 그러나 난로의 온기가 좋을 뿐 빨간 열선은 편치 않고 벽난로의 불꽃도 무섭다. 타오르는 불길은 너무나 살아 있어서 오히려 죽음 같거든. 삶을 덮치는 삶은 무섭다. 하지만 타닥타닥 불티를 뿌리며 기세 좋게 타오르는 모닥불 둘레에서 떼 지어 춤추고 노래하기는 얼마나 신나는가. 청소년 시절, 내가 책임지지 않아도 되는 불이라면 말이다. 촛불 정도의 불꽃이 나인가, 가느다란 보통 양초 짧은 심지 끝에서 달랑거리는. 프로메테우스처럼 불을 훔치는 용기 따위는 상상의 상상조차 불가능했던 나였다. 아궁이나 난로 안에 갇힌 불, 거세당한 불, 금지 아닌 불. 내가 겁먹지 않고 책임질 수 있는 작은 촛불 한 자루로 깜빡깜빡 살았구나 싶다.

다시 형상을
가질 수 있을까

추위를 잘 견디지 못함에도 추위와 제대로 맞닥뜨리고 싶었던가, 껴안고자 함이었던가. 지지난 겨울 꽁꽁 얼어붙은 바이칼 호수를 향해 시베리아 횡단 열차를 탔다. 블라디보스톡에서 이르쿠츠크까지 73시간 달리는 기차 안에서 내 몸이 내 속으로 파묻히는 것을 보았다.

구멍 없는 공, 말똥구리가 굴리는 덩어리로 있는 몸! 구멍을 찾아라, 흔들림 없이 움직이는 기이한 정태적 몸. 터져라, 터져라. 얼마나 지루할 수 있는지 지루함의 정수를 느끼자. 지루함에 고요함 자체가 되어보는 거야. 상하로 흔들리는가, 좌우로 털리는가, 사방팔방 육십 사방으로 튀는가, 찢기는가, 터져라, 꼬물거리는 숨이여 폭발하라, 달리는 기차, 달아나는 시베리아, 들판……

일상아 웃긴다, 웃긴다. 내가 하던 말도 아니고 내 몸에 담았던 것들도 아닌 말들과 느낌과 기분이 애벌레처럼 고물거리면서 마치 몸뚱어리 하나에 천지 창조의 모든 재료와 물질들이 담겨 있음으로 감지되는 순간들이 이어지는 것이었다. 어떻게 그것들을 터뜨리며 감당하면서들 살아왔는지, 사람들은 어찌 그것들이 가능했는지 아스라이 희미한 한 가닥, 실빛 연기가 날 듯 말 듯 몸으로는 가늠 되나 말로 언어로 사람의 것으로 잡을 수 없는, 이제 뭔가 열리려는 찰나의 빛 같고 어둠 같은 답답한 것들이 그저 언뜻번뜻하던 것이었다. 아아, 모를레라, 모를레라.

내게 뿌려진 말의 씨앗을 따라 언어를 찾으며 살았으나 언어를 놓치고 나를 놓치고 삶을 놓치고 시간을 놓치고 바르르 떨고 흔들리면서 눈조차 뜨지 못하고 숨만 쉬면서 점점이 흩어지고 뿌려지는 나날이었던가. 난 정말 살아서 산 게 아니었구나. 그만할 때가 되었건만 아직도 혼돈. 끝없는 혼란과 무질서와 흔들림. 얼음 나무, 하얀 눈, 얇은 집들. 저, 저, 저, 자작나무 흰 종아리들, 띠를 두른 저 장딴지들, 바랜 천들을 두르고 달리는 회백색 영혼들, 아니 단단하게 뿌리는 햇빛 줄기마다 스치며 강렬하게 나부끼듯 부르는 가지들이자 손, 손, 손들. 그러나 뚝 끊어지고 떨어지며 멀어지자 다시 새하얗게 나타나네. 그것은 나무로 성글게 칸을 두른 마당이고 목장이고 우리며 담 같은 것들, 다시 하얀 땅 검은 땅에 상록수 한 떼 기다랗게 하늘로 목을 뽑고 날아오르네. 장하게 벌린 팔들, 손가락들 감아올리는 목들, 목들, 팽창하는 생명들, 부풀어 오르는 흑록색이 손을 잡고 몸들을 겹쳐 줄줄이 지워지며 흐리게 나타나고 아득히 납작한 땅의 선들이 통통하거나 앙상하거나 서로 부르지만 손잡지 못하고 멀리 아스라히 닿는가 싶을 뿐인 조각들이 써늘하고 무겁구나.

참 많은 것이 몸에 들어와 내리누르건만 붕붕 뜨는 넋을 따라 가벼운가 싶은 것이다. 마뜨료슈까가 된 걸까? 나는 지금 몇 겹의 어디쯤에 있는지, 아니면 그 모두인지, 몇 번째 어느 두께로 어떤 여백을 두고 흔들리는 걸까? 숨 쉬고 싶다!

73시간, 지루함이 완전히 형상을 이루고 나를 삼키기 직전 나를 실어 나르던 몸-기차를 떠났다. 마침내 바이칼! 호수가 아니라 빛과 반사로 창조 중인 얼음-바이칼. 빙산 같은 침묵. 화려한 고요. 모든 사물과 비유의 근거가 사라지고 나는 나이기를 멈춘다. 나는 불구가 된다.

얼음 바이칼처럼 깊고 투명하되 메마른 물기로 꼿꼿이 빛나고 싶다. 절룩거리는 언어들은 종횡으로 가로질러 내게 오되 침묵을 명했다. 쉿! 모든 언어는 동결되었다. 억제…….

숙소로 돌아가는 버스에서 미식거림과 함께 내장들은 회오리쳤고, 눈의 벌판 한복판으로 나를 쫓아내어 모든 것을 쏟아내게 했다. 존재의 구토. 나는 속인지 겉인지 알 수 없이 탈탈 털어낸 주머니가 되어 차에 실렸으며 허물처럼 호텔 침대에 던져졌다. 다시 형상을 가질 수 있을까, 나는.

쓰고 나서

　나는 어찌 이렇게 생겨먹었으며 왜 이렇게 살았는지, 나라는 사람 하나를 자세히 읽고 싶어서 시작한 정신분석학과 철학을 통해 남을 만나게 될 줄, 인간과 삶을 덜컥 마주하게 될 줄 몰랐습니다. 사람 사람의 소중함과 아울러 삶에 뜨거운 감사를 부르면서 존재에 이르게 될 줄은 더욱 몰랐고요. 나라는 세계 하나 열기에서 시작했으나 타자와 사회, 관계를 새삼 또는 느닷없이 알아가며 깜짝깜짝 놀라는 느림보 어른의 이야기를 썼습니다. 그렇게 탄생과 죽음까지, 삶, 사람, 살기에 대해 아프게 공부하고 화들짝 깨달으며 미친 듯 웃고 펑펑 울면서 새 세상을 열어젖히겠다는 듯 부러울 게 없다고, 나 같은 방식의 살기와 그 사유 방식이 어떠냐고 큰소리치는 사람의 반성문입니다. 뼈를 드러내며 갈 데까지 밀어붙이는 사유라면 참 좋겠습니다만 힘에 부칩니다. 내가 정말 하고 싶은 말을 알 수는 없기 때문일 것입니다만, 그래도 누군가에게 가만히 들려주고 싶음은 분명합니다. 오래 품었던 자신과 삶을 비로소 부화시키며 기쁘게 나이 먹고 있는 여자-사람의 이야기이죠.

　말랑말랑 달콤새콤 거죽만 스치더라도 상쾌하기를 은근 바랐는데 흘러본 이 길은 전혀 그게 아니던걸요. 살이 아프고 깨달음이 즐거우니 오히려 말도 진하던걸요. 그래서 따끔거리는 언어 위에 피도 뼈도 좀 드러나게 되었으니 심란하달까요? 그러나 그게 진짜 삶이다 싶던걸요. 그렇게 산 대로 생각하고 생각한 대로 말한 것일 뿐이랍니다. 메마른 슬픔을 길어올리며 존재로서의 기억을 가지고 앞으로 도래할 인간 누구와도 통할 것 같은 대화를요. 자신의 심연과 마주하기를 피하며 부인하는 우리의 삶을 뚫고 생각은 아프게 나아가되 은근 기쁘며 눈도 마음도 가볍고 산뜻하기를 바랍니다. 바람은 바람일 뿐이기도 하지만 언제나 또 바람으로 통하니까요.

몇 년 전쯤, 밑도 끝도 없이 눈을 보지 못하게 되지 않을까 하는 생각이 불쑥 한 번씩 치밀었더랬습니다. 혼돈의 회오리를 시각적으로 느낀 것이거나 중력을 따를 수 없는 불안이 거꾸로 올라갔던 걸까요? 그러나 풀 잘 뽑는 사람의 씨가 따로 있다더냐 하고 손가락 마디마디 붓도록 마당의 풀을 뽑을 때, 쩍 갈라져 또렷한 금 하나 만들었던가 싶던 그것, 응결된 불안덩이는 소산되었습니다. 그 생명력과 희망을 찬미해 마지않던 풀이나 민들레를 미워할 수 있었을 때 말입니다. 민들레가 있어 비교당하고 비난받았던 여린 것들, 어쩔 수 없이 아픈 것들이 있음까지 겨우 알아챘기 때문일까요?

　너무 많이 보았으나 말하지 못한 자, 그래서 결국은 아주 조금밖에 보지 못한 자, 그리고 겨우 생각하기 시작한 자입니다만 그래서 좋고 그리 살아가니 기쁩니다.

내 안의 불안과 용기, 깨진 구슬과 모래알, 이슬 들을 엮고 짤 수 있는 실을 잣도록 도와주신 민승기 박사님 고맙습니다. 그런 판을 깔아준 대안연구공동체 김종락 대표님 고맙습니다.

　　나를 먹이고 도운 식구와 가족들, 친구들 고맙고 고맙습니다. 나를 키운 자연과 사건들과 사물들도 고마워요. 부지런히 자라려고 애쓰는 원더, 고마워. 하늘에 계신 엄마와 아버지들 감사합니다. 책-삶의 형체를 탄생시켜주신 분들께 반짝반짝 감사드려요.

2017년 12월

박경이

단숨에 잡아채듯 벗겨낸 껍질 같은 글을 두어 달 묵혔다 꺼냈습니다. 보고 싶지 않았거니와 차마 대면할 수 없었던 제 것들이 몹시 흔들린 채로 휜히 웃습니다. 허물조차 아름다워야 한다는 엄청난 환상을 뚫고 다음의 나로 나아가라 말합니다. 그렇지만 빽빽한 말의 감옥에서 웅성거리는 목소리에 틈을 주고 길을 내어 다듬는 것도 나쁘지 않았습니다. 그러자 기억 하나가 포르릉 가슴에서 날아 나와 몸통을 툭툭 치는데 기이하면서도 낯익었습니다.

"이름이 뭐야?"

"박경이예요."

"어? 소설가 박경리와 이름이 같네?"

말이 돼? 어쩌면 국어과 4학년이 그걸 모르나? 내 이름자 '이'를 '리'로 발음할 까닭이 뭐야? 그분의 '리'가 음절 뒤에서 '이'로 소리 날 까닭은 또 뭐고? 나는 '리'가 될 필요도 없으려니와 되고 싶지도 않았거든요. 얼떨떨 어이없고 기분 나빴지만 참을 수밖에 없었지요. 감히 내 이름을 듣고 남의 이름을 떠올리는 일, 심지어 이름이 같다고 말한 게 영 기분 나빴지만 1학년 신입생과 하늘 같은 4학년이었으니까요. 내 이름을 말할 때마다 늘 그러하듯 '이' 사에 일부러 힘사서 주었건만 그렇게 발음될 수 있다고 믿은 선배의 실수는 느닷없이 발생되었을 겁니다. 댓바람에 보자마자 사람이 한심하니 그렇게 해서라도 좀 크기를 바랐던 거겠지요. 수많은 아이들과 사람들에게 나 역시 그리했을 겁니다. 그것은 삶을 가능하게 만드는 관여일 것입니다. 주되 회수하고 싶은 말, 기꺼이 줄수록 자신에게 되돌아오는 말, 관여이자 염려입니다. 그런 방식으로 이미 오래전 서로에게서 뿌려진 말의 씨 앗들이 발아하거나 다르게 싹트도록 두려워하지 않고 돕는 일, 그리 고 또 다른 씨를 뿌리는 일은 정원을 가꾸는 것과 같습니다. 때로는 가만히 내버려두기와 기다림으로 이어지는 정원 가꾸기는 아주 작은 일부를 가짐으로써 세상을 다 가지는 용기입니다. 내 안의 광기와 유 령을 불러내고 키우며 환상을 가로질러 나가는 때입니다. 의미의 탈 을 벗고 아무렇지도 않은 사람으로, 시간에 머무는 존재를 살고 싶습 니다. 삶을 축하하고 생에 감사하는 까닭입니다.

엄마 꽃밭은 내가 가꿀게요

2017년 12월 20일 1판 1쇄 인쇄
2017년 12월 31일 1판 1쇄 발행

지은이	박경이
펴낸이	한기호
편집	정안나
경영지원	이재희
펴낸곳	어른의시간
	출판등록 제2014-000331호(2014년 12월 11일)
	주소 121-839 서울시 마포구 동교로 12안길 14(서교동) 삼성빌딩 A동 2층
	전화 02-336-5675 팩스 02-337-5347
	이메일 kpm@kpm21.co.kr

ISBN 979-11-87438-13-7 03810

어른의시간은 한국출판마케팅연구소의 임프린트입니다.
책값은 뒤표지에 있습니다.